그와 S
그녀의

그와 그녀의 S

1판 1쇄 찍음 2015년 12월 23일
1판 1쇄 펴냄 2015년 12월 30일

지은이 | 조민정
펴낸이 | 고운숙
펴낸곳 | 봄 미디어

기획 · 편집 | 정수경 박혜진

출판등록 | 2014년 08월 25일 (제387-2014-000040호)
주소 | 경기도 부천시 원미구 소향로17, 304(두성프라자) (우)420-864
영업부 | 070-5015-0818 편집부 | 070-5015-0817 팩스 | 032-712-2815
E-mail | bommedia@naver.com
소식창 | http://blog.naver.com/bommedia

값 9,000원

ISBN 979-11-5810-165-7 03810

※파본은 구입하신 서점에서 교환하여 드립니다.

그와 그녀의 S

조민정
장편 소설

contents

프롤로그

두근두근.

심장이 맹렬히 뛰어 댔다. 좀 더 오래 같이 있고 싶어 일부러 커피를 천천히 마셨다. 마주 보고 있으면서도 더 보고 싶은 마음은 겪어 보지 않은 사람은 모를 것이다.

민아는 녹아내릴 것 같은 심장을 다독이며 조심스레 그를 쳐다보았다. 영업전략팀 최영민 실장은 흔치 않은 외모에 세련된 매너를 가진 미혼남이었다.

언젠가 호텔 계단에서 넘어질 뻔한 그녀를 그가 구해 준 적이 있었다. 몸이 휘청하며 앞으로 쏠리는 아찔했던 순간, 단단한 팔로 그녀를 붙들며 똑바로 세워 준 사람이 바로 그였다.

민아는 다친 곳이 없느냐고 자상하게 묻던 그 얼굴을 잊을 수가 없었다. 환한 햇살 속에 번져 가던 아지랑이 같은 미소와 달콤한 목소리, 그리고 옅게 풍기는 무스크향까지.

운명 같은 만남이었다. 적어도 그녀에겐 그랬다.

그리고 지금 그와 함께 마주 보며 차를 마시는 이 순간 역시 운명처럼 느껴졌다. 물론 이곳은 그들의 직장이며, 업무 중이라는 것을 잘 알고 있었다.

익어 가는 가을에 산들바람 같은 봄바람이 콧구멍 속을 들락거린다면 믿기나 할까. 그는 무심하게 내리뜬 눈으로 창밖과 시계를 번갈아 보다 주위를 둘러보며 차를 들이켰다.

안다. 그의 안중에 저가 없음을.

아예 자신 쪽을 쳐다보지 않아도, 이렇게 그를 맘껏 볼 수 있어서 좋았다.

"커피 다 마셨으면 일어날까요, 이 대리?"

낮고도 그윽한 목소리가 귓가에 휘감겼다.

"아, 네."

민아는 서운한 마음을 감추고 잔을 내려놓았다.

사실 이렇게 단둘이 차를 마실 이유가 전혀 없는 사이였다. 약속이 잡혀 있던 거래처 사람이 이곳으로 오다가 가벼운 접촉 사고가 났다는 연락을 해 왔다. 그래서 만남이 무산

된 것이다. 진작 사무실로 갔어야 했지만 그가 나온 김에 커피나 한잔하자고 해서 마주 보며 차를 마실 수 있게 되었다.

민아는 테이블 위에 올려진 서류를 챙겨 들며 몸을 일으켰다.

그래, 이게 어디야. 너무 욕심부리면 안 돼. 아직은.

민아는 작게 떨리는 숨을 내쉬며 마지막으로 그의 얼굴을 쳐다보았다.

"이 대리, 그럼 먼저 들어가요."

그런데 순간, 조금 전까지 느긋하게 있던 그가 벌에 쏘이기라도 한 것처럼 자리에서 튀어 오르더니 황급히 커피숍을 빠져나갔다.

뭐지?

민아는 순간적으로 그의 두 눈이 반짝 빛나던 것을 보았다. 알 수 없는 불길한 기운이 스멀거리며 가슴속에서 피어올랐다.

분명 뭔가가 있었다. 민아는 재빨리 그의 뒤를 쫓았다. 벌써 저만치 간 그는 이내 호텔 로비에서 조금 벗어난 안내 데스크 뒤편으로 사라졌다. 민아는 최대한 주위를 살피며 조심스럽게 그의 뒤를 밟았다.

"홍 대리! 잠시만 서 봐요. 홍 대리!"

그가 누군가를 애타게 불렀다.

"홍 대리!"

발걸음 소리가 멎고 그가 내뿜는 게 분명한 거친 숨소리가 고요한 복도에 울려 퍼졌다.

"놔요. 실장님."

연약한 여자의 목소리가 들리는 순간, 민아는 떨리는 발걸음을 멈추었다. 굳이 얼굴을 확인하지 않아도 그 목소리의 주인공이 누구인지 알 수 있었다. 이 호텔에서 홍 대리라고 불리는 여자는 단 한 명뿐이었다.

쭉쭉빵빵 홍 대리, 오늘 쉬는 날이라더니 아니었어?

쉬는 날 회사에 나타나 얼굴을 내미는 그녀도 이해 불가였지만, 최 실장이 홍 대리를 애끓는 목소리로 부르는 것 또한 이해할 수 없었다. 둘은 누가 보더라도 평범한 직장 상사와 부하 직원 사이였는데 어째서 저리도 끈적이는 분위기를 연출한단 말인가.

그가 제 애인도 뭣도 아니지만 배신감이 치밀어 오르는 것은 어쩔 수 없었다. 이제 막 가슴속에 피어난 여린 싹이 무참히 짓밟히는 기분이었다.

아직은 아니니까, 확신하기엔 이르니까. 그래, 조금만 더 침착하자, 이민아.

아랫입술을 지그시 깨물며 버텼다. 하지만 늘 그렇듯 불길한 예감은 어김없이 저를 비웃으며 다가왔다.

"왜 그렇게 빨리 가는 거예요. 내 말 안 들려요?"

최 실장의 목소리는 누가 듣더라도 열렬히 구애하는 수컷의 것이었다. 민아는 그와 차 한 잔 마신 것만으로도 기뻐서 어쩔 줄 몰라 했던 제 모습을 떠올렸다. 불과 5분 전의 일이 참담함을 배로 만들어 가슴을 후볐다.

시작도 못 해 보고 장렬히 차인 꼴이었다. 주먹을 불끈 움켜쥔 민아는 두 눈으로 직접 그들의 관계를 확인하고자 마음을 먹고 모퉁이에 서서 고개를 살그머니 내밀었다.

둘은 아주 영화를 찍고 있었다. 구석에 몰린 홍 대리는 그의 양쪽 팔 안에 가둬진 채 파들파들 떨고 있었고, 최 실장의 두 눈은 금방이라도 그런 그녀를 잡아먹을 것처럼 이글댔다.

까닥하다간 그냥 그대로 룸으로 직행할 분위기였다.

"실장님, 이러지 마세요. 여긴 직장이에요."

웃기고 있네, 라는 소리가 저절로 튀어나오려 해 민아는 어금니를 꽉 깨물었다. 왜 남자들은 저런 모습이 가식이라는 것을 모를까.

홍 대리는 화려한 연애 경험을 스펙처럼 자랑하고 다니는 여자였다. 지금 그녀의 귀에 반짝이는 귀걸이도 애인이 사 줬다고 얼마 전에 자랑하지 않았던가.

"그런데 왜 사람 미치게 해. 오늘 홍 대리가 나오기로 했잖아요. 그래 놓고 이 대리를 보내는 게 말이 돼?"

그래, 내가 나와서 미안하다. 미안해.

"그, 그건 이 대리가 가고 싶어 하는 것 같아서 그랬어요."

입은 삐뚤어져도 말은 똑바로 해라. 네가 오늘 연차라고 나더러 나가라고 했잖아.

"내 마음 알면서 그러는 거 너무 잔인한 짓 아니에요?"

하아, 니들이 나한테 너무 잔인한 거야. 알아?

"따라와요."

가긴 어딜 가, 내가 그냥 가게 둘 줄 알고?

민아는 아예 작정하고 자리에서 튀어 나갔다. 갑자기 나타난 그녀를 보고 놀란 두 사람이 흠칫 몸을 굳히며 어색한 미소를 지었다.

웃어? 우습니? 그래, 나도 이러는 내가 우습다. 정말.

"언니, 오늘 연차라며. 왜 나왔어?"

민아는 태연하게 물었다. 최 실장을 노려보는 것도 잊지 않은 채.

"어? 아, 아니야. 연차 아닌데? 착각한 모양이네."

착각? 착각 같은 소리 하고 있네. 내숭 백 단에 거짓말 백 단까지. 아주 골고루 버무려진 인간이었다.

"시골 간다며. 엄마 생신이라고. 아니었어? 난 그런 줄 알았는데."

"어머니 생신이에요?"

최 실장이 눈을 크게 뜨고 되물었다.

"네? 아, 네."

"그럼 진작 말했어야죠. 가요. 내가 같이 가 줄게요."

"시, 실장님."

"그래요. 나 여기 있어요. 갑시다. 아, 그리고 이 대리. 오늘 일은 쉿! 비밀입니다. 아셨죠?"

여리고 여린 가슴에 스크래치를 남기고 떠난 두 사람 때문에 민아는 정신을 차릴 수가 없었다. 갑자기 편도가 부은 것처럼 목구멍이 아파 왔다.

털썩, 벽에 등을 기대며 그녀는 고개를 떨구었다. 발끝을 내려다보며 한참을 그렇게 서 있었다. 어지럽게 뛰놀던 머릿속은 공기 중에 부유하던 먼지가 차분히 가라앉는 것처럼 어느새 고요해졌다.

"······십팔색 펜 같으니라고!"

그녀는 욕을 읊조린 후 힘없이 돌아섰다.

그래, 뭐 있어? 아무 사이도 아닌데 왜 그렇게 아파한데? 이렇게 욕 한 번 내뱉고 털어 버리면 되는 것을.

조금 아프지만 견딜 수 있을 것 같았다. 소주 한 잔 걸치고 털어 버리면 정리될 것이다. 짝사랑이 좋은 이유가 바로 이런 것 아니겠는가. 상대방이 알지 못하니 창피해할 필요도 없다. 저 혼자 조용히 정리하면 끝이었다.

고개를 떨구고 있던 민아는 천천히 걸음을 옮겼다.

그저 사랑이란 것이 하고 싶었던 모양이다.

사랑, 사랑이라. 사랑을 하는 사람들이 부러웠는지도 모른다.

조금은 어둑한 복도를 지나는데 시커먼 그림자가 드리워지다 바로 앞을 막아섰다. 시커먼 형체는 압도적인 존재감을 드러내며 그녀를 눌러 왔다.

움찔 굳은 민아는 걸음을 멈추었다. 그리고 조심스럽게 고개를 들어 시선을 맞추었다.

호텔에서 근무하기에 특별한 경우가 아니고서는 상대방의 눈을 똑바로 바라보지 않았다. 호텔 직원은 고객을 대할 때, 그 점을 염두에 두어야 했다. 특히나 객실이 있는 본관에서는 더욱 그랬다.

민아를 말없이 바라보는 두 눈동자는 깊은 바다처럼 아득했다. 불과 몇 초도 되지 않는 찰나였지만, 그녀는 그 눈동자에 완전히 압도되어 버렸다.

"……직원?"

"네? 네, 고객님. 뭘 도와드릴까요?"

그동안 고객을 응대할 때 어떻게 해야 한다는 것쯤은 귀에 딱지가 앉도록 들어 왔기에 매뉴얼은 달달 외울 정도였다.

남자는 척 봐도 VVIP 고객 같았다. 하룻밤에 몇백만 원씩

이나 하는 스위트룸을 마음껏 이용할 수 있는 그런 고객 말
이다.

그는 몸에 딱 맞게 떨어지는 슈트와 최고급 수제화를 신고
있었다.

"일찌감치 마음 접어."

낮게 울리는 음성이 지독히 퇴폐적으로 느껴졌다.

"무, 무슨 말씀이신지."

"남자 보는 눈이 그렇게 없어?"

농담처럼 들리지 않았다. 남자는 마치 전후 사정을 다 지
켜봤던 사람처럼 말해 왔다.

"죄송합니다만 다시 말씀해 주시겠습니까, 고객님."

민아는 떨리는 가슴을 누르며 되물었다. 아무리 봐도 아는
사람이 아니었다. 호텔 직원도 아닌 그가 자신을 마치 잘 알
고 있기라도 하듯 말을 걸어오는 것이 이상했다.

남자는 민아를 똑바로 응시한 채 말이 없었다. 마치 제 얼
굴을 핥듯이 더듬어 대는 시선에 그녀는 저절로 얼굴이 달아
올랐다.

"……."

그가 한 걸음 내디뎠다. 짙은 색 슈트에 감싸인 탄탄한 근
육이 꿈틀댄다 싶더니 코앞까지 바짝 다가왔다. 위험하게 일
렁이던 공기가 바짝 긴장하며 팽팽하게 당겨졌다. 남자가 뿜

어 대는 위압감에 바짝 얼어붙은 민아는 숨소리를 죽인 채 그를 쳐다봤다.

남자가 민아의 네임 카드로 손을 뻗으며 이름을 읽었다.

"이민아. 예쁜 이름이네."

손이 가슴 쪽으로 올라오는 순간 민아는 잔뜩 겁에 질려 소리조차 낼 수 없었다. 다행히 남자는 명찰만 살짝 만져 대다 손을 치웠다.

"영민이는 아니니까 마음 주지 마. 네가 아까워."

그 말을 마지막으로 남긴 채 남자는 민아의 정수리를 슬쩍 쓰다듬고서 유유히 사라져 갔다.

"뭐, 뭐야. 저 사람. 아, 후들거려."

민아는 등골을 타고 흐르는 식은땀에 진저리를 쳤다.

갑작스럽게 등장한 남자 때문에 놀라 귀신에 홀린 것 같았다. 주변을 은은하게 떠도는 남자의 체취와 정수리에 남아 있는 손길이 아니었다면 정말 헛것을 봤다고 여겼을 것이다. 그저 놀란 가슴을 두드리며 그녀는 그곳을 벗어났다.

#1
원수는
공중화장실 앞에서 만난다

6개월 뒤.

비 오는 날이면 으레 한잔을 꺾어야 한다는 정혜를 따라 민아와 선우는 의기투합해서 고깃집에 모였다. 세 명은 같은 대학, 같은 학과를 졸업한 인연으로도 모자라 같은 호텔에 입사했다. 서로 갖고 있는 팬티가 몇 장인지까지 다 알 정도로 친한 데다 죽이 잘 맞았다.

호텔에서 가까운 고깃집은 그녀들이 자주 찾는 곳이었다. 직장인의 한풀이가 이루어지는 허름한 고깃집이야말로 이렇게 비 오는 날 문전성시였다.

쟁반 같은 둥근 테이블에 모여 앉아 술잔을 기울이며 석쇠에서 지글지글 익어 가는 오겹살을 참기름에 찍어 먹는 맛은 그야말로 최고였다.

반쯤 풀린 눈으로 술잔을 빙글빙글 돌리던 민아가 갑자기 생각났다는 듯 정혜를 향해 눈을 반짝이며 말했다.

"정혜야, 나 차라리 포장마차나 할까?"

정혜는 또 시작이라는 표정으로 민아를 한 번 쳐다보더니 고기를 입안으로 욱여넣었다. 먹기에 바쁜 선우는 둘이 무슨 대화를 나누는지 신경조차 쓰지 않았다.

"그건 아무나 하니?"

"아니, 떡볶이 장사 있잖아. 선우야, 네 생각은 어때?"

민아는 건성으로 대답하는 정혜를 제쳐 놓고 이번에는 선우를 붙잡았다.

"응? 맘대로 하쇼. 어차피 안 할 거잖아. 생각인데 뭔들 못 하겠니."

이럴 줄 알았다. 인생에 대해 진지하게 토킹 어바웃을 하려고 해도 도무지 자세가 글렀다.

민아는 6개월 전만 해도 자신이 이렇게 심각하게 이직을 생각할 줄은 꿈에도 몰랐다.

지금으로부터 6개월 전, 뉴월드 호텔에 인사이동이 있었다. 눈엣가시 같던 홍 대리는 타지방으로 발령을 받았고, 정혜와 선우는 함께 일하게 되었다. 여기까지는 괜찮았다. 거슬리던 홍 대리는 사라지고 친한 친구들과는 같이 있을 수 있어 더할 수 없이 만족스러웠다.

그런데 문제는 기획조정본부의 새로운 인사로 본부장이 영입되면서부터였다. 로얄 패밀리의 일원이자 회장 아들인 그는 뜻밖에도 민아와 호텔 복도에서 마주쳤던 그 사람이었다. 그때까지만 해도 그녀는 제 인생이 이렇게 꼬일 줄 몰랐었다.

새 본부장은 들어온 지 얼마 되지 않아 여직원들이 최고로 선망하는 남자가 되었다. 그의 탁월한 외모와 배경은 여심을 흔들기에 충분했다.

그런데 그런 그가, 다른 사람에게는 정중하면서 유독 민아에게는 못되게 굴었다. 미운털이 단단히 박혀 버린 모양인지 하나에서부터 열까지 그냥 넘어가는 법이 없었다.

처음엔 그냥 도가 지나친 관심이겠거니 생각했었는데 그게 아니었다. 정혜와 선우가 종합적으로 내린 결과는 참혹했다.

그가 민아를 괴롭히는 데는 아무 이유가 없다는 것이다.

"내가 너네한테 무슨 말을 하겠니. 니들은 내 심정 모른다? 내가 본부장 때문에 얼마나 괴로우면 이런 생각을 다 하겠어."

"어이구, 그러셔? 자, 여기 고기나 먹어. 아, 해 봐. 어서."

정혜는 술에 취한 민아의 푸념을 막는 방법은 이것밖에 없다는 듯 그녀의 입안으로 고기쌈을 밀어 넣었다. 그러자 선우가 기다렸다는 듯 소주잔을 민아의 앞으로 내밀었다.

"일단 주니까 받아먹는데 니들 내 얘기 듣기 싫다고 이런 식으로 입 막고 그러지 마. 의리 없는 것들 같으니라고."

민아는 주는 대로 받아먹고서는 정혜와 선우를 차례대로 째려봤다.

"너 그러다 사시 되겠다. 네가 무슨 재주로 장사를 하니? 그냥 본부장한테 빌붙어. 그게 살아남는 길이야."

"그래. 너 본부장 이길 수 있어? 없지? 너 어디 갈 데 있어? 없지? 너 모아 놓은 돈 있어? 없지? 너 얼굴 예뻐? 그것도 아니잖아. 그러니까 찍소리 말고 기어, 그냥."

"암, 달리 방법이 있겠니?"

여전히 둘을 째려보던 민아는 둥그런 테이블 위에 놓여 있는 소주잔을 들어 원샷했다.

탁!

"그렇게 놓으면 술잔이 깨지니? 집어 던져라, 아예."

"니들은 대화의 기본을 몰라. 내가 어쩌자고 니들이랑 같은 회사에 들어왔는지. 아무튼, 나도 한다면 한다 이거야."

"차라리 술장사나 해 보든지. 너 술은 잘 마시잖아."

정혜가 비어 있는 잔을 채우며 한마디 거들었다.

"진짜 너 계속 그럴래?"

"난 사실만을 말할 뿐이야."

"어휴, 속 터져. 그나저나 그 오리궁뎅이는 왜 나만 괴롭히니? 너 그 이유 알아?"

본부장은 잘빠진 근육질의 몸매에 탄탄하게 올라붙은 엉덩이 때문에 오리궁뎅이라는 별명이 있었다. 아마 호텔 직원이라면 그 별명을 모르는 사람이 없을 것이다.

"음……. 네가 나처럼 예쁘기를 하니, 아니면 섹시하기를 하니. 가슴은 절편에다 얼굴도 그저 그렇고, 그냥 눈에 거슬리는 거지. 나라도 그러겠다."

"그건 좀 심했다."

정혜의 말에 선우가 은근슬쩍 끼어들며 민아의 편을 드는 척했다.

"때리는 시어머니보다 말리는 시누이가 더 미운 법이야. 넌 그냥 고기나 먹어."

"그럴까?"

날름 고기를 집어 먹으며 선우가 헤헤거리고 웃었다.

"니들이랑 무슨 말을 하겠니. 그래, 나도 나 자신을 잘 알고 있어. 알고 있다고."

민아가 한풀 꺾인 태도로 말했다. 그녀는 친구들에게 최이건 본부장을 예전에 만난 적이 있다고 말하지 않았었다. 최

영민 실장을 짝사랑했었던 사실 역시 조용히 혼자 덮고 넘어
가려 했다.

그런데 입사한 첫날부터 본부장이 자꾸만 최영민 실장에
대해 걸고넘어지는 바람에 세 사람 사이에 알게 모르게 골이
깊어져 결국 모든 것을 털어놓을 수밖에 없었다.

민아는 술잔을 기울이며 그날을 떠올렸다.

본부장은 입사한 첫날부터 경영기획팀 직원들과 개별 면
담을 시작했고, 당연히 그녀의 차례도 다가왔다.

본부장실로 들어서는 민아의 발걸음은 어느 때보다 떨렸
다. 본부장실 입구에 위치한 데스크에 앉아 있던 서 비서가
민아를 향해 인사를 해 왔다. 그녀는 본부장의 비서였고, 타
지방으로 가 버린 홍 대리 다음으로 예쁜 직원이었다.

"본부장님께서 기다리고 계세요. 어서 들어가 봐요."

상냥한 목소리는 녹아내리다 못해 귀에 착 감겼다. 여자는
자고로 저래야 한다.

서 비서에 대한 생각을 정리한 민아는 방문을 노크한 뒤
안으로 들어갔다.

창가를 향해 돌아서서 통화를 하던 그가 살짝 고개를 돌려
그녀를 쳐다보더니 턱짓으로 소파를 가리켰다. 민아는 말없이
자리에 가서 앉았다. 그는 곧 통화를 끝내고 그녀의 맞은편에

앉았다.

기다란 다리를 겹치며 느긋하게 의자에 기댄 그의 모습은 우아하면서도 강렬했다. 굵고 짙은 눈썹과 날카로운 눈매, 곧게 쭉 뻗은 콧날은 남자답게 선이 굵었다. 단단하면서도 날렵한 턱 선과 터질 듯 팽팽한 셔츠 아래 떡 벌어진 어깨는 보는 것만으로도 심장을 후들거리게 만들었다. 훤칠한 얼굴 못지않게 잘 빠진 몸매를 유감없이 드러낸 남자는 짙은 페로몬을 흘리며 그녀를 바라보고 있었다.

"감상 다 했어?"

그날도 보자마자 반말을 날리더니 지금도 그랬다.

"저기, 본부장님. 혹시 저희 예전에 만난 적이 있나요?"

물어보지 않을 수가 없었다. 아니고서야 어떻게 저리 자연스럽게 친밀한 척 말을 놓을 수 있단 말인가.

"그날 봤잖아. 영민이한테 차이던 날."

쓸데없이 차이기나 하고.

작게 되뇌는 말에 민아의 얼굴이 확 붉어졌다. 들릴 듯 말 듯 혼잣말로 내뱉는 소리였지만 그녀의 귀에는 정확하게 들렸다. 차인 것이 사실이니 뭐라 따질 수는 없는 노릇이었지만 그것이 내내 약점이 되어 자신을 괴롭힐 것 같은 기분이 들었다.

기가 막혔지만 참기로 했다. 원래 금수저들은 저 모양이니까.

그렇게 마음을 추스르려 하는데 문득 또 다른 금수저, 최영민 실장이 떠올랐다.

그는 꼬박꼬박 존댓말을 했었는데. 하긴 저 남자와 최 실장을 비교하다니, 말도 안 되는 생각이긴 했다. 비록 시작도 못 해 보고 짝사랑으로 끝났지만 최 실장은 여전히 아련한 첫사랑이었다.

"적어도 최 실장님은 그런 식으로 직원한테 반말은 하지 않으세요."

그의 날카로운 눈빛이 민아의 입술에 머물렀다. 선우에 의하면 자신이 조동이를 야무지게 모으고 말하면 한 대 쥐어박고 싶을 때가 있다고 했었다.

짙은 눈썹이 꿈틀대는 것을 보니 그도 자신을 한 대 쥐어박고 싶은 모양이었다.

"걘 선수야. 몰랐어?"

"무슨 선수요? 설마 여자 후리는 선수 말씀하시는 건 아니겠죠? 그건 엄연한 인격 모욕이고 명예훼손입니다."

"아직도 콩깍지가 덜 벗겨진 모양이네."

"코, 콩깍지요?"

"아니야? 그날도 몰래 숨어서 훔쳐봤잖아. 다른 여자 좋다는 남자 꽁무니 따라다니고 싶어?"

"누, 누가!"

"아직 덜 컸네. 뭐, 그래도 앞으로 잘해 보자고."

"뭐라고요?"

"나가 봐."

민아는 할 말을 잃고 말았다.

"제가 최영민 실장님을 좋아한다는 사실은 비밀로 해 주세요. 여긴 여직원들이 많아서 그런 소문이 돌면 일하기 힘드니까요."

"그럼 조심하든가."

"알겠습니다."

민아는 이를 악물고 대답한 뒤 자리에서 일어났다. 그게 그와의 첫 면담이었다.

생각할수록 분했다. 깡패도 아니고, 이건 뭐 꼼짝없이 당하고만 있으려니 죽을 맛이었다.

민아는 잔을 들어 술을 벌컥 들이켠 뒤 정혜의 팔을 슬그머니 끌어당겼다. 그리곤 비 맞은 똥개처럼 처량한 눈빛으로 그녀를 쳐다봤다.

"정혜야, 무슨 방법 없을까?"

"사표 써. 설마 산 입에 거미줄 치겠니?"

"야! 너 끝까지 그러기야!"

"생각해 봐. 너 때문에 만날 사무실이 초살벌해서 우리도 괴롭고, 너도 괴롭고. 그러니까 그냥 너 하나 희생한다는 셈 치고 직장 옮겨."

"나 받아 줄 곳은 있고?"

"응. 있을 것 같아."

"어디? 어디야?"

"시집이나 가라. 평생 솥뚜껑 운전사 하면 되잖아. 얼마나 멋진 직장이야?"

"결혼은 혼자 하니?"

"어디 눈먼 봉사 없나 잘 찾아봐. 혹시 아니? 금방 나타날 지."

"내가 니들이랑 무슨 대화를 하겠니. 화장실이나 갔다 와 야겠다."

"가다가 넘어지지 말고 조심해서 다녀와."

선우가 민아의 등을 툭 치면서 말했다.

민아는 의자를 드르륵 밀고서는 자리에서 일어났다. 연탄 불 갈빗집 안은 연기로 자욱했다. 비가 추적추적 내리는 데 다 환풍도 제대로 되지 않아서 공기가 아주 탁했다.

주방 쪽을 돌아 뒷문을 열고 나가면 몇 개의 계단이 나오 고 그 위로 올라가면 주차장의 넓은 공터가 나온다. 그 공터 끝에 화장실이 있었다. 그 화장실이란 것이 남녀 구분도 없 이 나란히 두 개가 붙어 있는데 문을 열면 바로 좌변기가 나왔다. 게다가 볼일을 볼 때면 문고리가 허술해 행여나 누가 문을 열까 봐 그것을 단단히 붙잡고 있어야 했다.

이렇게 불편한 화장실을 감수하고서도 이곳에 오는 이유는 가격도 가격이지만 고기 맛이 끝내주기 때문이었다.

민아는 주방을 지나면서 평소 친분이 있는 주인아주머니에게 큰 소리로 인사를 한 뒤 문을 열고 밖으로 나갔다.

쏴—

비가 제법 많이 내리고 있었다. 관리인이 일찍 퇴근한 모양인지 주차장은 불빛 하나 없이 깜깜했다. 바로 옆에 있는 건물에서 새어 나오는 희미한 불빛만이 드넓은 주차장을 밝히고 있었다. 새가슴인 민아는 무섭기도 했지만 일단 볼일이 급해 빠른 걸음으로 화장실로 향했다.

달칵. 달칵. 달칵.

전등이 나갔는지 화장실은 스위치를 켜도 여전히 깜깜했다. 민아는 주변을 슬쩍 둘러본 뒤 아무도 없는 것을 확인하고 문을 살짝 열어 놓은 채 볼일을 보기 시작했다.

요란하게 볼일을 본 뒤 물을 내리고 재빨리 화장실을 나왔다. 여전히 밖엔 비가 내리고 있었고 가게 입구는 저만치 멀게만 느껴졌다. 그녀는 비를 막기 위해 손을 올려 머리를 가리고 가게 입구만을 바라보며 달릴 준비를 했다.

"누군가 했더니. 이 대리네."

그 순간 음산하게 울리는 목소리에 민아는 움찔 몸을 굳혔다.

누구지?

천천히 손을 내리고 목소리가 들려온 방향으로 고개를 돌렸다. 마치 귀신에 홀린 듯했다. 분명 주차장에는 아무도 없었는데. 등 뒤로 소름이 쫙 돋아났다.

그러고 보니 화장실에서 조금 떨어진 옆쪽 건물 후문에 시커먼 남자가 서 있었던 것 같기도 했다. 보아하니 허공에 떠 있는 불빛은 담뱃불 같았다.

어떻게 나를 알지?

치익!

젖은 바닥에 담뱃불 꺼지는 소리가 들렸다. 얼어붙은 채로 서 있는 그녀에게 정체 모를 남자가 다가왔다.

민아는 뒷걸음질 치며 남자에게 소리쳤다.

"누, 누구세요?"

"확실하네. 이민아."

"헉! 오리궁뎅이?"

민아는 그제야 자신을 부른 남자가 지금까지 내내 씹어 대던 본부장임을 알아챘다.

"오리궁뎅이? 그건 나를 말하는 건가?"

"아, 아닙니다. 본부장님."

민아는 제 입을 원망하며 손으로 황급히 틀어막았다.

눈을 가늘게 뜬 이건이 그런 그녀를 아래위로 훑어 내렸다.

"원래 볼일 볼 때 문 열고 봐? 그것도 공중화장실에서? 이거 큰일 낼 여자네."

"네에?"

오! 신이여!

지금 제게 벼락을 내려 주소서.

민아는 눈을 질끈 감고 속으로 빌었다. 하지만 벼락은커녕 그의 목소리만 생생히 들려왔다.

"지금 자신이 얼마나 위험한 짓을 했는지 모르는 모양이네."

"그, 그러니까…… 다 들으셨나요?"

"아마도."

오! 신이여!

제발 벼락을 저 본부장에게 내려 주소서!

민아는 제 쌍바윗골 비명까지 적나라하게 들었을 그를 생각하니 그냥 이대로 기절을 하든지, 죽어 버리든지 하고 싶었다.

너무 가혹했다. 어떻게 본부장이 이곳에 있느냔 말이다!

"지금 누구랑 있는 거지?"

"네? 그러니까……."

"야! 네가 그러니까 오뎅한테 만날 깨지는 거야. 오줌 누러 가서 뒈졌니? 왜 이리 안 와?"

저 멀리서 정혜의 우렁찬 목소리가 주차장을 쩌렁쩌렁 울려 댔다.

민아는 차라리 눈을 감았다.

"한 대리랑 같이 온 모양이네."

그는 낮게 깔린 목소리로 말을 뱉어 냈다. 그 목소리가 민아의 귀에는 '너 죽었어'란 말로 들렸다.

어두컴컴한 주차장, 그것도 냄새나는 화장실 앞에서 세 사람은 조우했다.

"헉! 본부장님 아니세요? 어떻게 여기서. 헤헤."

오뎅이라고 크게 외치던 정혜는 꼬리를 바짝 내리고 양 손바닥을 모아 아부 신공을 극치로 올리고 있었다.

민아가 화장실에 간 사이 선우는 누군가로부터 전화를 받고 급하게 가 버렸고, 혼자 남은 정혜가 기다리다 지쳐 몸소 화장실까지 납신 것이었다.

"본부장님, 여기서 이럴 게 아니라 저희랑 같이 술 한잔하실래요? 여기 오겹살 끝내주거든요."

어떻게든 제 실수를 만회하려는 정혜의 끈질긴 근성이 튀

어나왔다. 사색이 된 민아가 눈치를 줬지만 정혜는 본체만체
했다. 아예 작정한 모양이었다.

"얘는, 본부장님이 한가하게 우리랑 술 마실 분이니? 아니
에요, 본부장님. 신경 안 쓰셔도 돼요."

정혜를 뒤로 밀치며 민아가 끼어들었다.

그러자 그가 한쪽 눈썹을 치켜세우며 그녀를 빤히 쳐다보
았다. 뭔가 생각하는 표정을 짓던 그는 부드럽게 미소를 지
으며 말했다.

"그럼 여기 말고 옆에 있는 곳으로 갈까. 마침 거기서 한 잔
하고 있었거든."

"저희야 좋죠."

"괘, 괜찮아요."

정혜와 민아의 대답이 동시에 튀어나왔다.

"생각 있으면 와. 내 이름 말하면 될 거야."

이건은 싸늘하게 말한 뒤 유유히 옆 건물을 향해 발을 옮
겼다. 어두컴컴한 주차장엔 비 내리는 소리만이 들려왔다.

한동안 말이 없던 민아는 이건의 모습이 완전히 사라지고
나서야 정혜를 째려보며 소리쳤다.

"내가 너 때문에 못 살아. 술은 무슨!"

"너는 이래서 안 되는 거야. 이런 기회가 흔한 줄 아니? 본
부장님이랑 친해질 기회잖아. 뭘 망설여?"

"넌 몰라. 아무것도 몰라."

민아의 참담한 심정을 대변하듯 더욱 굵어진 빗줄기가 주차장 바닥에 내리꽂혔다.

"그러게 왜 화장실에서 그렇게 오래 개기고 있어?"

"그게 문제가 아니야. 나 이제 어떡해?"

"어쩌긴 뭘 어째? 빨랑 옆 건물로 가야지. 선우 먼저 갔어. 우리 둘밖에 없다고."

"의리 없이 또 토꼈어?"

"그래. 그러니까 얼른 가 보자. 이번에 그동안 밉보인 거 만회하고. 기회가 좀 좋아?"

민아는 아무것도 모르면서 나불대는 정혜의 주둥이를 쥐어박고 싶었다.

둘은 연탄불 갈빗집에서 나와 옆 건물로 향했다. 말로만 듣던 VVIP 고객들 위주로 상대한다는 고급 술집이었다. 들어가는 입구부터 으리으리했다. 금장으로 된 문고리를 열자 은은한 클래식 소리와 함께 푹신한 붉은 카펫이 깔린 홀이 나왔다.

"어떻게 오셨습니까?"

제복을 입은 잘생긴 웨이터가 두 사람 앞으로 다가왔다. 둘은 비에 젖은 생쥐마냥 초라한 몰골로 연신 휘황찬란한 내부를 둘러보기에 바빴다.

"혹시 예약하셨나요?"

잘생긴 웨이터가 아주 정중하게 물었다.

"아, 네. 최이건 본부장님이요."

정혜가 얼른 대답하자 웨이터는 매너 좋은 미소를 지었다.

"아, 이쪽으로 오시면 됩니다."

웨이터는 정중하게 두 사람을 이끌어 그가 있는 곳으로 안내했다. 화려한 복도를 걸어가던 웨이터가 수많은 룸 중 하나를 가리키며 말했다.

"여기 계십니다. 들어가십시오."

"네. 감사합니다."

정혜는 눈웃음을 치며 인사를 건넸고, 민아는 죽을상을 하고 서 있었다.

똑똑.

노크를 한 뒤 정혜가 먼저 안으로 들어갔다. 민아는 그런 정혜의 뒷모습을 바라보며 한참 망설이다 고개를 푹 숙인 채로 뒤를 따랐다.

"어서 와. 앉아."

민아는 이건의 목소리에 고개를 들고 그를 힐끔 쳐다봤다. 소파에 느슨한 자세로 기대어 앉아 있던 그가 입꼬리를 올리며 미소 지었다. 비에 젖어서인지 평소와는 달리 단정했던 머리가 약간 헝클어진 채 이마 쪽으로 몇 가닥 흘러내린 모습이 조금 낯설었다. 그래서일까. 사무실에서의 모습과는 달리 좀 더 부드럽고 어려 보였다.

민아는 정혜를 먼저 안으로 보내고 그 옆에 앉았다. 술이 깰수록 그를 제대로 볼 수가 없었다.

"이 대리, 왜 그렇게 고개를 숙이고 있어?"

"네? 아, 아니요."

말을 더듬거리자 옆에 앉은 정혜가 도와준답시고 말을 거들었다.

"본부장님, 얘가 이래 보여도 얼마나 행동이 바르고 처신을 잘하는데요. 사무실에선 좀 이상하게 실수를 많이 하지만 그건 긴장해서 그런 거예요. 알고 보면 정말 조신하다니까요."

그래. 조신해서 아까 화장실에서 문 열고 볼일 봤다. 됐냐?

민아는 죽을상을 지었다.

아니나 다를까, 한 손으로 턱 밑을 어루만지는 이건은 정혜의 말에 동의하기 어렵다는 표정이었다. 느른하게 내리뜬 그의 눈은 짙은 그늘을 드리운 채 빛나고 있었다.

조명 아래 앉아 있는 이건의 얼굴은 미켈란젤로의 조각상처럼 수려했다. 단정하면서도 남자다운 얼굴선에 눈을 두고 있던 민아는 눈이 마주치자 재빨리 시선을 돌렸다.

그런 그녀를 바라보던 그의 눈썹 끝이 묘하게 치켜 올라갔다. 시선을 다시 잡아채듯 그가 말을 걸어왔다.

"이 대리는 고향이 어디지?"

"경기도인데요."

"얘는 어릴 때 경기도에서 살다가 서울로 왔어요. 저는 초등학교 때 올라왔고요."

정혜가 중간에 끼어들었다. 그녀는 특유의 친화력으로 무거운 분위기를 화기애애하게 만들고 있었다.

"자, 한 잔 받아."

신이 난 정혜는 그가 따라 주는 양주를 홀짝거리며 마시기 시작했다. 그에 민아도 민망함을 달래기 위해 술을 들이켰다.

그래, 먹고 죽자.

이왕 이렇게 된 거 어쩔 거야. 다시 돌릴 수도 없고. 뻔뻔하게 나가야 해.

그래도 그나마 다행인 것은 묵묵히 술만 마실 뿐 그가 별다른 말을 하지 않는다는 것이다. 화장실 이야기가 나오면 어쩌나 떨고 있던 민아는 슬슬 긴장을 놓아 버렸다. 그건 정혜도 마찬가지였다. 분위기 좋은 곳에서 값비싼 안주에 술을 마시다 보니 그만 주량을 넘겨 버렸다.

"내일 출근해야 하니 그만 일어납시다."

정혜와 민아는 아쉬운 눈빛으로 서로를 바라보다 마지못해 자리에서 일어났다.

정혜는 택시를 타고 집으로 돌아갔고, 민아는 본부장과 방향이 같은 바람에 그의 차를 같이 타고 가기로 했다. 대리 운전기사를 기다리며 둘은 주차장에 세워 둔 차로 걸어갔다. 이건은 뒷좌석에 민아가 앉을 수 있도록 문을 열어 준 뒤, 앞문을 열고 보조석에 앉았다.

생전 처음 타 보는 고급 세단에 민아는 여기저기 내부를 둘러보며 감탄사를 연발했다. 알코올 탓도 있었지만 원래 낙천적이었기에 그에 대한 경계심은 저 멀리 사라진 뒤였다.

"와, 차 엄청 좋네요. 좋으시겠어요. 이렇게 좋은 차도 있고."

"뭐, 그다지."

무뚝뚝한 그의 대답에 그녀는 썰렁해 입을 다물었다.

차 안에는 빗방울 떨어지는 소리만 들려왔다. 민아는 입을 가리며 하품을 한 뒤 시트에 몸을 기대었다. 앞에 앉은 이건은 말없이 차창을 바라보고 있었다. 반듯한 자세로 앉아 있는 이건을 흘끗 쳐다본 민아는 그의 뒤통수를 향해 혀를 쏙 내밀었다. 화장실 일 따위 이미 잊어버린 지 오래인 그녀였다.

평소 자신을 그렇게 괴롭히던 오뎅이 눈앞에 앉아 있다는 사실에 그의 뒤통수에 대고 소심한 복수로 혀를 내민 민아는 소리를 죽여 킥킥거렸다.

"아직도 그런 짓을 하며 노는가 보지?"

헉! 들켰다.

"네에?"

"혀를 내밀고 놀리면서 재밌어하는 건 초등학생들이나 하는 짓 아니야?"

"본부장님은 뒤통수에도 눈이 달렸어요?"

"아니. 여기."

그가 기다란 손가락을 들어 룸미러를 가리켰다. 룸미러를 언제 돌려 놨는지 그가 앉은 자리에서 그녀가 고스란히 다 보였다. 민아는 룸미러를 통해 그의 반짝이는 두 눈과 눈을 딱 마주쳤다.

"아, 어지러워. 취했나 봐요."

이마에 손바닥을 갖다 대며 시트에 머리를 기대 눈을 감는 민아의 모습을 바라보던 이건은 입꼬리를 올리며 슬그머니 미소 지었다.

그냥 취한 척만 하려고 했는데 대리기사가 도착하고 차가 출발할 때까지도 편안한 승차감을 만끽하며 꿈속을 헤매고 있었다.

이건은 민아의 집 부근에 차를 세워 놓고 뒤를 돌아 그녀를 깨웠다. 단잠을 자던 민아는 누군가가 어깨를 마구 흔들어 대자 팔을 뿌리치며 인상을 찌푸렸다.

"누구야아, 놔아."

"이 대리, 그만 일어나지 그래."

"아이, 짜증 나. 잘 거야."

"이봐, 이 대리. 다 왔어. 일어나."

이건의 목소리가 점점 커지기 시작했다.

"……젠장. 꿈까지 나와서 괴롭히는 거야. 오뎅 부장."

민아는 게슴츠레하게 눈을 뜬 뒤 어른거리는 이건의 얼굴을 보고선 그를 한 방에 나가떨어지게 할 만큼 임팩트 있게 쏘아붙였다. 그리곤 다시 눈을 감았다. 그런 그녀를 기가 막힌다는 듯 쳐다보던 이건이 하는 수 없이 대리 기사를 향해 말했다.

"됐습니다. 그냥 가시죠."

대리 기사를 돌려보낸 이건은 민아가 술이 깨기를 기다리기로 했다. 혹시나 추울까 봐 걸치고 있던 재킷을 벗어 그녀의 몸 위에 덮어 주자 그녀가 어깨를 웅크리며 시트 깊숙이 몸을 묻었다.

어둠 속에서 가만히 잠자는 여자의 얼굴을 바라보는 이건의 표정은 어느 때보다 부드러웠다. 운전석으로 온 그는 시트를 조금 뒤로 젖혀 몸을 편안하게 눕혔다.

서서히 빗방울이 가늘어지더니 비가 그쳤다. 한 시간쯤 지났을까. 시계를 보니 자정이 넘어가고 있었다. 이건은 몸을 뒤로 돌려 민아를 쳐다봤다. 마냥 차에서 재울 수는 없었기에 조용히 그녀의 이름을 불렀다.

그녀가 사는 곳을 알고 있었지만 집 앞까지 데려다주면 행여나 스토커로 오해할까 봐 술이 깨기만을 기다렸던 것이다.

"이민아, 일어나. 눈떠 봐."

민아의 속눈썹이 한차례 파르르 진동했다. 그 모습에 그가 다시 조용히 이름을 불렀다.

"이민아. 그만 자고 일어나."

"으, 응."

아직도 꿈속에서 헤매는 눈빛으로 주위를 둘러보던 민아가 그를 보고 화들짝 놀랐다.

"오, 오뎅?"

피식 웃음이 새어 나왔다. 갑자기 취기가 몰려오는 모양이었다.

"그래. 오뎅 부장이야."

"어, 긍데 왜 여기 있는 거예요오?"

눈을 게슴츠레하게 뜨고서도 바짝 경계하며 날을 세우는 모습에 이건은 저절로 한숨이 새어 나왔다. 그래도 어쨌든 달래서 집에 보내야 하니 그가 타이르듯 말했다.

"걸을 수 있겠어? 집에 가야지. 여기 내 차 안이야."

"엄마야!"

문을 열고 갑자기 밖으로 뛰쳐나가는 민아 때문에 그도 서둘러 차에서 내렸다.

"그, 그럼 안녕히 가쎄요."

비틀거리면서도 민아는 꾸뻑 인사까지 한 뒤 용케 앞으로 걸어갔다. 이건은 말없이 그녀의 뒤를 따랐다. 원룸이 모여 있는 곳으로 걸어가는 것을 보니 취했어도 집은 기억하는 모양이었다.

이건은 바로 앞에 보이는 편의점으로 재빨리 들어갔다 나왔다. 1분도 채 걸리지 않은 짧은 시간에 민아는 벌써 저만치 걸어가고 있었다. 재빨리 쫓아가자 그녀가 걸음을 멈추고 뒤를 획 돌아보았다. 그런데 그를 바라보는 눈빛이 심상찮았다.

솜털이 보송보송할 것 같은 보드라운 뺨을 실룩거리더니 그녀가 도톰한 입술을 야무지게 모으고 쏘아붙였다.

"긍데, 왜 자꾸 따라오쎄요?"

취해서 혀도 제대로 돌아가지 않는 그녀가 새초롬한 표정을 지으며 따져 묻기 시작했다.

"집 여기야?"

"네에. 긍데, 여자 혼자 사는 집은 왜요?"

"어서 들어가."

이건은 일부러 표정을 굳히며 차갑게 말했다. 하지만 취한 민아에게 그의 표정이나 말투가 제대로 들어올 리 만무했다.

"저 좋아하쎄요? 왜 그러시는 건데요오?"

"하하."

저절로 웃음이 새어 나왔다.

귀엽긴 뭐가 이리 귀여워.

"그래. 무사히 집에 왔으니까, 어서 들어가서 쉬어."

"어, 웃는 거 보니까 수상한데요?"

"자, 마셔. 그리고 곧장 들어가서 자는 거야. 알겠지?"

이건은 호주머니에서 숙취 해소제를 꺼내 민아의 손에 쥐여 주었다.

"어? 이거, 이거. 쿡, 맞잖아요. 저 좋아하는 거."

민아는 이건이 준 숙취 해소제를 받아 들고서는 다시 그의 앞에 내밀었다.

"왜. 마시기 싫어? 이런 거 싫어해?"

"아뇨오, 따 주쎄요."

숙취 해소제를 다시 받아 든 이건이 단숨에 따서 그녀에게 내밀었다. 민아는 쪽쪽 소리까지 내면서 그것을 마시더니 빈 병을 그에게 내밀었다. 그는 빈 병을 말없이 받아 들고서는 그녀를 뒤돌아 세워 원룸 입구로 밀어 넣었다.

"자, 이제 가서 자는 거야."

발걸음을 옮기는 민아를 보던 이건이 돌아섰다. 한 열 발자국 걸었을까.

"본부장니님, 제가 제일 싫어하는 게 뭔지 아쎄요? 바로 오뎅이걸랑요. 아, 또 있다. 절편."

"절편?"

"네에. 절펴어언요. 안녕히 가쎄요오."

오뎅은 분명 자신을 말하는 것일 테고, 절편은 뭐지?

그런데 제일 싫어하는 거라고?

이거 큰일이네.

이건은 민아가 사라진 뒤에도 한참을 서서 그녀의 집을 올려다보았다.

#2

내가 제일 싫어하는 것은
오뎅과 절편

출근을 한 민아는 조신하게 앉아서 서류를 검토했다. 술을 마신 다음 날일수록 흐트러짐 없는 모습을 보여 주는 것은 그녀의 오래된 습관 중 하나였다.

하지만 겉모습이 멀쩡하다고 해서 속까지 괜찮은 건 아니었다. 사실 지금 그녀의 머릿속은 백지상태에 가까웠다.

멍하니 넋을 놓고 앉아 있는 민아에게 정혜가 다가왔다.

"오, 역시나 오늘도 퍼펙트한 차림으로 출근했네. 넌 어째 술 마신 다음 날이면 화장이 더 잘 먹냐?"

"왔어?"

"으, 속 쓰려."

"그러게 누가 그렇게 퍼마시라고 했니?"

민아는 고개를 저으며 정혜를 불쌍하다는 듯 쳐다봤다.

"야, 넌 왜 이렇게 멀쩡해? 이거 수상한데?"

"수상하긴 뭐가 수상해. 나야 워낙 조절을 잘하니까 그렇지."

"차라리 네가 내 딸이라고 해라. 그럼 믿어 줄게."

"그럼 딸 하든지."

민아는 어제 이건이 준 숙취 해소제 덕분에 제가 생각보다 멀쩡하다는 것을 새까맣게 잊고 있었다. 그녀가 기억하는 것은 컴컴한 화장실에서 이건을 만났다는 것과 그가 있는 으리으리한 술집으로 들어갔던 것까지였다.

보나 마나 오늘 본부장의 호출이 떨어지면……. 으, 생각만으로도 끔찍했다.

"그런데 어제 본부장님 너무 멋지지 않았니?"

정혜가 눈에 하트를 뿜어 대며 속삭였다.

그래, 넌 실컷 오뎅이나 찬양해라……가 아니었다. 멍하게 마우스를 움직이던 민아가 갑자기 뭔가 생각난 듯 다급하게 물었다.

"한 대리, 너 이번 주까지 제출하기로 한 프로포잘 냈어?"

"당연하지. 어제가 마감이었잖아."

"어떡해. 나 아직 안 냈는데."

"조만간 호출하시겠네. 이번에 프로포잘 선택된 사람 걸로 직원 연수회 개최한다고 해서 빠짐없이 제출하라고 했잖아."

"망. 했. 다."

"괜찮아. 한두 번도 아닌데 뭘 새삼스럽게 그러니?"

"일단 빨리 해야 해. 너 저리 좀 가 줄래?"

민아는 고심 끝에 사이트에 들어가 유료 결제를 한 뒤 자료를 다운받았다. 교묘하게 옮겨다 붙이면 충분히 승산이 있었다. 멍한 상태에서 그녀는 내려받은 자료를 열심히 짜깁기하기 시작했다.

"아, 다 했다. 속이 다 시원하네."

몇 분도 채 지나지 않아 민아는 전자 문서로 이건에게 프로포잘을 보낸 뒤 결재를 요청했다. 불안한 마음이 들긴 했지만 제발 그냥 넘어가 주길 기도하며.

사실 입사 초기 때부터 이랬던 건 아니었다. 나름 호텔경영학을 전공하며 배운 것들을 가지고 다양한 프로포잘을 냈었다. 하지만 번번이 묵살당해 제대로 반영된 적이 단 한 번도 없었다. 그리고 얼마 지나지 않아 경쟁 호텔에서 그녀가 제안했던 내용과 똑같은 프로모션이 떡하니 진행되어 연일 대박 행진을 벌였다. 그런 일이 몇 번 반복되자 나름 현실에 안주하며 적당히 하고 말자, 라는 생각을 가지게 되었다.

설마, 최 본부장이라고 별거 있겠어?

암, 똑같을 거야.

❖   ❖   ❖

이건은 출근할 때면 반드시 본관 호텔 로비 쪽을 들렀다가
한 바퀴 둘러본 뒤 별관으로 향했다. 대부분의 호텔 사무실
이 지하에 있는 반면, 뉴월드 호텔은 직원들의 복지를 위해
사무실을 지상에 뒀다. 본관과 이어진 별관에 따로 사무동을
만들어 5층에서부터 10층까지 모두 사무실로 사용했다.

어제 잠을 제대로 자지 못한 그였지만 오늘도 완벽에 가까
운 빈틈없는 모습 그대로였다.

이건이 호텔 로비를 가로지르자 데스크에 있던 안내 담당
여직원이 상냥한 미소를 지으며 인사를 해 왔다. 고개를 가
볍게 끄덕인 뒤 이곳저곳을 둘러보는 그를 응시하던 데스크
여직원들이 귓속말을 주고받기 시작했다.

"어머, 저 탄탄한 엉덩이 좀 봐. 정말 멋지지 않니?"

"올라붙은 엉덩이가 어쩜 저렇게 멋지니. 다리 길이는 어
떻고. 완전 모델이지?"

"정말 보면 볼수록 **빠져들** 것 같아."

"침이나 닦아."

총각에다 능력자인 이건은 모든 여직원들의 선망의 대상

이었다. 그는 그런 여직원들의 시선에 전혀 무관심했다. 늘 한결같은 무심한 눈빛으로 모두를 바라볼 뿐이었다.

이건이 본부장실에 들어서자 데스크에 있던 서 비서가 몸을 일으키며 인사를 해 왔다.

"안녕하십니까. 본부장님."

"네."

이건은 그의 사무실로 오기 전 경영기획팀 사무실을 슬쩍 둘러보았었다. 그의 시선이 향한 곳은 늘 그렇듯 민아의 자리였다.

어제 늦게 들어간 것치고는 상태가 양호했다. 흐트러짐 없는 모습으로 뭔가를 바쁘게 하고 있는 것을 보자 저절로 입가에 웃음이 매달렸다. 생각보다 직장 생활을 잘하고 있는 그녀가 대견스럽다 생각하며 사무실로 올라왔다.

자리에 앉아서 업무를 시작한 이건은 급한 서류부터 결재를 끝냈다.

비서가 가져다 놓은 커피 잔을 들고 자리에서 일어난 그가 창밖으로 시선을 돌렸다. 모처럼 맑게 갠 날씨 덕분에 서울 시내가 맑고 쾌청해 보였다.

조만간 직원 복지를 위한 연수회를 개최해야 하는데 어제까지 받은 제안서에는 마땅히 선정할 만한 프로그램이 없었다. 더군다나 어제가 마감이었음에도 불구하고 아직 프로포잘을 제출하지 않은 사람도 있었다.

이건은 다시 자리에 앉아 컴퓨터 화면을 쳐다봤다. 그리곤 뻐근한 뒷목을 이리저리 돌리며 손으로 어깨를 툭툭 쳤다.

현재 기획조정본부의 본부장인 그는 차기에 사장으로 승진할 예정이었다. 파격적인 인사 조치라 생각될지 모르겠지만 그가 외국에서 유학을 마치고 돌아온 것도 모두 경영자 수업을 위해서였다. 계열사 중 가장 열악한 조건에 놓여 있는 뉴월드 호텔은 그에게 주어진 과제나 다름없었다.

호텔 매출이 계속해서 줄어들 경우 업종을 변경하든지, 아니면 아예 문을 닫는 방법으로 그룹의 계열사를 축소해 나가겠다는 방침이 떨어졌기 때문이었다.

그로서는 여간 심적 부담이 큰 것이 아니었다. 정보를 모으기 위해 호텔 업계 경영기획팀장 모임에도 될 수 있으면 빠지지 않고 참석했다. 어제도 모임에 참석했지만 별 영양가 없는 이야기가 오가자 그냥 집으로 돌아갈까 생각하던 중 우연히 주차장에서 민아를 만났던 것이었다.

이민아…… 생각만으로도 피식 웃음이 새어 나왔다.

띠링.

그때, 모니터에 결재 요청 알림이 떴다. 요청자를 보니 민아였다. 호랑이도 제 말 하면 나타난다더니 딱 그 짝이었다. 이건은 흐뭇한 미소를 지으며 문서 파일을 열었다. 한참을 훑어보던 그는 이내 인쇄 버튼을 눌렀다.

이를 어쩐다?

그의 날카로운 두 눈이 짙게 반짝였다. 이로써 유료 결제 사이트에서 문서를 내려받아 편집한 직원이 총 세 명으로 늘었다.

다리를 꼬고 앉아 어떻게 이들을 벌하지 고민하는 이건의 표정은 사뭇 진지했다. 짙은 눈썹이 꿈틀하더니 그가 기다란 팔을 뻗어 인터폰을 들었다.

"류 과장님. 지금 이민아, 한정혜, 정선우 세 사람 내 방으로 오라고 해 주세요."

이건은 손에 쥔 볼펜을 빙그르르 돌리며 그녀들이 오기만을 기다렸다.

똑. 똑.

"네."

고개를 당당히 든 세 사람이 본부장실로 들어왔다.

"모두 앉아요."

이건은 집무용 책상에서 일어나 응접 소파로 걸어갔다. 그의 손에는 출력된 세 장의 문서가 들려 있었다.

그가 나란히 앉아 있는 세 사람의 앞으로 문서를 늘어놓았다.

직원들의 사기 앙양을 위한…….

세 장의 문서에 똑같이 적힌 글자를 보자 다들 헛기침을
해 대며 먼 산을 쳐다보듯 딴 곳을 바라보았다.

"보고 느끼는 바가 있다면 한 대리부터 말해 보도록."

"아, 그것은 제가 먼저 다운받은 것으로, 정 대리가 그것
을 베꼈습니다."

정혜가 아주 당당하게 말했다. 그러니까 자기가 먼저 썼다
는 것을 강조하면서 말이다.

"좋습니다. 이 대리, 말해 보세요."

"음, 전. 그러니까. 정혜가 한발 빨랐네요. 죄송합니다."

"세 분 다 뭐가 문제인지 모르겠습니까?"

이건은 세 사람을 쭉 훑어봤다. 그중 민아의 입이 댓 발은
삐져나와 있었다. 그에 그는 인상을 찌푸리며 그녀의 행태를
쳐다봤다.

"다들 오늘 안으로 다시 제출하세요. 다 할 때까지 한 명
도 퇴근 못 합니다. 아시겠습니까. 만약 그냥 퇴근할 시에는
인사고과에 반영토록 하겠습니다."

"네…….."

"그리고 출근 시간을 보면 9시 간당간당하게 출근들 하는
데, 최소한 30분 전에는 출근해야 하는 거 아닙니까."

"네, 앞으로는 조심하겠습니다."

다들 입이 열 개라도 할 말이 없었다. 이건은 서늘한 시선으로 세 사람을 쳐다본 뒤 말했다.

"기다릴 테니 직접 내 방으로 와서 검사받고 퇴근하도록 해요. 그만 나가 봐요."

세 사람 모두 엉거주춤 일어나 본부장실을 나갔다.

"아우, 진짜 미치겠네. 정 대리, 너 표 안 나게 한다며!"

정혜가 선우를 향해 쏘아붙였다.

"쯧쯧, 유료 사이트에서 다운받은 걸로 다 했다고 큰소리치다니. 다들 속 보인다, 속 보여."

민아가 흘겨보며 혀를 차자 정혜가 언성을 높였다.

"왜 하필 너까지 가세해서."

"지랄들을 해라. 지랄을."

선우가 같잖다는 듯 소리치자 그 말에 열이 받은 정혜가 더욱 목소리를 높여 댔다.

"아니, 저는 뭘 잘했다고."

"됐어. 내가 오뎅 붙잡고 인당수에 빠져 죽을 테니까 그때 나한테 고맙다고 해."

갑자기 눈을 치켜뜬 민아가 말 같지 않은 말을 던졌다. 그러자 정혜와 선우가 벙 찐 표정으로 민아를 쳐다봤다.

"쟤 지금 뭐라고 하는 거야?"

"나도 몰라. 인당수 물에 오뎅을 삶아 먹겠다는 말이야?"

"그 말인가?"

왔던 길을 다시 돌아 본부장실로 향하는 민아를 보며 정혜와 선우는 서로 눈을 맞추더니 잽싸게 달려가 그녀의 뒷덜미를 붙잡았다.

"지금 제정신이야? 일 더 크게 만들지 말고 그냥 가시지?"

정혜가 민아의 어깨에 팔을 두르며 잡아끌었다.

"그럴까? 아무래도 그렇겠지?"

논개처럼 당당하게 걸어갈 땐 언제고 말리는 손길에 민아는 얼른 몸에 힘을 빼며 질질 끌려가다시피 엘리베이터로 향했다.

그때 등 뒤에서 음산한 목소리가 울렸다.

"이민아 대리, 잠시 나 좀 봅시다."

놀란 민아가 눈을 동그랗게 뜨고 뒤를 돌아보았다.

"저, 저요?"

"들어와요."

이건이 싸늘하게 말을 내뱉으며 사무실로 들어갔다.

"혹시 들은 거야? 어쩌니?"

"그러게 왜 함부로 입을 놀려. 오뎅을 삶아 먹니, 마니 하더니. 쯧쯧, 어서 가 봐."

선우가 혀를 차며 민아의 등을 떠밀었다.

두 사람의 시선을 뒤로하고 민아는 심호흡을 하며 다시 본부장실로 발걸음을 옮겼다.

그는 한쪽 눈썹을 추켜세우며 본부장실로 들어선 그녀를 쳐다봤다.

"앉아."

"네."

민아는 미약한 음성으로 대답하며 눈치를 살폈다. 그의 입에서 무슨 말이 떨어질지 심장이 벌렁대기까지 했다.

"이 대리는 여자가 왜 그렇게 조심성이 없는 거지?"

"네에?"

"공중화장실에서 문을 열고 볼일을 보는 행위를 아무리 생각해도 이해할 수가 없어서 말이야. 나쁜 마음 먹고 덤비는 놈이 있기라도 했으면……."

그는 생각하기도 싫다는 듯 말끝을 흐렸다.

"그, 그건 전등도 나갔고 너무 어두워서 어쩔 수 없이 그런 거예요."

어젯밤의 장면이 파노라마처럼 스쳐 갔다. 민아는 두 눈을 꾹 감았다 뜨며 벌게진 얼굴을 푹 숙였다. 27년을 살아오면서 단 한 번도 남자 앞에서 그렇게 창피한 모습을 보인 적은 없었다. 생각만으로도 아찔했다.

하필이면 이 사람이 그곳에 있을 게 뭐란 말인가.

"앞으로 조심해. 그런 장소에서는 특히."

이건이 착 가라앉은 목소리로 말했다.

"그리고 술도 약한 것 같던데 적당히 마셔. 여자가 취해서 해롱거리는 거 보기 싫어."

"알겠습니다."

민아는 딱딱하게 굳은 얼굴로 대답했다. 자존심이 상하는 건 둘째 치고 그렇게 창피할 수가 없었다. 어서 이 자리를 벗어나고 싶은 마음뿐이었다.

"그건 그렇고, 절편이 뭐지?"

문득 이건은 어제 그녀가 갑자기 외쳐 대던 절편이란 말이 떠올라 물었다.

"헉!"

그 순간 민아는 양팔로 엑스 자를 만들며 가슴을 가렸다.

"절편 말이야. 혹시—"

"아, 앞으로는 조심하겠습니다. 그럼 이만 나가 보겠습니다."

민아는 여전히 가슴을 가린 채로 뒷걸음질 치며 본부장실을 빠져나왔다.

"어? 왜 그래요? 이 대리?"

"아, 아니에요."

서 비서가 딱딱하게 굳은 민아의 얼굴을 보며 고개를 갸웃댔다. 민아는 그녀가 그러거나 말거나 빠르게 걸음을 옮겨 비상구 문을 열고 계단을 뛰어 내려갔다.

절편인 건 어떻게 알았지?

"헉, 헉."

정혜와 선우는 헐떡거리며 사무실로 들어오는 민아를 호기심에 찬 눈빛으로 바라보았다.

"뭐래? 왜 따로 부른 거야?"

정혜가 곁으로 다가와서 물었다.

"······오뎅 말이야, 내공이 장난 아니야. 어떻게 알았을까?"

골똘히 생각에 잠긴 민아가 혼자 중얼거렸다.

"어휴, 답답하다. 제대로 말 좀 해 봐. 어떻게, 제안서는 말했어?"

"넌 기대할 걸 해. 쟤 얼굴 봐. 어디 입이나 열었겠나."

"정말 우리 퇴근도 못 하고 다시 작성해야 하는 거야?"

민아는 원탁이 놓인 곳으로 가 의자에 털썩 주저앉았다. 몸이 달은 두 여인네가 주변으로 모여들었지만 지금 민아의 머릿속에는 프로포잘이 중요한 게 아니었다. 어떻게 오뎅이 절편을 알고 있느냐 하는 것이 중요했다. 목욕탕에 같이 가 본 이 두 여인네가 아닌 이상 그 사실을 알 리가 없었다.

그렇다면······ 이것들을!

민아는 도끼눈을 뜨고 둘을 쳐다봤다. 가늘게 쭉 찢어진 눈으로 살벌하게 노려보자 두 사람의 눈이 동그랗게 커졌다.

"혹시 너희 오뎅한테 내가 절편이라는 거 불었니?"

"우리가 왜? 아니?"

"확실해?"

"맹세코."

이를 갈며 재차 묻는 말에 둘은 고개를 끄덕이며 절대 아니라는 표정으로 대답했다.

"못 믿겠어."

"좋아. 내 B컵 가슴을 걸고 맹세할게. 됐지?"

정혜가 허리에 손을 올리고 당당하게 가슴을 내밀었다.

"말은 똑바로 해라. 너도 A컵이면서. 나쯤 돼야 B컵이라고 할 수 있지."

선우가 어처구니없다는 표정을 지으며 정혜의 가슴을 덥석 잡았다.

"내 앞에서 금기어가 뭐라고 했지?"

"지금 그딴 거 따지게 생겼어? 그래서 어떻게 됐다는 거야?"

"어떻게 되긴. 절편이 뭐냐고 물어보는 바람에 당황해서 뛰쳐나왔어."

"끝?"

"응, 끝."

허탈한 표정으로 민아를 바라보던 정혜와 선우가 슬그머

니 자리에서 일어나 자신의 자리로 갔다.

"야, 잠시만 서."

민아가 부르자 다들 멈춰 서며 혹시나 하는 기대 어린 눈 빛으로 그녀를 쳐다봤다.

"저녁은 짬뽕?"

"넌 지금 밥 생각이 나니?"

선우가 한심하다는 듯 말하자 정혜가 한마디를 거들었다.

"난 짜장 곱빼기."

"난 간짜장."

"콜."

대화가 삼천포로 흘러갔지만 그 누구도 이상하게 생각하 는 이는 없었다. 대화를 끝낸 세 사람은 각자의 자리에 앉고 는 전투적인 자세로 키보드를 부서져라 두드리기 시작했다.

내가 진짜 이번에는 제대로 해서 본때를 보여 줄 거야. 왕 년의 실력 안 죽었거든.

민아는 입술을 질끈 깨물고서는 단단히 각오를 다졌다.

업무를 처리하던 이건은 벽에 걸린 시계를 쳐다봤다. 밤 9시 가 넘어가고 있었지만 아직 제안서를 가지고 온 사람은 한 명도 없었다.

그는 어제부터 계속 뻐근함이 느껴지는 뒷목을 손으로 두

드리며 자리에서 일어났다. 전화를 해 볼까 하다가 이 여자들이 뭘 하고 있나 직접 가 보기로 했다.

"민아야, 다 해 가니?"

정혜가 고개를 빼꼼 내밀며 물었다.

"아니, 짬뽕 먹었더니 배불러서 잠만 쏟아지는 거 있지. 너는? 설마 다 한 거야?"

"나도 오늘 안으로는 텄어."

"나도 포기."

선우가 책상에 널브러진 채 맥 빠진 표정으로 말했다.

"너희 지금 잠 오지. 내가 잠 깨게 해 줄까?"

"아, 또 유치한 짓 할 거면 때려치워. 거절한다!"

민아는 그러거나 말거나 자리에서 일어난 뒤 책상 앞으로 나가 크흠! 헛기침을 하며 성대를 가다듬었다. 그리곤 누군가의 말투를 흉내 내기 시작했다.

"자, 모두 어떻게 됐습니까. 지금까지 한 걸 내놔 보세요."

"쟤 누가 좀 말려 봐."

선우가 정혜를 보며 SOS를 요청했지만 그녀는 고개를 저었다.

"놔둬. 얼마나 갈굼당했으면 저러겠니. 저런 식으로라도 스트레스 풀어야지, 안 그러면 미쳐. 그냥 놔둬."

"모두들 한 거 내놔 봐."

"쯧쯧, 불쌍한 것. 네에, 네. 오뎅 부장님, 여기 있어요."

정혜가 맞장구를 치며 종이를 내밀자 민아가 엉덩이를 뒤로 쑥 빼낸 뒤 뒤뚱거리면서 앞으로 걸어갔다. 그리곤 정혜에게서 종이를 받아 들고는 그것을 넘기는 시늉을 했다.

"큭, 야. 그건 아니다. 엉덩이가 그렇게 보기 흉하게 튀어나오진 않았지."

"암, 입이 삐뚤어졌어도 말은 바로 하랬다고. 그건 아니지."

"시끄러워. 내 맘이야."

민아는 일갈한 뒤 다시 흉내를 내기 시작했다.

"한 대리! 다시! 이렇게 하고도 월급을 받아 가나?"

말이 떨어지기 무섭게 민아는 종이를 좍좍 찢어 어깨 뒤로 던져 버렸다. 지금까지 이건에게 당한 것들을 과장되게 따라 하고 있었다.

"저, 본부장님. 질문 있어요."

선우가 한 손을 들어 올렸다.

"뭡니까."

마치 허튼소리를 하면 가만두지 않겠다는 듯 살벌한 눈빛으로 민아가 선우를 노려봤다. 딴에는 오뎅에게 빙의되어 하는 짓인데 어설프기 짝이 없었다.

선우가 터지려는 웃음을 간신히 참으며 물었다.

"엉덩이 안에 뭘 넣으셨나요. 엄청 **빵빵**하신데. 으하하. 웃긴다."

"크흠! 아닙니다. 원래 이렇게 생겨 먹은 것입니다. 일명 오뎅이라고 불리는 제 엉덩이는 전설의 오리궁뎅이 김성한 선수와 비교해도 뒤지지 않을 정도란 말입니다."

민아는 쭉 내밀은 엉덩이를 팡팡 두드리며 보란 듯이 흔들었다. 그 모습을 보며 정혜와 선우가 배를 잡고 웃었다.

"지금 뭣들 하는 거지?"

헉!

이런, 제기랄. 하필이면!

눈앞이 캄캄해진 민아는 입술을 질끈 깨물었다. 천천히 엉덩이를 집어넣은 뒤 하얗게 질린 얼굴로 뒤돌아섰다. 그녀뿐만 아니라 정혜와 선우도 자리에서 벌떡 일어나 고개를 푹 숙였다.

귀까지 벌게진 세 사람은 차마 고개를 들지 못하고 자라처럼 목을 안으로 쑥 집어넣었다.

"이, 이제 다 끝나 가서 잠시 쉬던 중이었어요."

갑자기 어디선가 차가운 칼바람이 불어왔다. 온몸이 벌벌 떨릴 만큼 추운 바람이.

"한 대리와 정 대리는 이만 가 보세요."

"저, 저는요?"

민아가 당황한 얼굴로 말을 더듬거리며 이건을 쳐다봤다.

"따라와, 이 대리."

"……네?"

이건은 민아가 되묻든 말든 포커페이스를 유지하며 사무실을 벗어났다.

"민아야, 우리 먼저 갈게. 어쩔 수 없잖니. 본부장님이 너만 찾으시니."

애절한 눈빛을 보내는 민아를 냉정하게 밀어낸 두 사람은 잽싸게 가방을 챙겨 들고 사무실을 나가 버렸다.

의리 없는 것들.

일단 떨리는 가슴을 진정시킨 민아는 입꼬리를 올리는 연습을 해 대며 그가 있는 방으로 향했다.

소파에 앉은 이건은 민아가 걸어오는 모습을 조용히 지켜봤다. 하얗게 질린 얼굴로 조심조심 다가오던 그녀가 고개를 외로 꼰 채 그의 앞에 섰다.

"앉아. 이 대리."

"네에."

민아는 올 것이 왔다는 표정을 지으며 한숨을 내쉬었다.

"이민아 씨. 여기 나가면 어디 갈 곳 있습니까."

"……?"

이건은 무표정한 얼굴로 그녀를 쳐다본 뒤 한 번 더 물었다.

"여기서 잘리면 갈 곳 있느냐고."

갈 곳 없는 거 뻔히 알면서 저리도 노골적으로 자른다는 소릴 하다니. 도대체 전생에 무슨 원수를 져서 이리도 사람을 괴롭히니? 응?

"본부장님. 제가 갈 곳이 어디 있다고. 전 여기서 뼈를 묻을 각오로 일하고 있습니다."

혀 짧은 소리를 내며 민아가 눈치를 살폈다.

"일주일 동안 서 비서가 휴가를 가는데 그동안 그 자리를 대신할 사람이 필요합니다. 누가 하면 괜찮을까?"

대놓고 네가 하라고 말하는 편이 훨씬 나을 것이다. 지금 밥줄을 가지고 딜을 하는 마당에 그깟 일주일 동안 그의 비서 노릇을 하는 게 문제겠는가.

민아는 재빨리 머리를 굴렸다.

"난 한 대리가 잘할 것 같은데. 이 대리의 생각은 어때?"

"무슨 그런 말씀을. 그런 건 제가 더 잘해요. 시켜 보시면 아시겠지만 제가 생각보다 꼼꼼하고 차도 잘 타거든요. 그리고 청소도 엄청 잘해요. 직접 보시면 아마 감탄하실 텐데."

그가 믿거나 말거나 일단 밀어붙여야 했다.

"괜찮겠어? 최영민 실장 좋아하잖아."

갑자기 최 실장님 이야기가 왜 튀어나오는 거지?

민아는 뜬금없는 소리에 눈을 동그랗게 뜨고 그를 쳐다봤다. 밤말은 쥐가 듣고 낮말은 새가 듣는다고 했다. 이렇게 당당하게 회사에서 떠들 소리가 아니었다.

"저, 본부장님. 그 부분에 대해서는 함구하기로 하셨잖아요. 이렇게 큰 소리로 말씀하시면 제가 무척 곤란해질 수도 있거든요."

"아직도 마음을 못 비운 모양이네."

그가 눈을 가늘게 뜨고 그녀를 유심히 살폈다.

아무리 생각해도 이건은 적응하기 어려운 사람이었다.

민아가 안절부절못하며 입술을 잘근거리고 있자 그가 그제야 말을 툭 내뱉었다.

"그럼 다음 주부터 이 대리가 서 비서 일을 대신하는 걸로 알고 있겠습니다."

"네. 그렇게 하겠습니다."

느긋하게 소파에 기대며 만족스러운 미소를 머금는 그의 얼굴을 보니 그 웃음이 사악하게 느껴졌다.

"앞으로 예의 주시해서 볼 테니까 조심해. 이 대리."

"넵."

입가에 옅은 미소를 머금은 이건이 자리에서 몸을 일으켰다.

"퇴근하자. 서류는 내일 출근 전까지 보내 놓도록."

"네. 그렇게 하겠습니다. 그럼 이만 나가 보겠습니다."

"어제 보니 엎어지면 코 닿을 만큼 집이 가깝던데. 같이 가지."

"네? 아. 그, 그러죠."

민아의 얼굴이 슬쩍 일그러졌다. 마지못해 대답한 그녀가 자리에서 몸을 일으켰다. 이건은 그런 그녀의 표정을 보고서도 못 본 척 태연스럽게 행동했다.

저 사람, 날 괴롭히는 재미로 사는구나.

"그럼 준비하고 지하 주차장으로 내려와. 기다릴 테니."

"네."

이건은 재킷을 걸치며 사무실을 벗어났다. 뒤따라 나온 민아는 엘리베이터를 타고 한 층 아래인 9층에서 내렸고, 이건은 별관 1층에서 내려 본관 로비를 지나 지하 주차장으로 향했다.

지하 주차장에 검정색 승용차가 비상등을 깜빡이며 서 있었다. 이건은 엘리베이터 입구 쪽으로 차를 옮겨 민아가 차에 바로 탈 수 있도록 했다. 시계를 쳐다보던 그의 얼굴이 희미하게 찌푸려졌다. 20분 넘도록 그녀를 기다리고 있었다. 사무실에 돌아가 자리를 정리하고 나오려면 그 정도쯤은 걸릴 수 있다 생각하며 애써 마음을 느긋하게 먹고 시트에 머리를 기대었다.

잔잔하게 틀어 놓은 음악의 볼륨을 조금 더 높였다. 그러고도 10분이 더 지났건만 그녀는 모습을 나타내지 않았다. 순간 불길한 예감이 번뜩 스쳐 지나갔다. 점점 빨라지는 음악의 박자를 따라 그의 심장박동도 빨라져 갔다.

뭐지? 물가에 내놓은 아이처럼 마냥 불안했다. 이건은 주머니에서 휴대폰을 꺼내 단축 번호 0번을 눌렀다. 하지만 들려오는 것은 전원이 꺼져 있다는 소리뿐이었다.

이민아, 널 어쩌면 좋을까.

이건은 얼굴을 굳히고 주차장 바닥과 타이어의 마찰 소리가 요란하게 날 정도로 세게 액셀을 밟았다.

지하 주차장을 돌아서 지상으로 올라온 그는 뭔가를 발견하곤 차를 한쪽 편에 세웠다.

이건의 눈빛에 음산한 그늘이 드리워졌다.

한편 민아는 별관 지상 주차장에서 20분 넘게 기다려도 이건이 나타나질 않자 자신을 골탕 먹이기 위해 그가 그냥 가 버린 거라고 생각하며 이를 악물었다. 배터리가 나가 버린 휴대폰으로는 그가 어디에 있는지 확인해 볼 수 없었다.

추운 데서 바들바들 떨며 서 있던 민아는 미련 없이 주차장을 벗어났다. 앞으로 다신 본부장의 차를 타지 않을 것이라 다짐하며 어떻게 그에게 복수할지 고민했다.

"어? 이 대리님. 늦게 퇴근하시네요?"

그때, 총무과 박 대리가 알은체를 하며 다가왔다.

"아, 박 대리님. 오늘 좀 늦게까지 일했어요."

"그래요? 다른 분들은 먼저 가셨나 보죠?"

"네."

박 대리는 호텔에서 매너 좋기로 소문이 난 사람이었다. 객실부에서도 그를 데리고 가기 위해 호시탐탐 노리고 있다고 했다. 당연히 여직원들 사이에서도 인기가 많았다.

"박 대리님, 우리 오뎅이나 먹고 갈까요? 저기 포장마차 보이는데."

추위에 떨던 민아는 맞은편에 보이는 포장마차를 가리켰다. 너무 추우니 몸이 따뜻한 오뎅 국물을 부르고 있었다.

"아, 저기 맛있죠. 특히 국물이 끝내주더라고요."

"가요. 오늘따라 오뎅이 엄청나게 당기네요."

"그래요? 그렇다면 얼른 가서 먹죠."

둘은 나란히 포장마차로 향했다.

하하, 호호거리며 걸어가는 둘의 모습을 말없이 주시하는 이건의 눈동자에 광채가 흐르는 듯했다.

#3

이 대리,
짝가슴이야?

머리맡에 놓아둔 알람 시계가 아침을 깨우며 요란스럽게 울렸다. 민아는 기계적으로 벌떡 몸을 일으킨 뒤 아령을 들고 열심히 올렸다 내렸다를 반복했다.

"으응, 시끄러워. 제발 멎어라."

아령 모양의 알람 시계는 반드시 서른 번을 올렸다 내렸다 해야지만 알람 소리가 꺼졌다. 지각을 면하기 위해서 수소문 끝에 산 것이었다.

간신히 알람을 끈 민아는 곧바로 욕실로 향했다.

"으악! 세상에 다크서클이 턱까지 내려왔어."

그녀는 거울에 비친 제 모습을 보곤 소리를 질렀다. 새벽

녘에 간신히 제안서를 완성하고 이건에게 메일을 전송했다. 그리고 잠깐 눈을 붙인 거였는데 몰골이 말이 아니었다. 그나마 봐 줄 데라곤 피부밖에 없는데 칙칙하게 그늘진 모습을 보니 한숨이 절로 새어 나왔다.

제안서가 채택될 리는 없겠지만 제대로 검토라도 된다면 더 바랄 게 없을 것 같았다. 의욕을 갖고 이렇게 밤을 새워 가며 일을 해 본 적이 언제인지 까마득했다.

"늦었다. 서둘러야겠네."

가뜩이나 본부장의 눈 밖에 났는데 지각까지 해서 밉보일 수는 없었다. 얼른 샤워를 마친 민아는 절벽 가슴을 완벽히 커버할 수 있는 특수 보정에 가까운 브래지어를 착용했다. 거울 앞에 서서 체크를 하자 그래도 뭔가 부실한 것이 조금 빈약해 보였다.

여자의 가슴은 자존심과 직결된다. 뽕을 하나 더 넣은 민아는 거울을 보며 옆태, 앞태, 뒤태까지 확인했다. 그제야 만족스러운 미소가 입에 걸렸다.

그다음부터는 손에 잡히는 대로 챙겨 입고 집을 뛰쳐나왔다.

지옥철에 시달리며 간신히 역에 도착한 민아는 역사를 빠져나와 호텔까지 미친 듯이 뛰었다.

하아, 다행이다. 아직 8시 30분을 넘지 않았다.

민아는 엘리베이터 앞에서 간신히 여유를 되찾았다. 출근을 할 때면 이건이 늘 경영기획팀 사무실을 들여다보고 가는 것을 알고 있었다.

오늘 같은 날 일찍 출근해서 얼굴도장을 찍을 필요가 있었다. 잘리지 않기 위해선 당분간 일찍 출근하는 편이 이로울 것이다.

엘리베이터를 기다리는 그녀의 곁으로 홍보부 김 과장이 다가왔다.

"안녕하세요, 김 과장님."

인사성 바르기로 소문난 민아가 먼저 상냥하게 인사를 건넸다.

"아, 이 대리. 오늘은 일찍 출근하네?"

"그런가요? 늘 비슷하게 출근하는데."

"바쁘게 뛰어온 모양이야. 아직 시간 있는데 천천히 다녀."

입가에 느끼한 미소를 머금은 그가 민아의 가슴을 자꾸만 힐끔거렸다.

이 변태가! 어디 처녀 가슴을.

민아는 속으로 김 과장을 마구 욕해 대며 재킷으로 앞을 가렸다. 아침에 완벽한 세팅을 한 것은 유부남인 김 과장을 위해서가 아니었다.

도착한 엘리베이터에 올라 김 과장은 7층에서 내리고, 민아는 9층에서 내렸다.

"좋은 아침입니다."

사무실에 들어서며 활기차게 인사를 건네던 민아가 평소보다 일찍 출근한 정혜를 보며 눈을 동그랗게 떴다.

"어? 한 대리, 왜 이렇게 빨리 왔어?"

정혜가 눈짓으로 시계를 가리키더니 고갯짓으로 저쪽을 가리켰다가 손가락으로 천장을 찔러 댔다. 정혜의 사인을 본 민아는 연신 고개를 끄덕이며 암호를 해독했다.

그러니까…… 오뎅이 아침부터…… 난리를 쳐 댔고……. 넌…… 죽었다!

해석을 마친 민아의 얼굴이 서서히 먹빛으로 변해 갔다.

도대체 몇 시에 출근하란 말이야?

30분 전에 오면 충분할 줄 알았는데 변태 오뎅이 바라는 사항은 그것이 아닌 모양이었다.

"그나저나 넌 왜 이렇게 일찍 온 거야?"

"야, 나도 여기 잘리면 갈 곳 없거든. 어제 그 난리를 쳤는데 일찍 나와야지."

"그러니까 알아서 기겠다 그런 거지?"

"그래, 선우도 벌써 왔어."

"니들 정말 의리 끝내준다. 나야 죽든 말든 니들만 살겠다고 도망가 놓고는."

"목구멍이 포도청이라 어쩔 수 없잖니. 그렇다고 다 같이 죽어?"

"그래, 길고 가늘게 오래오래 살아."

민아는 톡 쏘아붙이고서는 자리에 앉아 컴퓨터 전원을 켰다.

그때, 모니터가 켜지기도 전에 인터폰이 울렸다.

"네, 경영기획팀 이민아 대리입니다."

─이 대리, 지금 당장 본부장실로 와야겠어. 빨리 올라와.

"류 과장님? 지금요?"

─그래. 얼른.

"알겠습니다."

민아는 의아해하면서도 일단 본부장실로 향했다.

"보고서도 보냈는데 아침부터 왜 부르는 거야."

본부장 소리만 들어도 심장이 쪼그라드는 기분이었다.

굴러 들어온 돌이 박힌 돌을 빼낸다더니 딱 그 짝이었다. 아무리 로열 패밀리의 일원이라고 하지만 새파랗게 젊은 것이 떡하니 본부장 자리에 앉아서 사람을 들들 볶아 댔다.

매번 후회하는 일이지만 대학 때 인간관계 기술론 강좌를 듣지 않은 것이 그렇게 억울할 수가 없었다. 그것이 지금에 와서 이렇게 발목을 잡을 줄 어찌 알았겠는가!

정혜한테 아부 신공을 배우든지 무슨 수를 써야지, 못 살겠어. 정말.

투덜대며 본부장실 앞에 도착한 민아는 텅 비어 있는 데스크를 보며 입을 삐죽거렸다. 그의 잘나신 비서는 아직도 출근 전이었다. 제 비서 단속이나 제대로 할 일이지.

민아는 마음을 굳게 먹고 본부장실 문을 두드렸다.

똑똑.

"네."

안에서 낮은 바리톤의 음성이 들려왔다.

목소리만 좋으면 뭐해. 사람이 인간성이 좋아야지.

표정을 수습한 민아는 안으로 들어가자마자 90도로 고개를 숙이며 인사를 건넸다.

"안녕하십니까, 본부장님."

"어, 이 대리. 이리 와서 앉아. 어서."

류 과장이 반색하며 민아를 맞이했다. 그녀는 조심스럽게 시선을 내리뜬 채 류 과장의 옆으로 가서 앉았다.

슬그머니 고개를 들어 쳐다보자 본부장의 잘생긴 미간에 내 천(川) 자가 그려져 있었다.

어제 그렇게 골탕 먹였으면 됐지. 얼마나 더 괴롭혀야 속이 시원하겠니? 오늘은 또 왜 부른 건데?

민아는 허공에서 그와 맞부딪친 시선을 피하지 않았다. 그렇다고 대놓고 싸워서 이길 배짱은 없었기에 이내 그에게 방긋 미소를 보냈다. 억지로 입꼬리를 끌어 올리자 입가가 부들부들 떨려 왔다.

"하하, 본부장님. 우리 이 대리가 이래 보여도 아이디어 뱅크입니다. 어찌나 감각이 뛰어난지 못하는 거 빼고 다 잘합니다."

그걸 칭찬이라고 하니?

그녀는 은근히 사람을 디스하는 류 과장이 못마땅했다.

"그럼, 류 과장님. 그렇게 알고 추진하시기 바랍니다."

"네, 물론입죠. 그럼 이만 나가 보겠습니다. 이 대리, 나 먼저 내려갈게. 수고."

이건에게 인사를 한 류 과장이 작은 목소리로 속삭이더니 그녀의 어깨를 두어 번 두드려 주고서는 자리에서 일어났다.

탁.

등 뒤로 문이 닫히는 소리가 울려 퍼졌다. 마치 지옥문이 닫히는 소리 같았다. 이제 둘만 남았다.

민아는 이건의 입에서 무슨 소리가 나올지 내심 긴장하며 그를 쳐다보았다. 그런데 그가 그녀의 어깨를 뚫어지게 쳐다 보며 미간을 찌푸리더니 가슴 쪽으로 시선을 슬쩍 옮겼다.

남자는 다 늑대라더니. 음흉한 시선으로 가슴 쳐다보는 것 좀 봐.

한동안 지긋이 그녀를 바라보던 이건은 헛기침을 하고선

나직한 목소리로 말했다.

"이 제안서 본인이 직접 작성했어?"

그가 출력한 제안서를 앞에 내놓으며 물었다. 평소와 달리 진중하게 바라보는 그의 모습에 민아는 저도 모르게 위축되고 말았다.

"네. 제가 했습니다."

이건은 신중한 표정으로 천천히 제안서를 다시 넘겨 보기 시작했다.

이젠 뭘 해도 날 안 믿는구나. 어쩌다 여기까지 온 거니.

그의 굳은 표정에 민아는 절망감에 휩싸였다.

"무슨 문제라도……."

그녀는 이유라도 알자 싶어 조심스럽게 물었다. 입술 끝을 깨물고 그의 대답을 기다렸다.

서류에서 시선을 떼어 놓으며 그가 예의 차가운 시선으로 그녀를 바라보았다.

설마 다시 해 오라고 하는 건 아니겠지?

서늘한 시선에 온몸이 오그라들었다.

"본부장님, 제가……."

"잘했어. 혼자 했다면 말이야."

방금 뭐라고 한 거지? 내 귀가 어떻게 된 걸까?

정녕 저 사람의 입에서 나온 소리가 맞는 걸까. 잘했다는 말을 하다니! 다른 사람도 아닌 나에게!

민아의 입이 떡 벌어졌다. 선우가 봤다면 파리 들어가겠다고 입을 툭 쳤을 것이다.

"잘했어. 아주."

연달아 터지는 칭찬 세례에 민아는 벅차오르는 가슴을 주체할 수가 없었다. 일단 빈말이든 헛말이든 저 입에서 나왔다는 것이 중요했다. 저 짧은 몇 마디에 이리도 기분이 좋은 걸 보면 그동안 칭찬에 너무 굶주린 삶을 살았나 보다.

"감사합니다. 본부장님!"

떨리는 목소리로 인사를 하자 그가 거만하게 고개를 끄덕였다.

"직원 복지를 위해 CEO가 직접 현장 직원에게 전화를 하거나, 대면해서 이야기를 듣도록 하는 것은 아주 좋은 의견인 것 같아. 그런데 업무 시간의 20%는 딴짓을 허용한다는 것은 조금 앞서 가는 것 같은데."

제안서를 허투루 읽은 게 아닌 모양이었다. 자신의 보고서를 이토록 관심 있게 보고 질문을 던진 사람은 최이건 본부장이 처음이었다.

민아는 깊게 심호흡을 하며 제 생각을 차분하게 말하기 시작했다.

"그 아이디어는 세계 1위 웹 사이트인 구글의 방침이기도 합니다. 전 세계 직장인들이 선호하는 회사 1위답게 직원들을 위한 복지도 최상입니다. 물론 저희 호텔과는 업종이 다른 관계로 그곳처럼 자유롭게 아무 때나 일할 수는 없지만, 적어도 아이디어를 생산해 내는 부서는 어느 정도 재량권을 줘야 한다고 봅니다."

"흠……. 실패왕 상을 수여한다고 되어 있는데. 이것에 대해서도 설명해 줄 수 있겠어?"

"실패왕 상은 가장 큰 실패를 한 직원에게 수여하는 상으로 실제로 일본의 '혼다' 라는 회사에서 매년 그렇게 지급하고 있다고 합니다. 우리나라 속담에도 미운 놈 떡 하나 더 준다는 말이 있듯이 실패한 직원에게 따끔한 매질보다는 격려 차원으로 포상을 한다면 애사심이 더 생기지 않을까 싶습니다."

실패왕 상이라는 아이디어를 그냥 웃고 넘겨 버릴 수도 있겠지만 민아의 생각은 달랐다. 상사의 따뜻한 격려가 따끔한 일침보다 훨씬 효과가 있음을 누구보다 잘 아는 그녀였다.

"그럼 우리 회사는 이 대리가 따 놓은 당상인 것 같은데."

그가 다리를 바꿔 꼬며 슬쩍 농담처럼 말을 던졌다. 아니라고 확실하게 부정할 순 없지만 그렇다고 대놓고 저런 말을 하다니. 짓궂다, 이 사람.

새카만 눈동자를 반짝이며 말하는 모양새가 꼭 개구쟁이처럼 보였다.

"그런데 말이야……."

뭔가 할 말이 더 남은 모양이었다. 그의 시선이 잠시 그녀의 가슴에 머물렀다. 짙은 눈썹을 꿈틀대는 모양새를 보아하니 어째 웃음을 참는 것처럼 묘했다.

왜 자꾸 가슴을 쳐다보는 거지? 그렇게 어색한가? 아무래도 뽕을 너무 많이 넣은 모양이다.

그럴수록 자신 있게 허리를 펴 당당하게 행동해야 했다. 민아는 도도한 표정을 지으며 이건을 바라보았다.

"네, 말씀하세요."

"어제 박 대리와 어딜 갔었지?"

웬 뜬금없는 소리? 가만, 그런데 어떻게 알았지?

민아는 의아한 표정으로 그를 쳐다보며 되물었다.

"어제 먼저 가신 거 아니었어요?"

"지하 주차장에서 기다린다고 분명 말한 것 같은데."

"별관 주차장 아니었어요?"

그녀의 말에 그제야 이해가 간다는 듯 그가 옅은 미소를 지었다.

"엇갈렸나 보네. 난 항상 본관 지하 1층에 주차하는데, 몰랐어?"

그걸 알 리가 있겠는가.

"네. 몰랐습니다."

"앞으로 기억해 둬. 난 항상 본관 지하 1층이야. 그리고 휴대폰 전원은 꼭 켜 두도록 해."

"네에? 아, 알겠습니다."

"한 가지 더. 우리 회사는 사내 연애 금지야."

그런 규정이 있었나?

처음 듣는 소리에 민아는 고개를 갸웃했다. 그건 그렇고 갑자기 사내 연애 금지라니.

뭔가 짚이는 게 있었다. 설마 그것 때문에 그러는 걸까?

"저기, 혹시 최 실장님 때문에 꺼낸 말씀이시라면……."

"여전히 짝사랑 중이야?"

그가 중간에 말을 자르며 끼어들었다. 비딱하게 입꼬리를 올리며 서늘하게 쳐다보는 모습에 민아는 고개를 폭 떨구었다.

사람 마음이 그렇게 쉽게 정리되면 얼마나 좋을까. 최 실장을 볼 때 가슴이 후들후들 떨리고 안타까운 마음이 드는 건 여전했다.

"됐어. 나가 봐."

서늘한 말투에 민아는 입술을 지그시 깨물며 자리에서 일어났다. 종잡을 수 없는 사람이었다.

"잠깐. 멈춰."

이건이 본부장실을 나가려는 민아를 불러 세웠다. 그녀는 걸음을 멈추고 그를 돌아보았다.

"이민아, 짝가슴이야? 거울은 보고 다니는 거야?"

마치 '밥 먹었어?' 하는 말투로 가슴을 언급하는 그가 정말 변태처럼 보였다. 어제는 절편으로 희롱하더니, 오늘은 짝가슴으로 희롱하고 있었다.

작긴 해도 짝가슴은 아니거든.

목구멍으로 튀어나오려는 말을 씹어 삼키며 민아는 얼른 양팔로 가슴을 가리고 경계 어린 눈빛으로 그럴 노려보았다.

이 변태를 어떻게 고발하지?

"본부장님, 지금 성희롱 발언하신 거 알고 계십니까. 제가 신고하면 어쩌려고 그러시는 거죠? 요즘 세상이 얼마나 무서운지 모르시나 본데……."

"그만."

이건이 단호하게 민아의 말을 잘라 냈다. 그 기세에 눌린 그녀는 슬그머니 꼬랑지를 내리며 입을 다물었다.

"오해할까 봐 말 안 하려고 했는데 남들 눈도 생각해 줘야지. 도대체 여자가! 나가면 곧장 화장실로 직행해."

말을 마치자마자 책상으로 가 앉아 버리는 이건을 보던 민아는 입술을 깨물며 사무실을 빠져나왔다.

그녀는 살다 살다 별소리를 다 들어 본다고 생각하며 가슴을 가리고 있던 양손으로 슬쩍 그곳을 더듬었다.

헉! 뭔가 이상했다.

한쪽이 허전했다. 허전해도 너무 허전했다.

후다닥 뛰어 곧장 여자 화장실로 들어간 민아는 거울 앞에서 비명을 집어삼켰다.

오! 신이시여!

그냥 단숨에 죽여 주옵소서!

몸에 붙는 저지 원피스에 걸쳐진 재킷 사이로 한쪽이 움푹 꺼진 가슴이 보였다. 뛰면서 어디에 빠진 모양인지 한쪽 패드가 사라지고 없었다.

망신, 이런 망신이 또 있을까. 다리에 힘이 풀린 민아는 벽에 등을 기대며 바닥에 주저앉았다.

넋이라도 있고 없고. 딱 그 짝이었다.

앞으로 본부장을 어떻게 봐야 할지 눈앞이 깜깜했다. 그래서 아침부터 김 과장이 그렇게 느끼한 시선으로 가슴을 쳐다봤던 것이다.

아, 못 살아. 정말.

민아는 허옇게 질린 얼굴을 한 채 비상구로 향했다. 이미 엎질러진 물이라고 해도 그 후유증은 상당했다.

온종일 넋을 놓고 있는 민아 때문에 정혜와 선우는 조용히 눈치만 살펴야 했다.

"쟤 무슨 큰 사고 친 것 같지?"

"도대체 본부장님이 뭐라고 한 거야? 애를 얼마나 갈궜으면 점심까지 거르지? 넌 믿기니?"

정혜가 묻자 선우가 고개를 절레절레 저었다.

"민아야, 너무 속상해하지 마. 오늘 저녁에 술이나 한잔할까? 술 마시고 다 털어 버려. 무슨 일인지는 모르겠지만. 저녁에 시간 비워 놓을게."

옆에서 다독이는 두 사람의 모습에 멍하게 앉아 있던 민아가 고개를 돌리며 한숨을 내쉬었다.

"그래, 니들밖에 없다. 나도 도저히 맨정신으로는 집에 못 들어갈 것 같아."

민아는 행여나 이건과 마주칠까 화장실에 가는 것도 자제하며 숨다시피 일을 했다.

그렇게 퇴근 시간이 되자 세 사람은 의기투합해 고깃집으로 향했다.

"안 들어가고 뭐해?"

민아가 고깃집 입구에 서서 망설이자 정혜가 물었다.

"우리 오늘은 저기 가자. 내가 쏠게."

"너무 무리하는 거 아니야?"

민아는 이건과 술을 마셨던 건물을 올려다보며 중얼거렸다. 한 번 들어가 본 적이 있을 뿐, 그곳이 얼마나 비싼지는 전혀 알지 못하는 민아가 천지를 모르고 당당하게 외쳤다.

"괜찮아. 그 정도는 감당할 수 있어. 가자. 선우는 못 가 봤잖아."

"그래도 비쌀 텐데."

"나 돈 많아. 달러 빚을 내서라도 술값 댈 테니까 가자."

평생에 처음 부려 본 객기였다. 민아는 망설임 없이 나르시스 간판이 붙은 곳으로 향했다.

화려하면서도 고급스러운 룸으로 자리를 안내받은 세 명은 황금색 술잔을 앞에 놓고 앉아 있었다.

민아는 아주 심각한 표정으로 한숨을 내쉬다가 머리털을 잡아 뽑을 것처럼 쥐어뜯으며 괴로워했다. 결코 주변 사람들과 어울리지 않는 암울한 분위기는 오직 그녀 혼자만의 것이었다.

이 모든 게 다 무슨 소용이람. 이미 떠나간 버스요, 엎질러진 물인 것을.

하아, 속이 쓰라렸다. 카드값이 최고점을 찍을 게 뻔했다. 쓸데없는 만용은 결국 자신을 망하게 하는 지름길이라는 것을 새삼 절감하며 친구들이 비싼 술을 다 마시기 전에 얼른 마셔서 본전이라도 건지자는 생각으로 민아는 냅다 술을 마셔 대기 시작했다.

슬슬 술기운이 오르고 눈에 뵈는 것이 없어질 때쯤 자신에 대한 수치심은 오뎅에 대한 분노로 바뀌고 있었다.

"그래, 내가 오늘 무슨 일이 있었는지 말할 테니까 잘 들어. 그리고 만약에 이것이 성희롱과 연관된 거라면 니들이 앞장서 줘야 해. 알겠지?"

"뭐? 성희롱? 오뎅이 그랬다고?"

정혜가 눈을 동그랗게 뜨고 민아를 쳐다보며 물었다. 정혜의 반응에 기분이 조금 좋아진 민아는 힘차게 고개를 끄덕였다.

"설마, 오뎅이 뭐가 아쉬워서."

도저히 못 믿겠다는 표정으로 고개를 절레절레 저은 정혜는 도리어 의심하는 눈초리로 민아를 쳐다봤다. 그러자 옆에 있던 선우도 말을 거들었다.

"그래, 그건 아닌 것 같아."

민아는 기가 막힌다는 듯 눈을 흘기다가 심드렁하게 내뱉었다.

"그럼 듣지 말든가. 일어나야겠어. 니들하고 술 마실 기분 아니야."

"농담이야. 우린 오뎅이 그럴 리가 없다고 생각하지만, 당한 네가 있는데. 그럼 맞겠지. 어서 말해 봐. 들어 줄게."

두 사람은 가방을 챙겨 드는 민아를 잡아당겨 다시 자리에 앉혔다. 그리고 입을 맞춘 것처럼 동시에 상체를 앞으로 숙이며 귀를 쫑긋 세웠다.

그제야 이야기할 마음이 생긴 민아는 오뎅과 있었던 일을 털어놓기 시작했다. 이건의 비서로 잠깐 일을 해야 한다는 것과 뽕브라 사건에 대해서도 빠짐없이 말했다. 말을 하다 보니 어째 오뎅이 변태인 것처럼 묘사되고 있었지만 신경 쓰지는 않았다.

이야기를 다 마친 민아는 눈을 초롱초롱하게 뜨고 친구들의 안색을 살폈다.

"……맞지? 성희롱이지?"

동의를 구하는 표정으로 그녀들을 쳐다봤지만 어째 반응이 시큰둥했다. 상체를 뒤로 훅 물린 둘은 말없이 술을 마시며 딴청을 부렸다.

"뭐야. 왜 아무 말이 없어? 너무 심각해서 그러는 거야?"

"사실을 말해 준 거잖아. 고맙다고 해야지. 그게 어떻게 성희롱이 되니?"

평소답지 않게 정혜가 진지하게 말을 했다. 혼자 속으로 삭히고 있을 때보다 더 기분이 나빠진 민아가 이번엔 선우를 쳐다봤다.

"내 생각에는 오히려 그쪽이 너를 고소할지도 몰라. 혐오스러운 장면을 일부러 노출했다고. 너도 죄가 아예 없다고는

못 할 것 같은데. 그리고 비서도 직접 네 입으로 하겠다고 했
으니 뭐, 할 말 없잖아."

선우의 말에 민아의 표정이 싸하게 식었다.

우어, 저것들도 친구라고!

"그래, 알겠어. 니들 맘 다 알겠으니까 술이나 마셔."

누구를 원망하겠니.

절편으로 낳아 주신 엄마를 원망하겠니, 아니면 뽕브라를
한 나를 원망하겠니.

민아는 술 한 잔을 꼴깍 삼켰다.

그저 이 지옥철을 타게 만든 나라를 원망해야지. 안 그래?

자작을 하며 술잔을 비워 내기에 바쁜 그녀를 바라보던 정
혜와 선우도 질세라 술을 들이켜기 시작했다.

"하아, 믿을 사람 아무도 없다더니."

술이 거나하게 취한 민아는 테이블에 이마를 박아 댔다.

쿵!

"내가 미쳐."

쿵, 쿵!

"내가 살 수가 없어. 미쳐."

쿵, 쿵, 쿵!

"야! 고마해라. 많이 했다 아이가."

민아가 자꾸 테이블에 이마를 박자 정혜는 그 사이에 손을

넣어서 그녀를 말렸다.

"그래, 그만 털어 버려. 그러다가 이마에 혹이라도 나면 어쩌려고 그래."

선우가 옆에서 거들자 정혜는 한심하다는 눈빛으로 그녀를 쳐다보며 고개를 저어 댔다.

"그게 아니라, 아무리 얘가 쏜다고 해도 여기가 어디라고. 민아 머리로 박아 대면 뭔들 남아나겠니? 이 대리석 테이블이 얼마 짜린데 아작 내면 어쩔 거야!"

"하긴, 얘 머리가 좀 단단하니. 우리 집 베란다 이중 강화유리를 뒤통수로 깬 걸 깜빡했어."

"어머, 어머. 그건 또 언제 그랬니? 하여튼 힘은 장사라니까."

"이것들을 친구라고 믿고 같이 온 내가 미쳤지."

민아는 눈을 흘기며 두 사람을 노려봤다. 분위기가 싸하게 흐르자 정혜가 잔을 내밀었다.

"자, 마셔. 위로가 될지 모르겠지만 왜 그런 말도 있잖아. 원래 재수가 없으면 뒤로 자빠져도 코가 깨진다는."

"그래, 재수 없는 사냥꾼은 곰을 잡아도 웅담이 없다잖아. 그런데 웅담이 없으면 그게 곰이니?"

"큭큭. 쓸개 빠진 곰인가? 선우 너 은근히 똑똑해."

옆에서 정혜가 킥킥대며 맞장구쳤다.

"니들 지금 그걸 위로라고 하는 소리니?"

"네 맘 다 알아. 마셔. 어이구. 우리밖에 없지?"

결국 넉살 좋은 정혜의 말에 민아도 기가 막혀 웃고 말았다. 웃다 보니 기분이 나아지고 있었다. 민아는 언제 그랬냐는 듯 방실거리며 술을 마시기 시작했다.

때마침 복도를 지나가던 마담이 유난히 시끄럽게 떠들어대는 5번 룸 안을 보며 눈살을 찌푸렸다.

"미스터 강, 오늘 5번 룸 손님 누가 받았지?"

"아, 제가 받았습니다."

"어쩌자고 저런 손님을. 여긴 중요한 비즈니스가 조용히 이루어지는 곳이야. 저렇게 노래방에서 놀듯이 노는 곳이 아니란 말이야. 몇 번이나 말해야 알아들어?"

"저, 그게 저번에 보니 최이건 본부장님과 아는 분 같아서……."

"그래? 최이건 본부장님 지금 7번 룸에 계시는데."

"네. 맞습니다."

"뭔가 이상한데. 아무튼, 더 떠들면 조용히 퇴실시켜."

이건은 우현 앞에 놓인 양주를 보며 미간을 찌푸렸다. 양주는 벌써 반이나 줄어 있었다.

술이나 한잔하자고 할 때부터 목소리가 심상찮더니 무슨 일이 있긴 한 모양이었다. 이건은 재킷을 벗고 넥타이를 느슨하게 당기며 편안하게 자세를 잡았다.

이건이 다리를 꼬며 담배를 피워 물자 우현도 라이터를 켜며 담배에 불을 붙였다.

"술 대신 담배?"

"그렇지, 뭐."

이건은 볼이 홀쭉해지도록 필터를 빨아들이다 연기를 내뿜었다.

"그날, 별일 없었어?"

그는 민아와 만났던 날 있었던 경영기획팀장 모임에 대해 물었다.

"다들 매출이 고만고만하잖아. 그래도 넌 선전한다며?"

"마찬가지야."

이건이 짙은 눈썹을 꿈틀대며 바라보자 그가 피식 웃으며 술잔을 기울였다.

"빨리 용건이나 말하라고?"

"잘 아네."

"별일은 아니야. ……사실 파혼했어."

"뭐?"

집안끼리 맺어진 약혼을 파혼했다니. 우현의 성정으로 볼 때 단단히 마음을 먹은 모양인데 그 이유가 뭔지 궁금했다.

"왜 그런 거야?"

"내가 싫어서."

"하, 그래서 파혼했다고?"

"왜, 안 믿겨? 나도 너처럼 첫사랑이 나타났을지 어떻게 알아."

"웃기고 있네. 네가 첫사랑이 어디 있어. 밥 먹듯 여자들 갈아 치워 놓고는."

이건이 코웃음을 치며 담배를 빨아들였다.

"재수 없는 놈. 독하긴 뭐가 그렇게 독해. 이쯤 되면 같이 한잔할 수 있잖아."

"따라 줄 수는 있어. 마셔."

이건이 잔을 채워서 앞으로 내밀자 우현이 신경질적으로 받아 들었다.

둘은 친구지만 스타일이 참 달랐다. 이건이 새까맣고 짧은 헤어스타일에 얼굴선이 굵은 남자다운 스타일이라면, 우현은 웨이브진 헤어스타일에 하얀 피부를 가진 미소년 스타일이었다. 섬세하고 모성 본능을 일으키는 분위기 덕분에 유독 여자들은 우현을 많이 따랐다.

이건은 화려한 우현의 여성 편력을 아는 탓에 그가 파혼했다는 사실이 마음에 걸렸다. 장가를 간다기에 한숨 돌렸는데 만약 이 사실을 여동생 수아가 알게 된다면 꽤 골치 아픈 일이 생길 것 같았다.

"넌 여자 없어? 첫사랑을 아직도 못 잊은 거야?"

"신경 끄시지."

"결혼 안 해?"

"할 때 되면 하겠지."

"난 파혼한 지 얼마나 지났다고 우리 집 영감이 그새 또 여자 사진을 던져 주면서 아무 말 말고 결혼하란다."

"그래서, 할 생각이야?"

"미쳤어? 놀 수 있을 만큼 놀아야지. 솔직히 지은이는 얼굴이 별로였어. 오히려 잘된 거야."

"얼굴로 먹고사는 것도 아닌데 뭣하러 그렇게 얼굴을 따져?"

"난 말이야. 가슴 작은 건 용서해도, 얼굴 못생긴 건 용서 못 하는 사람이야."

가슴이란 소리가 나오자 이건은 자신도 모르게 피식 웃음이 새어 나왔다. 잠재워 놓은 생각이 또다시 일렁이며 민아의 모습이 머리를 스치고 지나갔다.

여동생 수아 때문에 민아의 가슴을 보고 단번에 알 수 있었다. 분명 칠칠맞지 못하게 뽕을 어디에다 흘렸을 게 뻔했다.

그나저나 누군가가 그걸 주웠다고 생각하니 저절로 주먹이 꽉 움켜쥐어졌다.

"어? 하필 영감님한테 전화 왔다. 나 통화 좀 하고 올게."

"그래."

우현이 룸을 빠져나가고 난 뒤, 이건은 시계를 보며 시간을 확인했다. 금방 회사로 돌아가서 다시 일할 생각이었다. 호텔의 경영 활성화를 위해 사방팔방으로 알아보고 있는 그로서는 한가하게 술이나 마시고 있을 여유가 없었다. 지금 이 상태로 경영을 지속할 경우 뉴월드 호텔은 언젠가는 무너지고 말 것이다.

이건은 앞에 놓인 물 잔을 들어 목을 축였다.

그나저나 이민아, 오늘은 얌전히 집으로 가야 할 텐데.

그녀를 떠올리는 것만으로도 입가에 잔잔한 미소가 그려졌다. 휴가를 가는 동안 민아가 본부장 비서직을 대신한다는 말에 서 비서는 의아해했지만, 지시받은 사항인 만큼 제대로 일을 가르칠 것이다. 그녀와 보낼 앞으로의 시간이 적잖이 기대되었다.

다시 담배에 불을 붙인 이건은 전화를 받으러 간 우현을 기다리며 시트에 몸을 기대었다.

술만 마시면 화장실을 끼고 살다시피 하는 민아가 비틀거리는 걸음으로 걸음을 옮겼다.

"가만, 여기 화장실이 어디지?"

주위를 둘러봐도 화장실이 보이질 않자 그녀는 복도 끝에 보이는 출입구 쪽으로 향했다.

문을 열고 나가자 아주 낯익은 곳이 눈에 들어왔다.

"뭐야, 여기가 후문인가 보네."

민아는 급한 김에 일단 보이는 화장실로 뛰었다. 그곳은 연탄 갈빗집에서 쓰는 화장실이었다.

"어어? 아직도 요 모양이네에. 히꾹."

주차장에 있는 화장실의 전등은 여전히 나간 상태였고, 아무리 스위치를 눌러도 불은 들어오지 않았다. 민아는 앞이 아무것도 보이지 않았지만 문을 꼭 닫고서 볼일을 보기 시작했다. 그런데 문고리도 고장이 난 모양인지 낡고 오래된 문이 자꾸만 틈을 보이며 벌어졌다.

뭐야, 제대로 된 게 없어. 다시는 여기 오나 봐.

민아는 후다닥 옷을 입고서는 화장실을 뛰쳐나왔다.

"꺄악!"

그때, 눈앞에 시커먼 그림자가 보이자 소스라치게 놀란 그녀가 비명을 지르며 바닥에 주저앉았다.

"이봐요. 왜 그래요!"

"아, 놀랬잖아요. 비, 비켜 주쎄요."

놀란 걸로 따지자면 그가 더했다. 우현은 술집에 있다는 것을 영감에게 들키지 않으려고 후문으로 나와 전화 통화를 하고 있었다. 무사히 통화를 끝낸 뒤 안도의 한숨을 내쉬며 나온 김에 담배나 한 대 피우고 들어가자 싶어 서 있던 중이었다.

그런데 난데없이 웬 여자가 후문에서 비틀거리며 걸어 나오더니 공중화장실로 뛰어 들어가서 볼일을 보는 것이 아닌가. 뭐, 거기까진 괜찮았다.

그런데 고요한 주차장의 정적을 깨며 들려오는 적나라한 소리에 기겁한 우현은 호기심을 억누르지 못하고 슬그머니 화장실 쪽으로 시선을 돌렸다.

잠시 뒤, 화장실 문이 활짝 열리더니 그곳에서 여자가 뛰어나왔고, 그를 보자마자 소리를 지르며 바닥에 주저앉은 것이다.

우현은 민아를 일으켜 세운 뒤 조심스럽게 물었다.

"아가씨 맞아요?"

"네에. 그런데요오. 왜 그러쎄요?"

하, 기가 막히는군. 저렇게 멀쩡하게 생긴 여자가 화장실 문을 열고 볼일을 보다니.

"이봐요. 화장실 문은 왜 열고서……?"

"그게요, 무섭게 전등도 고장이 났고, 문고리도 고장이 나서 저절로 문이 열렸써요."

이거 완전 내 취향이군.

우현은 민아의 얼굴을 유심히 쳐다봤다. 사랑스러운 눈매와 발그스레한 볼, 선홍빛의 자그마한 입술, 솜털이 뽀송뽀송할 것 같은 우윳빛 피부. 어둠 속이었지만 달콤한 향내가 진동하는 여자였다. 술에 취한 말투도 너무 귀여워 우현은 여자를 그냥 보내기가 아쉬웠다.

"여긴 누구랑 왔어요?"

어김없이 그의 바람기가 발동했다.

"친구들이랑 왔써요오."

"친구 누구요?"

"선우랑 정혜랑 같이 와써요."

보아하니 여자 세 명이 함께 온 모양이었다. 우현은 눈을 빛내며 민아에게 말했다.

"가요. 그럼."

이런 기회를 그냥 넘길 그가 아니었다. 일단 가서 친구들을 확인한 뒤 이건에게 말해 합석을 할 생각이었다.

민아를 데려다주며 우현은 룸 안의 동태를 살폈다. 그녀 말대로 5번 룸에는 여자 두 명이 더 있었다.

회심의 미소를 지은 우현이 재빨리 자신의 룸으로 달려갔다.

우현이 헐떡이며 들어서자 이건이 눈을 치켜뜨며 물었다.

"뭐하느라 이리 늦어? 통화가 길어진 거야?"

"5번 룸에 여자 세 명 있던데. 어때? 생각 있어?"

"가서 일해야 해."

이건이 어림도 없는 소리를 한다는 표정으로 싸늘하게 대답하자 우현이 사정하기 시작했다.

"야, 나 좀 살려 주라. 완전 내 이상형이야. 어찌나 사랑스러운지. 말도 마. 어차피 나 위로할 겸 나왔으면 그 정도 협조는 좀 해 주라. 응?"

저런 녀석이 어디가 좋다고 동생 수아가 마음에 담은 것인지. 동영상으로 찍어서 보여 주고 싶단 생각이 굴뚝같았다.

"대충 마셨으니 일어나자."

"넌 잠시 궁둥이만 붙이고 있어. 나머진 내가 알아서 할게."

"맘대로 해."

"오케이. 너도 보면 마음에 들어 할 거야. 거기 여자들 괜찮더라."

"생각 없어. 마음 바뀌기 전에 빨리 갔다 오기나 해."

이건은 여자가 어지간히 마음에 든 모양이라 생각하며 적당히 분위기가 달아오르면 자리를 뜨자 마음먹었다.

"그럴 줄 알고 이미 불렀어. 그쪽도 나 마음에 들어 하는 것 같더라고. 거기 세 명 모두 끝내주더라."

"뭐하는 여자들이야? 이런 곳에서 술이나 마시고."

"직장인들 아니겠어?"

"직장인 월급으로 오기엔 버겁지."

"하긴, 그렇긴 한데. 아무튼 마음에 쏙 들 거야."

이건은 우현의 말에도 무심한 얼굴로 느긋하게 소파에 등을 기대었다.

똑. 똑.

"네, 들어오세요."

우현이 자리에서 벌떡 일어나자 담배를 꺼내 입에 물던 이건이 고개를 돌렸다. 그리고 그 순간, 그의 얼굴이 싸늘하게 굳어졌다.

겉옷은 어디다 던져 버렸는지 몸매가 적나라하게 드러나는 원피스를 입고 있는 여자는 분명히 이민아였고, 그 옆으로 서 있는 여자들은 한 대리, 정 대리였다.

잘들 하는 짓이군. 그래.

이건의 눈빛이 대번에 사나워졌다.

아직 이건을 알아보지 못한 세 사람은 우현에게 인사를 건네며 어색한 미소를 짓고 있었다.

"이건아, 인사해."

우현이 입을 열자마자 세 여자 모두 귓구멍을 후비며 설마 하는 표정으로 앉아 있는 사람을 향해 고개를 돌렸다.

"헉!"

"보, 본부장님!"

"오, 오뎅!"

세 여자는 동시에 얼어붙었다. 그중 가장 충격을 받은 민아는 잠시 머리가 핑 도는 것을 느꼈다.

"아, 어지러워."

술이 확 깨는 기분이었다. 그녀는 어지러운 순간에도 재빨리 머리를 굴렸다.

그냥 이대로 내빼? 아니면 미친 척하고 놀아 봐? 아니야. 그랬다간 목숨을 장담할 수 없지. 그냥 이대로 쓰러지는 게 나을까.

갈피를 잡지 못하고 갈등하는 사이 이건의 옆에 서 있던 우현이 비틀거리는 민아의 허리를 휘감듯 받쳐 들었다. 그 순간 그녀는 보았다. 오뎅이 자리에서 튀어 오르는 것을.

아, 나 죽었어.

"어머, 얘. 약한 척은. 진짜."

정혜가 매운 손끝으로 민아의 팔을 툭 치면서 얼른 일어나라는 메시지를 보냈다. 아니나 다를까, 오뎅이 분기탱천한 모습으로 다가오고 있었다.

어떡해.

민아는 그냥 죽은 척하며 눈을 감기로 했다. 점점 다가오는 오뎅의 발걸음 소리에 심장이 미친 듯이 뛰기 시작했다.

"그 손 놔. 김우현."

저승사자의 목소리가 저럴까. 민아는 흠칫 몸을 떨었다.

"어? 무, 무슨……."

우현은 이건의 말에 당혹스러운 표정을 지으며 민아를 슬그머니 놓았다. 그 순간 민아는 재빨리 우현의 품에서 떨어져 나와 앞머리를 쓸어 넘기며 애써 그의 시선을 피했다.

그의 시퍼런 레이저 광선이 전신에 파고드는 듯했다.

"괜찮으세요?"

우현이 걱정스러운 눈빛으로 물어 오자 민아는 흠칫 몸을 떨며 한 발짝 물러났다.

"아, 네. 괘, 괜찮아요."

민아의 안중에 우현은 없었다. 오로지 오뎅만 보일 뿐이었다.

"그런데 이건이랑 아는 사이세요? 본부장이라고 하는 걸 보니 같은 직장?"

민아의 생각을 아는지 모르는지 우현이 열심히 말을 걸었지만, 그녀의 귀에는 앵앵거리는 모깃소리처럼 들릴 뿐이었다. 오로지 오뎅 부장이 눈빛으로 전하는 말만 들려왔다.

"네. 저희 호텔 본부장님이세요. 어떻게 여기서 뵙네요."

정혜가 먼저 넉살 좋게 인사를 했다. 그 아무리 뻣뻣한 사람이라도 그녀의 뻔뻔한 애교엔 안 넘어갈 수가 없었다.

이건은 딱딱하게 굳은 표정으로 고개를 끄덕였다.

어색한 침묵이 흐르고 순식간에 분위기가 차갑게 가라앉자 우현이 나서서 분위기를 띄우기 시작했다.

"자, 다들 앉으세요. 뭐 어때요. 요즘 세상에. 직장 상사와 놀 수도 있죠."

순서대로 정혜, 민아, 선우가 자리에 앉게 되었고, 우현과 이건은 그 맞은편에 앉았다.

"이런, 잔이 모자라네."

우현이 벨을 누르자 곧장 마담이 들어왔다. 우아하면서도 관능적인 미모의 소유자인 마담이 이건을 향해 눈을 휘며 인사를 건넸다.

"부르셨어요? 최 본부장님. 어머, 언제 합석을……. 5번 룸은 정리할까요?"

"아니, 그냥 둬."

갑자기 사나운 기세를 내뿜는 이건을 보며 우현이 고개를 갸웃거렸다.

"굳이 정리할 필요는 없을 것 같기도 하네요."

마담은 눈치가 귀신이었다. 표정만으로도 이건의 기분을 읽고서 그의 말에 따랐다.

"황 마담, 우리 잔이 모자라네. 술하고 안주 좀 갖다 줘."

"네, 그럴게요. 그럼 즐거운 시간 되세요."

황 마담이 나가고 곧바로 웨이터가 들어와 테이블을 다시 세팅하기 시작했다.

날카롭게 날이 선 서늘한 표정으로 민아를 쳐다보던 이건은 지금까지 입에도 대지 않았던 술을 말없이 들이켰다.

"자식, 지금까지 잘 참더니 왜 갑자기 마시고 그래?"

우현이 말을 걸거나 말거나 이건은 잔에 다시 술을 채웠다. 그리고 앞에 나란히 앉은 세 사람을 향해 술잔을 들었다.

"자, 건배나 합시다."

그의 제안에 민아는 쭈뼛거리며 고개를 살짝 돌린 채 술잔을 비워 냈다.

"야아, 민아 씨 술 잘 마시네요? 자, 제 술도 받으세요."

우현이 특유의 친화력을 발휘하며 술병을 들었다. 그러자 옆에 있던 이건이 갑자기 뺏어 들더니 제 잔에 술을 따랐다.

"술 먹이지 마."

"뭐?"

"술버릇이 아주 고약해."

이건이 이죽거리듯 말하자 민아가 발끈하며 그를 쳐다봤다.

"하하, 대놓고 그렇게 말하다니 너도 매너 없는 건 알아줘야 해."

우현이 어색한 분위기를 무마시키려는 듯 가볍게 이건을 나무랐다.

그런데 이건의 분위기가 심상찮았다. 민아는 그저 숨죽인 채 있는 것이 살아남는 유일한 길임을 본능적으로 알아채고선 그와 눈이 마주칠세라 시선을 요리조리 피했다.

손가락으로 테이블에 의미 없는 그림을 그려 대면서 간간이 오뎅의 눈치를 살필 뿐이었다.

그런데 오늘따라 그의 모습이 남달라 보였다. 원래부터 남자답게 잘생긴 얼굴이긴 했지만 이마에 살짝 흘러내린 머리카락 때문인지 퇴폐적인 느낌마저 풍겼다. 걷어 올린 셔츠 소매 아래 드러난 굵은 팔뚝으로 시선을 내린 민아는 툭 불거진 힘줄을 보며 마른침을 삼켰다.

원래 저렇게 섹시했었어?

점점 심장박동이 빨라지는 것을 느끼며 그녀는 떨리는 한숨을 내쉬었다.

너무 취한 거야. 오뎅이 저럴 리가 없잖아.

온통 이건에게 신경이 가 있는 그녀와 달리 정혜는 우현과 즐겁게 대화를 나누고 있었다. 딱 봐도 우현은 정혜가 좋아하는 스타일의 남성이었다. 누구와 달리 상냥하고 자상한, 전형적인 매너 좋은 남자였다.

"두 분이 친구인 모양인데 참 다르시네요."

정혜가 잠자는 사자의 코털을 건드리기 시작했다. 적당히 마신 술은 과도한 친화력을 불러일으켰다.

"아, 그런 이야기 많이 듣습니다. 이건은 워낙 남자답게 생겼고, 저는 보다시피 좀 곱상하게 생긴 편이죠."

"쓸데없는 소린 그만하지?"

이건이 말을 막자 그의 성질을 잘 아는 우현이 얼른 화제를 돌렸다.

"그나저나 우리 정말 인연인 것 같습니다. 특히 민아 씨는 화장실에서도 그렇고."

억! 화장실!

민아는 갑작스럽게 화장실 발언을 날리는 그를 눈을 동그랗게 뜨고 쳐다봤다.

거기까지만 말해라. 제발.

"화장실이 왜요? 설마 얘 또 화장실 문 열고 볼일 봤어요?"

"아, 네. 저기 주차장 화장실에서……."

탁!

깜짝이야!

이건이 갑자기 술잔으로 테이블을 내리치는 소리에 민아는 경기를 일으킬 뻔했다.

저 오뎅이 진짜!

"야! 아가씨들 놀래잖아. 매너하고는."

우현은 이건의 표정을 제대로 살필 겨를도 없이 소스라치게 놀란 민아를 걱정스럽게 바라보았다.

"너는 여기 좋은 화장실을 놔두고 왜 거기에 간 거야?"

정혜가 정말 궁금하다는 듯 물었다.

"왜긴 왜야. 편한 게 좋은 거지. 여긴 낯설잖아. 뭘 그런 걸 묻고 그래?"

선우가 옆에서 끼어들었다.

"하하, 그 말도 맞네요. 사람들은 아무래도 익숙한 곳이 편하니까요. 하지만 민아 씨처럼 예쁜 아가씨는 그런 곳을 이용하면 위험해요."

"호호, 뭘 모르고 하시는 말씀인데 얘 알고 보면 유단자예요. 얼마나 튼실한지."

귀신같은 눈치를 가진 정혜가 우현이 민아에게 관심을 보이자 얼른 중간에 끼어들었다. 우현의 관심을 사전에 차단하려 저러는 모양인데 그 속내가 훤히 보였다.

미안하다. 어쩌겠니. 10년 만에 나타난 왕자님인데. 네가 이해하렴.

눈빛으로 애처롭게 호소를 보내는 정혜였다.

그래, 너 혼자 용 돼라. 안 말린다.

민아는 어차피 이건이 분위기를 꽉 잡고 있어서 뭘 해도 흥이 나질 않을 것 같았다.

"아무리 그래도 여자잖아요. 문을 열고 볼일을 보는 건 정말 위험해요."

그런데 저 사람이. 그 이야기는 자꾸 왜 하는 거야.

탁!

또다시 이건이 잔을 테이블 위에 세게 내려놓았다. 그 소리에 심장이 철렁 내려앉는 것 같아 민아는 손을 올려 가슴을 내리누르며 이건을 노려봤다.

그가 짙은 눈썹을 꿈틀대며 민아를 싸늘하게 쳐다봤다. 그 기세에 밀린 그녀는 눈을 살그머니 내렸다. 솔직히 저 눈빛을 마주하고 있을 강심장은 어디에도 없을 것이다. 눈앞에 앉은 이 남자는 신랄하다 못해 매사에 직설적이었다.

"버르장머리를 단단히 고쳐 놔야겠군."

낮고도 음산한 목소리가 울렸다. 분명 자신에게 내리는 경고였다. 지금도 힘들어 미치겠는데 앞으로 얼마나 더 괴롭히려고 저런 끔찍한 소릴 하는 걸까. 그리고 버르장머리라니. 앞으로 화장실을 사용할 때마다 허락을 받아야 하는 것도 아니고. 뭐야, 도대체.

그런데 그 소리를 자신만 들은 게 아닌 모양이었다. 선우가 작게 쯧, 소리를 내더니 고개를 저었다.

억울한 표정을 지으며 손가락으로 자신을 가리키자 선우가 맞다는 듯 고개를 끄덕였다. 그리고 한다는 소리가 가관이었다.

"내 이럴 줄 알았어. 모진 년 옆에 있다가는 날벼락 맞는

다니까. 아무래도 낌새가 안 좋아."

선우는 민아의 귀에만 들리도록 조용히 입을 가리고 말하더니 슬그머니 자리에서 일어나려 했다. 민아가 바짓가랑이를 꽉 붙잡자 빤히 보던 선우가 도로 주저앉았다.

"이거 안 놔?"

"살려 주라. 응?"

"넌 도대체 사회생활을 나처럼 할 수 없는 거니?"

선우의 자랑질에 민아는 속으로 헛웃음을 삼켰다. 하지만 지금은 한 명이라도 제 우군이 있는 편이 나았다.

"술이나 한잔하죠. 제가 특수 비법으로 제조해 보겠습니다."

우현이 분위기를 띄우며 작업에 들어갔다.

"어머, 그런 재주도 있으신가 보네요. 호호."

소름 돋는 목소리였지만 정혜는 그나마 분위기 메이커로 선전하고 있었다. 그만큼 이건이 뿜어 대는 아우라는 위협적이었다.

우현은 빈 크리스털 잔 안에 양주잔을 넣고 그 안에 양주를 따랐다. 그다음 크리스털 잔에 맥주를 섞이지 않도록 천천히 부었다. 나름 신기술이라고 보여 주는 모양인데 민아에겐 그저 식상한 방법이었다.

맥주가 3분의 1쯤 채워지자 양주잔이 서서히 솟아올랐고 정혜는 손뼉을 치며 입에서 침이 튀도록 감탄사를 연발하기 시작했다.

"어머! 어머! 정말 신기해요."

우현은 정혜가 장단을 맞춰 주자 신이 나는지 질문을 던졌다.

"지금 이 제조법 이름이 뭔지 아시는 분."

"비아그라주."

민아는 아무 생각 없이 입에서 나오는 대로 툭 말을 던졌다.

"얘는 무슨 비, 비아그라야. 얘가 원래 그래요. 이해하세요."

정혜의 무시하는 듯한 말에 민아는 왜 비아그라주인지 설명하기에 이르렀다.

"생긴 게 남자 거기가 선 모양이라고 해서 그렇잖아."

하나밖에 없는 오라버니가 주도를 가르쳐 줬기에 이미 이런 것들은 다 마스터한 상태였다.

"와, 민아 씨. 정답이에요. 어떻게 아셨어요?"

우현이 놀랍다는 표정으로 물었다.

"제가 아주 잘 아는 남자한테서 배웠어요."

그것도 아주 친밀한 남자요.

그리곤 작게 덧붙였다. 그 순간 이건이 비아그라주 잔을 들고서는 냅다 마셔 버렸다.

"자식 엄청 급했나 보네."

우현이 머쓱해져 헛웃음을 지으며 다시 잔에 술을 채웠다.

"민아 씨, 한 잔 드세요."

우현이 내민 술잔을 보며 민아는 고개를 내저었다. 이미 꽤나 마신 상태였기 때문에 저걸 마시면 그대로 뻗어 버릴지 몰랐다.

하지만 우현은 막무가내였다. 제 마음에 쏙 드는 여자가 앞에 있으니 적극적으로 달려들었다.

"그럼 러브샷 할까요?"

상체를 일으킨 우현이 민아의 손에 술잔을 들려 주며 자신도 잔을 들었다. 그녀는 술을 흘릴까 봐 엉거주춤 몸을 일으켰다.

서늘한 표정으로 그들을 바라보던 이건이 나직한 소리로 말했다.

"이민아, 내려놔. 술."

"뭐야, 네가 왜 끼어들고 그래. 둘이서 분위기 좀 띄워 보려는데."

우현이 못마땅하다는 듯 인상을 썼다.

"적당히 해. 화나려고 하니까."

이건이 민아의 손에 들린 술잔을 뺏어 들고 단숨에 들이켜자 우현도 움찔하며 술잔을 내려놓았다. 깊이를 모를 검은 눈은 날카로우면서도 차가웠다.

술잔을 비운 이건은 멍하니 자신을 보고 있는 민아를 뚫어질 것처럼 쳐다봤다. 조도가 낮은 조명, 빛의 일렁임 속에 그의 시선은 그녀의 심장 깊숙이 파고들었다.

당황한 민아는 눈을 똑바로 마주하지 못하고 얼른 고개를 돌려 버렸다. 미치도록 뛰어 대는 심장의 두근거림을 그가 눈치채지 못하길 바랄 뿐이었다.

"하하, 제가 술을 잘 마시거든요. 저 한 잔 주세요."

정혜가 어색한 분위기를 어떻게든 되돌려 보려고 애를 썼다. 한참을 주거니 받거니 술을 마시다 어느 정도 분위기가 나아지자 정혜가 민아를 보며 사인을 보내오기 시작했다.

그녀들의 특유의 대화법이 이 순간 빛을 발했다.

그러니까…… 오뎅을…… 5번 룸으로 꺼져…… 분위기…….

종합해 보면 분위기를 망치는 오뎅을 데리고 5번 룸으로 꺼지라는 소리였다.

미쳤어? 싫어.

민아는 완강히 거부했다. 분위기 메이커 역할을 하는 두 사람을 빼고, 있으나 마나 한 선우와 이건과 같이 있으라니. 아마 오뎅이 뿜어 대는 살기에 죽을지도 모른다.

그러자 정혜가 입술을 지그시 깨물고서는 큰 결심을 한 것처럼 의미심장한 메시지를 보냈다.

한 번만…… 부탁…… 점심…… 다섯 번.

그러니까 일주일 동안 점심을 사겠단 말이었다. 그 정도 되면 고민해 볼 만했다. 어차피 이왕 버린 몸이기도 했고.

그래, 이 정도는 나와 줘야 오뎅을 데리고 인당수로 빠지든 말든 해 보지.

민아는 선우에게 눈짓을 한 뒤 곧장 실행에 옮기기로 했다. 그녀의 생각은 간단했다. 이건을 데리고 5번 룸으로 가서 앉아 있다가, 먼저 일어나겠다고 한 뒤 내뺄 작정이었다.

"저, 본부장님. 제가 개인적으로 잠시 드릴 말씀이 있는데요. 잠시 옆방으로."

민아가 이건의 눈치를 살피며 조심스럽게 말하자 그가 한쪽 눈썹을 살짝 치켜뜨고 쳐다보더니 고개를 끄덕이며 자리에서 일어났다.

민아와 선우는 정혜에게 사인을 보내며 슬그머니 몸을 일으켰다.

"민아야, 나 화장실 좀 갔다가 갈게. 먼저 가 있어."

선우가 민아의 귓가에 대고 속삭였다.

"응, 그래. 넌 주차장 쪽 화장실 가지 마. 나 하나로 족하니까."

"내가 넌 줄 아니?"

선우가 사라지는 모습을 바라보던 민아는 행여나 그녀가 자신을 놔두고 내뺄까 걱정이 되었지만 설마하는 마음으로 이내 고개를 저었다.

"뭐야, 무슨 할 말이 있는 건데?"

이건이 민아를 내려다보며 물었다. 그제야 화들짝 정신이 든 그녀는 그를 5번 룸으로 안내했다.

"여기서 이야기를……."

5번 룸은 그녀들이 나가기 전 상태 그대로였다. 이건이 앉자 민아는 맞은편으로 가서 자리를 잡았다.

느긋한 자세로 등을 기댄 이건은 어서 말하라고 그녀를 눈으로 종용했다.

어휴, 선우 이 지지배 날랐네. 날랐어.

둘만 남게 된 지 단 몇 초도 지나지 않아 민아는 오뎅이 뿜어내는 강력한 아우라에 잔뜩 주눅이 들어 버렸다.

"할 말 없어?"

"아, 네. 그, 그게요."

민아는 머뭇거리며 어색한 웃음을 지어 보였다. 그런 그녀를 묵묵히 바라보던 이건이 빈 잔에 술을 채워 천천히 얼음을 녹이며 마셨다.

"본부장님, 그런데 왜 그렇게 저를 미워하세요?"

안 해도 될 말을 꺼내는 게 아닌가 싶었지만 이번 기회에 물어보고 싶었다. 도대체 왜 그러는지. 지금까지 살아오면서 이유 없이 괴롭힘을 당한 적은 한 번도 없었다. 물론 시도 때도 없이 괴롭혀 대는 친오빠가 있긴 했지만 말이다.

"이봐, 이민아. 도대체 그 자그마한 머릿속에는 뭐가 들어 있는 거지? 머리를 열어 볼 수도 없고. 정말 궁금해."

순간 머리가 쭈뼛 서 버렸다. 머, 머리를 연다고!

이럴 땐 뭔가 재치 있게 받아쳐야 하는데. 제발 말이 생각 나라, 생각나.

"뭐, 뭐가 들어 있긴요오. 뇌가 있겠죠?"

이건은 민아의 대답에 픽 웃더니 하긴, 하고 넘어갔다. 눈 매를 접은 채 민아를 바라보던 그가 술을 들이켰다.

꿈틀대는 목울대를 쳐다보던 민아는 꿀꺽하고 침을 삼켰 다.

"그리고……."

그가 술잔을 든 채 검지만을 뻗어 그녀의 가슴을 가리켰다.

"거기엔 뭘 넣고 다니는 거지?"

위험하게 번뜩이는 눈동자가 동공을 찔러 왔다. 움찔 굳은 민아는 본능적으로 양손을 교차해 가슴을 가렸다.

헉! 남의 아킬레스건을!

그래, 뽕 넣고 다닌다. 됐냐! 남의 약점을 가지고 선빵을 치다니!

민아는 몸에 딱 붙는 저지 원피스의 가슴 부위를 내려다봤 다. 깊게 파인 네크라인에는 완벽한 모양의 가슴이 봉긋하게 솟아 있었다. 아침에 잃어버린 뽕 한 짝은 핸드백에 비상용으로 넣고 다니던 것으로 대체해서 균형을 맞춘 상태였다.

민아가 생각만으로도 화끈 달아오르는 뺨을 양손으로 누르며 쳐다보자 갑자기 그가 얼굴을 바로 코앞까지 들이밀었다.

"화장실 문을 열고 볼일을 보는 버릇은 어떻게 하면 고칠 수 있을까. 응?"

낮고도 음산한 목소리였다.

남이사 문을 열고 누든, 닫고 누든 자기가 무슨 상관이라고 이러는 거야. 진짜!

이거 혹시 정말 변태 아냐?!

"……그, 그건 전등이 고장 나서 그런 건데요. 제가 그러려고 그랬던 건 아니고. 그 뭐랄까, 제가 무서운 걸 싫어해서. 그러니까. 하아…… 시정하겠습니다."

변명을 늘어놓던 민아는 점점 이건의 얼굴이 사나워지기 시작하자 얼른 잘못을 시인했다.

이건은 팔꿈치를 테이블에 올리고 손바닥으로 턱을 받친 채 민아를 물끄러미 응시했다.

"이민아…… 역시 애기야. 아직도. 어두운 걸 무서워하는 걸 보면."

"……네, 네에?"

"그건 그렇고 할 말이 뭐지?"

민아는 들릴 듯 말 듯 한숨을 내쉬며 그에게 할 말을 떠올리려 애썼다. 개똥도 약에 쓰려면 없다더니. 머릿속이 꽉 막혀 버렸는지 아무 생각도 떠오르지 않았다.

"저어…… 부장님은 어떤…… 스타일의 여자를 좋아하세요?"

황당한 질문에 그의 미간이 살짝 찌푸려졌다. 그런 그를 보며 민아는 자신의 입을 바늘로 꿰매고 싶다는 생각을 했다.

"소나기의 여주인공 같은 여자."

엥?

"아, 네에. 그 황순원의…… 소나기죠?"

"응."

어울리지 않게 청순가련형을 좋아하는가 보네. 그러려면 네 성격부터 고쳐라.

"아, 네에."

"할 말은 그게 단가?"

"네."

민아는 우정을 위해 이토록 열심히 노력하는 스스로에 대해 탄복할 지경이었다.

"이민아……."

이건이 턱을 어루만지며 이름을 되씹자 민아는 순간 정신이 번쩍 들었다.

"……왜, 왜요?"

그의 모습에서 뭔가 심상찮은 포스를 느낀 민아가 조심스
럽게 물었다.

"아무것도 아니야. 그만 일어나지."

아무것도 아니긴! 표정을 보니까 아무것도 아닌 게 아니잖
아!

제 이름을 곱씹는 걸 보니 달달 볶아 죽일 작정인 모양이
었다.

"비아그라주 가르쳐 준 사람은 지금도 만나나?"

"네에? 네. 당연하죠."

하나밖에 없는 친오빠가 아무리 진상이라도 버릴 순 없는
노릇 아니겠는가.

"그만 가지."

그의 눈빛이 험악하게 변해 있었다.

살짝 눈을 내리감은 민아는 당분간 숨도 안 쉬고 살아야겠
다고 다짐에 다짐을 했다.

"어? 그런데 다들 어디 간 거죠?"

우현이 정혜만 덩그러니 남겨진 룸을 둘러보며 물었다.

"글쎄요."

"민아 씨, 혹시 어디 사시는지 아세요?"

우현이 정혜에게 간절한 표정을 지으며 물었다. 그러자 그

녀의 낯빛이 단번에 시커멓게 죽었다.

"민아한테 마음이 있으신 모양인데. 사실 민아가 우리 본부장님 밥이거든요. 괜히 건드리셨다가는 우정에 금 갈지도 몰라요."

"둘이 사귄다는 말이에요?"

정혜는 그저 아무 말 없이 시선을 피했다.

그러니 거짓말은 안 한 거다.

우현의 두 눈엔 실망감이 가득했다. 그런 그를 바라보던 정혜가 술잔을 들어 내밀었다.

"우현 씨, 제가 있잖아요. 일단 드세요."

정혜가 코맹맹이 소리를 내며 특유의 눈웃음을 날리자 우현은 어쩔 수 없다는 얼굴로 술잔을 받아 들었다.

#4

야밤의
문워킹

"잠시만요!"

닫히려는 엘리베이터를 향해 힘껏 달렸지만 뛴 보람도 없이 눈앞에서 매정하게 문이 닫혔다.

"하아, 같이 좀 가지."

민아는 옆구리가 결려 허리에 손을 받치고선 한참 동안 헉헉거리며 숨을 골랐다. 어느 정도 진정이 된 뒤 이마에 흘러내리는 땀을 손등으로 훔쳐 낸 그녀가 엘리베이터 옆에 놓인 전신 거울로 향했다. 안 봐도 지금 몰골이 어떨지 뻔했다.

정신없이 여기저기 뻗친 머리카락과 반쯤 돌아간 스커트 자락을 보며 민아는 재빨리 수습에 들어갔다. 일단 머리카락을 단정하게 손가락으로 빗어 내린 뒤 손목에 차고 있던 핑크 고무줄을 꺼내 하나로 묶어 올렸다. 옷매무새도 요리조리 살피며 정리했다.

화사한 개나리색 짧은 카디건과 상아색 스커트를 받쳐 입은 모습이 제법 맵시 있어 보였다. 그제야 그녀는 만족스러운 미소를 지으며 엘리베이터 앞으로 돌아섰다.

엘리베이터가 내려오기를 기다리던 민아는 갑자기 생각난 듯 황급히 양쪽 가슴을 더듬어 대며 혹시나 뛰다가 또 패드가 빠진 건 아닌지 꼼꼼히 살폈다.

"정말 성형을 하든지 해야지. 불편해서 안 되겠어."

오늘은 다행히도 얌전히 들어 있는 패드를 보며 안도의 한숨을 내쉬었다.

양손으로 가슴을 바로잡던 민아는 갑자기 시커먼 그림자가 엘리베이터 은색 문에 비치는 것을 보고 흠칫했다. 뒷목이 서늘한 것이 왠지 불길했다. 그녀는 곁눈질을 하며 천천히 뒤를 돌아 어두운 그림자의 정체를 확인했다.

아! 이럴 줄 알았다.

원수는 외나무다리에서 만난다더니. 하필이면! 오뎅이라니.

봤을까? 못 봤겠지? 미치겠네. 이럴수록 침착해야 해.

파르르 떨리는 안면 근육에 힘을 주고 억지 미소를 지으며 그녀는 그를 향해 인사를 건넸다. 최대한 우아하고 고상하게 무릎을 살짝 굽히며 눈웃음도 지었다.

왜 저 인간 앞에만 서면 작아지는 걸까. 가뜩이나 작은 가
슴 때문에 어깨도 제대로 못 펴는데.

"아, 안녕하세요. 본부장님."

이건의 짙은 눈썹이 딱딱하게 굳어졌다. 뭔가 못마땅하다
는 듯 바라보는 모습에 민아는 가슴속에서 욱하는 것이 치밀
었다.

"이 대리……"

목소리에 힘주는 것 좀 봐라. 그냥 부르면 엉덩이가 더 튀
어나오기라도 하니?

"넵. 본부장님."

하지만 민아는 굴하지 않고 씩씩하게 대답했다.

"원래 주변에 사람이 있든 말든 신경을 안 쓰는 모양이
지?"

낮게 깔린 목소리에 몸이 움찔 떨려 왔다. 오늘은 저 잔소
리로 하루를 시작할 모양이었다.

"무, 무슨 말씀이세요?"

"조심성이 없군."

"제가 무슨."

"내 입으로 말해야 인정하겠나."

민아는 마른침을 삼키며 입을 다물었다. 하긴, 그에게 온

129

갖 추태를 다 보였으니 입이 열 개라도 할 말이 없긴 했다.

이건은 흔들림 없는 눈동자로 민아를 쳐다봤다. 일자로 굳게 다물린 그의 입술은 당당하고 오만했다.

"감상 다 했어?"

'감상'이란 단어는 멋들어진 예술 작품을 볼 때나 쓰는 단어 아닌가? 자기 얼굴이 예술 작품이라도 되는 줄 아는 모양이다.

"네. 다 했습니다."

떨떠름하게 대답하자 그가 피식 웃다 정색하며 빠르게 말을 뱉어 냈다.

"오늘부터 본부장실로 와서 서 비서한테 업무 인계받도록 해."

"알겠습니다."

마지못해 대답한 민아는 얕은 한숨을 내쉬었다. 약속이기도 하고, 밥을 벌어 먹고살려면 시키는 대로 해야 했지만 보나 마나 하루하루가 살벌할 것이었다.

그런 그녀를 빤히 바라보던 그가 낮게 읊조렸다.

"왜? 하기 싫어?"

"아, 아닙니다."

"각오 단단히 해야 할 거야. 쉬울 것 같지만 나, 굉장한 하드 워커야."

네, 네. 어련하시겠습니까.

하드 워커라고 보기에 이건은 상당한 괴리감이 느껴지는 모습을 하고 있었다. 있는 집 자식답게 슬림핏의 짙은 색 양복에 시원한 그레이 셔츠를 받쳐 입고 당당하게 서 있는 모습은 잡지에 나오는 모델처럼 보였다.

여자나 후리고 다니는 제비과 같은데 하드 워커는 무슨.

"왜? 무슨 문제 있어?"

"……아, 아닙니다."

"반하면 곤란해."

"네에?"

민아는 속마음을 들킨 건 아닌가 싶어 살짝 얼굴을 붉혔다. 사실 외모로 보자면 그가 최 실장보다 더 잘생긴 얼굴이었다. 짙은 마초적인 매력을 풍기는 그는 여직원들의 입방아에 오르내리며 요즘 최고의 인기 가도를 달리고 있으니까.

하지만 민아는 그런 여직원들 중 한 명이 되고 싶은 생각은 추호도 없었다.

"……아, 엘리베이터 도착했네요."

때마침 엘리베이터가 도착하자 그녀는 그가 먼저 타도록 옆으로 살짝 비켜섰다. 엘리베이터에 오르는 그를 뒤따라 타 9층과 10층 버튼을 누른 민아는 얌전히 양손을 앞으로 가지런히 모으고 섰다.

안면 근육에 마비가 올 만큼 뚫어지게 바라보는 이건 때문에 입가에 경련이 일었다. 저런 식으로 무례하게 빤히 바라보는 사람은 처음이었다. 오늘따라 엘리베이터가 왜 이리 느리게 느껴지는지. 손바닥에 식은땀이 차올랐다.

호흡곤란이 오기 직전 9층에 도착했고 민아는 그에게 인사를 한 뒤 후다닥 엘리베이터에서 내렸다.

"그럼, 나중에 뵙겠습니다."

"이 대리."

"네?"

"오늘 저녁에 시간 비워 둬."

"네."

민아는 얼떨결에 대답한 뒤 얼른 돌아섰고, 이건은 피식 웃음 지으며 엘리베이터 문을 닫았다.

잠깐! 오늘 저녁에 시간을 비워 둬? 무슨 일이지?

분주하게 걸음을 옮기던 민아는 한 박자 늦게 그가 한 말을 깨닫고서는 자리에 멈춰 섰다. 하지만 이미 엘리베이터는 올라가고 난 뒤였다.

이젠 하다하다 안 되니까 퇴근 후까지 남아서 괴롭히려는 거다. 앞으로 일주일을 어떻게 버텨 낼지 생각만으로도 힘이 빠졌다.

민아는 사무실로 들어서며 인사를 건넸다. 류 과장은 아직 출근 전이었고, 막내 김 주임도 군기가 빠졌는지 자리가 비어 있었다.

"왔니?"

커피를 마시던 선우와 정혜는 인사를 건네는 민아의 목소리가 평소와 달리 힘이 없다는 것을 알아채고 서로 눈치를 살폈다. 민아는 털레털레 두 사람의 곁으로 다가갔다.

"오늘부터 올라와서 업무 대충 익히라는데 이젠 아예 곁에 두고 괴롭히겠다는 심사지?"

"안 그래도 어제 류 과장님이 오늘부터라고 그러시더라. 그런데 너 여기 있어도 돼?"

"아니, 올라가야지."

"네가 하던 일은 나보고 잠시 맡으라던데. 그것부터 알려 주고 가."

"그래."

"류 과장 오기 전에 어서 일하자. 나 볶이기 싫어."

정혜가 서둘러 자리를 정리하려고 하자 민아는 방금 전 있었던 이야기를 꺼냈다.

"거기다 오늘 나더러 저녁에 시간 비우라고 그러더라. 무슨 일일까?"

"야근. 야근이지."

정혜는 생각할 것도 없다는 듯 곧바로 대답했다.

"데이트라도 할 모양인가 보지."

그리고 선우는 그런 정혜와는 정반대되는 추측을 했다.

"데이트? 그 인간이 왜? 무슨 이유로? 그것도 나랑?"

"그건 아니다."

정혜가 끼어들었다.

"아니야, 그 말도 어찌 보면 신빙성은 있어. 정말 희한하게 내가 남자들한테 좀 인기가 많았니?"

가만히 생각하던 민아가 선우의 말에 동조했다.

"선우 네가 쟤 버릇 다 버려 놨어. 어쩔 거야."

정혜가 말도 안 된다는 듯 고개를 저어 댔다.

"넌 꼭 그런 식으로 질투하더라. 으이구, 장희빈 아니랄까봐."

민아가 팔을 툭 치며 장난스럽게 말하자 정혜는 더 이상 대꾸할 가치가 없다는 듯 혀를 차며 돌아섰고, 선우는 한마디를 던지며 사라졌다.

"너희랑 무슨 말을 하겠니. 일이나 해."

"오뎅이 나한테 반한 걸까. 데이트……. 아니야. 저 인간이 그럴 리가 없어. 맞아, 술값 때문이야. 치사한 인간. 분명 그때 마신 술값 받아 내려는 수작이야."

"빙고! 드디어 주제 파악이 되시는군."

돌아서던 정혜가 민아의 중얼거림에 어느새 다시 다가와 염장을 찔러 댔다.

"아무래도 1년 내내 야근일 것 같은데. 불쌍한 것. 내 언젠가는 그 절편이 사고 칠 줄 알았어요. 그러게 돈 모아서 수술이나 하라니까 주식은 무슨."

"그만해. 안 그래도 주식이 바닥을 쳐서 그동안 모은 돈 다 날리게 생겼으니까."

"니네 오빠 알면 난리 나지 않아?"

"오빠 몰라. 그러니까 너도 조심해. 행여나 우리 오빠 보면 알지?"

"야, 나도 민철이 오빠는 무서워."

"가뜩이나 심란한데 왜 그 웬수 이야기는 꺼내서 더 심란하게 만드니?"

오빠 이야기까지 나오자 민아는 기분이 급격히 가라앉았다.

민아와 앙숙이나 다름없는 친오빠 민철은 육사 출신의 대위였다.

"누구? 누가 웬수라는 거야? 설마 민철 오빠 말이니? 니들 그러면 못써. 여동생이 행여나 잘못될까 봐 걱정하는 걸 가지고 그러는 거 아니다?"

선우가 다가와서 말을 거들었다. 그런데 듣자 하니 뉘앙스가 이상했다. 자신의 친구라면 당연히 민철에 대해서 좋은 감정을 가질 리가 없었다.

"너도 제정신이 아니네. 우리 오빠 편을 들다니. 솔직히 말해서 오뎅보다 더 지독하고 못됐어. 너도 알잖아?"

"글쎄, 난 잘 모르겠던데?"

"내가 너랑 무슨 말을 하겠니. 일이나 가져가. 난 위에 올라가야 하니까."

민아가 씁쓸한 표정을 지으며 호텔 VIP 방문 고객 명단과 일정을 넘겼다.

최이건 본부장이 오고 난 뒤 호텔에 외국계 VIP 고객이 늘고 있었다. 지난번에 독일의 유명한 배우가 호텔에 방문했을 때, 렌트 차량을 일본 도요타사의 것으로 배치했다가 본부장에게 죽지 않을 만큼 혼이 났다. 물론 렌트 업체에서 준비한 것이었지만 꼼꼼히 챙기지 못한 자신의 잘못이 더 컸었다.

민아는 그 뒤로 VIP 고객의 출신 국가나 인물에 대한 공부를 별도로 하며 세계 각국의 문화를 익히는 데 주력했다.

호텔관광경영학과를 나온 그녀는 나름 업종에 대한 자부심이 있었다. 비록 실수투성이지만 충분히 경험을 쌓다 보면 언젠가는 최고의 호텔리어가 될 수 있으리라는 기대도 하고 있었다.

선우나 정혜도 그녀와 같은 호텔관광경영학과를 나왔고

업무에 대한 이해도 충분히 되어 있는 상태였기에 업무 인계는 쉽게 끝이 났다.

대충 일을 정리하고 본부장실로 향하자 서 비서가 민아를 보며 반색했다.

"어서 와요. 이 대리."

서 비서는 특유의 예쁜 미소를 환하게 지으며 민아를 반겼다. 네일 아트를 한 손톱에는 아름다운 보석이 달려 있었다. 서 비서가 손을 잡자 민아는 마치 제 손이 투박한 시골 여인네의 것처럼 느껴졌다.

"내가 적어 놓은 매뉴얼 대로 하면 될 거예요. 크게 어려운 거 없으니까 만약 하다가 모르겠으면 나한테 전화해요. 알겠죠?"

"네. 사실 지금은 뭐가 뭔지 모르겠네요."

"오늘 안으로 다 배울 수 있을 거예요."

그렇게 말처럼 쉬우면 뭐가 문제겠는가. 더군다나 까다롭고 성질 더러운 상사를 모셔야 하는데 쉽게 비위를 맞출 수 있을 리가 없었다.

민아는 서 비서가 이끄는 쪽으로 따라갔다. 탕비실에는 각종 커피와 차가 종류별로 진열되어 있었다. 생전 보지도, 듣지도 못한 커피와 차를 보니 벌써부터 기가 질렸다.

커피를 즐기지 않는 탓에 커피 맛도 제대로 모르는 그녀는 커피 머신 사용법부터 배워야 했다. 서 비서는 최대한 인내심을 갖고 하나씩 설명했다.

지금 보니 서 비서가 대단하게 느껴졌다. 까다로운 상사의 비위를 맞추는 것부터 시작해 마시는 물까지도 신경을 쓴다는 것이 정말 신기했다.

과연 일주일을 잘 버틸 수 있을지 의문이었지만 민아는 서 비서의 칭찬에 조금씩 자신감을 찾아갔다.

"이 대리는 나이가 어떻게 돼요?"

"스물일곱 살이에요. 서 비서님은요?"

"내가 한참 언니네. 그럼 말 놓을게. 그래도 되지?"

"네. 그러세요."

"난 서른 넘은 노처녀야."

"요즘 서른이 무슨 어디 노처녀예요?"

"사실, 비밀인데 내가 본부장님보다 나이 많다?"

"그래요?"

"응. 그래서 한 번씩 보면 남동생 같아서 귀엽기도 해. 은근히 귀여운 구석이 많거든. 지켜보면 알겠지만."

"귀엽단 말은 도무지 이해가 안 가네요."

"이 대리한테는 더 근엄한 척하실 거야, 아마. 비서 생활 오래해 봤지만 본부장님처럼 뒤끝 없고 멋진 사람은 처음이야."

"아, 네."

납득이 안 가는 소리에 민아는 얼떨떨해하며 대충 대답했다.

"그런데 본부장님은 어디 가셨나요?"

"오늘 경제인 조찬 모임에 가서서 아마 바로 퇴근하실 거야. 들를 곳이 있다고 하셨거든."

저녁에 시간을 비워 두라고 하더니 바로 퇴근한다고?

민아는 속으로 의아해하며 서 비서를 쳐다봤다.

"이제 대충 된 것 같은데. 할 수 있겠지?"

"네. 그런데 서 비서님은 어딜 가세요?"

"아, 미국에 열흘 정도 다녀와야 해. 부모님이 계시거든. 사실 이 대리 불안해할까 봐 이런 말 안 하려고 했는데 나 일 그만둘지도 몰라. 그땐 정식으로 비서를 뽑아야겠지만……."

서 비서의 말에 민아의 얼굴이 하얗게 질려 갔다.

"열흘이요? 전 일주일만 여기서 일하면 된다고 들었는데. 열흘이라뇨!"

"나도 생각 같아선 더 빨리 오고 싶은데 아버지 건강 상태가 좋지 않다고 해서 말이야. 일단 상황 봐서 연락할게."

"아. 죄송해요. 그것도 모르고."

민아가 단번에 꼬랑지를 내리며 미안한 표정을 짓자 서 비서는 그런 그녀가 귀엽다는 듯 머리를 쓰다듬었다.

"우리 이 대리도 엄청 귀엽네. 전해 듣기론 본부장님 이상형이 이 대리처럼 귀여운 여자라고 하던데."

"네? 설마요."

"나중에 기회 되면 물어봐. 정말이라니까."

"별로 안 궁금해요. 그냥 모르고 살래요."

서 비서는 민아를 의미심장한 눈길로 바라보았다. 왜 하필이 대리를 공석인 자리에 두려고 했는지 그 이유를 알 것도같았다.

본부장의 이상형에 딱 맞아떨어지는 여자가 바로 이민아대리였다. 유독 그녀를 못살게 구는 것도 그렇고 여러 가지로 볼 때 제 생각이 맞는 듯했다.

"이 대리는 애인 없어?"

"애인요? 그건 어디에 쓰는 물건인가요?"

민아의 시큰둥한 말에 서 비서가 소리 내 웃었다.

"좋아하는 사람은?"

서 비서는 미국행 항공권을 끊어 준 본부장에게 고마움의표시로 민아에 대한 정보를 전해 주려 이것저것을 물어보기시작했다.

"좋아하는 사람이 있긴 하지만, 그림의 떡이죠. 사실 이상형이 있다면 최 실장님 같은 분이 좋아요."

"흠, 그래?"

"네. 자상하고 매너 좋은 남자요. 마초 같은 남자는 싫어요."

민아의 말에 서 비서는 속으로 쿡, 웃음을 터트렸다. 생각보다 본부장이 힘들어질지도 모르겠단 생각에서였다. 사촌지간이지만 두 사람의 스타일이 완전히 다른 데다 민아는 곱상한 스타일을 좋아하는 모양이었다.

"내가 볼 땐, 본부장님만 한 남잔 없는 것 같아."

"그나저나 서 비서님 가시고 나면 전 죽었네요. 최대한 빨리 오셔야 해요. 아셨죠?"

"그래."

서 비서는 꼼꼼히 업무를 넘겨주고 퇴근 시간보다 조금 이르게 사무실을 나섰다.

열흘 뒤에 오겠다는 말을 남기고.

혼자 사무실에 남은 민아는 서 비서가 적어 준 매뉴얼을 숙지하며 시간을 보냈다.

퇴근 시간이 다 되어 갈 무렵 책상 위의 전화기가 울렸다.

"네, 본부장실입니다."

─나야. 퇴근 준비해서 지금 본관 지하 1층 주차장으로 내려와.

수화기를 타고 흐르는 목소리는 분명 이건의 것이었다. 서 비서 대신 전화를 받았는데도 단번에 자신의 목소리를 알아챘는지 다짜고짜 주차장으로 내려오라고 말을 하고 있었다.

"지금요?"

―그래. 당장.

"저녁에 시간 비워 두라고 하셨잖아요. 밖에서 하는 야근
인가요?"

민아가 일부러 토를 달며 웅얼대자 그가 낮게 깔린 목소리
로 재차 말했다.

―지금 당장 내려와. 1분 안에.

그리고 전화는 끊겼다.

무슨 꿍꿍이인지 도저히 알 길이 없어진 민아는 입술을 잘
근거리며 앉아 있다가 얼른 퇴근 준비를 하고 엘리베이터로
미친 듯이 달렸다.

만약 오래 기다리게 했다간 무슨 봉변을 당할지 몰랐다.

마침 10층에 서 있는 엘리베이터 버튼을 다급히 누르고 숨
을 몰아쉬며 내려가는 숫자를 바라보는데 엘리베이터가 9층
에 멈춰 서더니 문이 열렸다. 앞에 서 있던 선우와 정혜가 올
라탔다. 민아를 보자마자 동시에 외쳤다.

"너 야근이라며!"

"그래. 야근은 야근인데 주차장으로 오래."

"오뎅이? 지금 오래?"

"응."

민아는 정혜를 보며 고개를 끄덕였다. 그녀의 모습은 마치
불쌍한 강아지가 애처롭게 쳐다보는 것처럼 가련했다.

"밖에서 맛있는 저녁이나 사 달라고 그래."

정혜의 말에 민아가 콧방귀를 끼며 비웃었다.

"넌 지금 내가 데이트하러 가는 줄 아니? 일하러 가는 거거든요?"

"그래, 열심히 해. 누가 뭐라니?"

"니들은 팔자 편한 줄 알아."

"네에, 네. 그럼 수고해. 우린 먼저 간다."

"잘 가, 내일 보자."

민아는 괜히 트집을 잡으며 쏘아붙였다. 사실 친구들이 있어 직장 생활이 얼마나 편하고 즐거운지 누구보다 잘 알고 있었다. 서로 툭툭거리며 상처 주는 말도 곧잘 해 대긴 하지만 그것 또한 서로에 대한 애정에서 나오는 것이었다. 저도 마찬가지로 친구들에 대한 고마운 마음을 늘 가지고 있었다.

두 사람은 지금쯤이면 오뎅에게 볶임을 당할 친구를 안쓰러워하며 제 일같이 가슴 아파할 것이다. 민아는 그렇게 제 편할 대로 생각을 하며 본관 지하 1층으로 향했다.

한편 닫히는 엘리베이터 문을 보던 정혜는 슬며시 미소 지었다.

낮에 선우와 대화를 나누다 아무래도 본부장이 민아에게 마음이 있는 것 같다는 데에 서로 의견 일치를 보았다.

어떤 식으로든 유독 민아를 괴롭히거나 곁에 두려고 하는

143

것을 보면 관심의 표현이고 애정의 표현이 아니겠는가. 물론 그 표현 방식이 일반 사람들과는 조금 다르지만, 어쨌든 본 부장이 민아를 특별하게 생각하고 있다는 것에 동의했고 적 극적으로 밀어 주기로 했다.

　본관 지하 1층 주차장 출입구를 나오자 저만치 서 있는 이 건의 모습이 눈에 들어왔다. 차에 기대어 서서 팔짱을 낀 채 자신을 기다리는 모습은 마치 화보에서 금방 튀어나온 사람 처럼 근사했다.
　비딱하게 선 채 바라보는 그의 시선이 뜨겁게 느껴지는 것 은 자신만의 착각일까. 아, 정말 이젠 인정할 건 해야겠다 싶 었다.
　최씨 일가의 우월한 외모 유전자는 타의 추종을 불허할 만큼 탁월했다. 어떻게 저런 비율의 키와 몸매를 지니고 있단 말인 가.
　"안 오고 뭐해?"
　지하 주차장에 울려 퍼지는 중저음의 목소리가 마치 온몸 을 애무하듯 감싸 왔다. 나르시시즘에 빠진다 해도 전혀 어 색할 것 없는 남자의 모습과 행동에 감탄사가 절로 터져 나 왔다.
　"어서 와."

민아는 애써 정신을 차리고 그에게 다가갔다.

"야근이라면서요."

이상하게 그를 마주 볼 자신이 없었다. 눈을 마주치면 얼굴이 화끈 달아오를 것만 같아 고개를 들기 부끄러웠다.

"이민아, 무슨 일 있었어? 얼굴 안 들 거야?"

목소리에 걱정이 담긴 듯한 건 착각일까.

그가 한 걸음 다가와서 그녀의 턱을 손으로 받쳐 올렸다. 그리고 두 눈을 깊숙이 맞추었다.

"울진 않은 거 같고. 뭐야, 나랑 같이 어딜 가는 게 그렇게 싫은 거야?"

해석이 그렇게 되나? 민아는 저도 모르게 고개를 저었다.

"자, 너무 늦으면 곤란하니까 어서 타."

이건이 승용차 조수석 문을 열었다. 민아가 머뭇거리다 차에 오르자 그는 돌아와 운전석에 올랐다.

"안전벨트 매."

"네."

"상을 줘야겠군."

이건은 싱긋이 웃으며 말했다.

"무, 무슨 상요?"

갑작스러운 상 발언에 민아는 호기심이 불쑥 일었다.

"주차장을 잘 찾아왔으니까."

아, 그날 일을 이야기하는 모양이었다.

"무슨 상을 주실 건데요?"

"오늘 나와 데이트할 수 있는 영광을 주도록 하지."

역시 나르시스 못지않은 변태 본부장이었다. 제 입으로 내뱉는 말이 얼마나 재수 없는지 알고 있을까. 그런데 더 기가 막히는 건 저런 모습도 그의 일부분인 것처럼 자연스럽다는 점이었다.

묘하게 반감을 불러일으키면서도 긍정할 수밖에 없게 만드는 사람이었다. 떨떠름한 그녀의 표정을 바라보던 그가 낮게 웃음을 터트렸다.

기분 나쁘게도 웃음소리가 듣기 좋았다. 저렇게 웃는 남자를 볼 때면 멋있다고 생각했었는데 그가 바로 그런 남자였다.

웃음소리가 심장을 간질이며 봄바람처럼 스멀스멀 스며들었다.

민아는 얼른 고개를 차창으로 돌리며 그를 외면했다. 지금까지 그에 대해 부정적으로만 생각해 왔기에 이런 갑작스러운 마음의 변화가 뭔가 자존심 상했다.

그런데 어디로 가는 걸까.

앙상한 나뭇가지가 쭉 늘어선 가로수 길을 달리는 차는 그녀가 가 본 적 없던 곳으로 가고 있었다.

이쯤 되면 어디로 간다고 말해 줄 법도 한데 그는 묵묵히 운전만 할 뿐 말이 없었다.

따뜻하고 조용한 차 안, 편안한 승차감은 잠을 불러왔다. 온종일 새로운 업무를 익히느라 긴장한 바람에 몇 배로 피곤한 날이기도 했다. 결국 민아는 저도 모르게 살포시 잠이 들었다.

이건은 그런 그녀를 바라보며 낮게 속삭였다.

"정말 못 말리겠네, 이민아."

진한 미소를 지은 그는 붉게 지는 석양에 물든 그녀의 얼굴을 사랑스럽다는 듯 바라보았다.

신호를 받고 차가 멈춰 서자 그가 가만히 손을 뻗어 흘러내리는 그녀의 머리카락을 귀 뒤로 쓸어 넘겼다. 솜털이 보송보송한 그녀의 귓불을 어루만지며 그가 작은 소리로 말했다.

"이민아. 더는 못 기다리겠다."

이건은 혼잣말을 한 뒤 조심스럽게 차를 출발시켰다.

한편 민아는 잠결에 그가 하는 말을 듣고 말았다. 꿈인지 생시인지 알 수 없었지만 뺨을 쓰다듬고 귓불을 만져 대는 촉감은 소름이 돋을 만큼 생생했다.

더는 못 기다리겠다니? 뭘 말하는 걸까.

파르르 떨리는 속눈썹을 과감하게 뜨고선 그에게 물어봐

야 될지 아닐지를 고민하다 다시 잠이 들었다.

"이민아, 그만 일어나시지."

귓가를 파고들 듯 가까이서 들려오는 이건의 목소리에 민아는 두 눈을 번쩍 떴다.

"죄, 죄송해요. 깜빡 잠이 들었던 모양이에요."

어느새 사방이 깜깜해져 있었다.

"무슨 잠꼬대를 그렇게 심하게 하지?"

"제가요?"

잠꼬대까지! 반수면 상태에서 혼잣말을 중얼거린 모양이었다. 정말 가지가지 한다, 이민아.

"내리자."

민아는 이건을 따라 차에서 내렸다. 지금 있는 곳이 어디인지 도무지 감을 잡을 수가 없었다. 서울에서 한참 벗어난 것 같긴 한데 사방이 고요했고 코끝엔 풀 내음이 훅 끼쳤다.

"어딘지 알겠어?"

"아니요. 모르겠는데요."

저만치 서 있는 가로등 불빛 외에는 깜깜하기만 했다. 어둠 속에서 그의 눈빛이 일순간 번쩍인다 싶더니 날카롭게 그녀의 표정을 살폈다.

"낮에 와야 기억할 모양이네. 조금만 걷자."

도대체 이런 곳은 어떻게 알고 온 것일까. 민아는 이건을 수상한 눈빛으로 쳐다봤다. 으슥한 길을 걷자는 그의 의도를 알 수가 없었다.

가뜩이나 밤눈이 어두운 민아는 성큼성큼 걸어가는 그의 뒤를 따라 조심스럽게 걸었다. 도로를 사이에 두고 한쪽은 비닐하우스와 논이 있었고, 반대편에는 소나무가 울창한 작은 산이 있었다. 부엉이 소리인지 뻐꾸기 소리인지 알 수 없는 새 소리도 들려왔다.

이건의 뒤를 따라가면서도 민아는 불안한 눈초리로 그를 예의 주시했다.

이건은 민아가 잘 따라오는지 한 번씩 뒤돌아보며 천천히 걸었다. 이렇게 걷다 보면 기억이 날지도 모른다는 생각에 조금만 더, 조금만 더 하며 욕심을 냈다.

"으악!"

순간 등 뒤에서 비명이 들렸다. 그는 재빨리 뒤를 돌았다. 그런데 눈높이에 있어야 할 그녀가 보이질 않았다.

저 멀리 도로와 논 사이에 나 있는 도랑에서 뭔가가 꿈틀거리는 것이 보였다. 설마하며 이건은 그곳으로 달려갔다. 깊이 1m, 폭 60cm 정도 되는 도랑에 그녀가 앉아 있었다.

놀란 이건은 얼른 뛰어 내려가 그녀를 일으켜 세웠다.

"아아, 아파요."

"왜 여기 이러고 있는 거지?"

"누군 이렇게 있고 싶어서 있는 줄 알아요?"

민아가 발끈하며 이건을 쏘아보았다. 창피한 것은 둘째 치고 몸에 스며드는 차가운 물 때문에 암담했다.

그녀는 그가 내미는 손을 잡고 몸을 일으켰다. 부지불식간에 일어난 일이라서 그녀도 충격을 받은 상태였고, 무엇보다 흠뻑 젖은 옷 때문에 제정신이 아니었다.

그는 조심스럽게 그녀를 안아 들고 도랑 위로 올라섰다.

"걸을 수 있겠어?"

"네."

도로에 서서 고개를 숙이고 있는 민아를 보며 이건은 재킷을 벗어 얼른 어깨에 씌워 주었다.

"어디 다친 곳은 없는 거야? 걸을 수 있겠어? 여기 잠시만 기다리고 있어. 차 가져올 테니까."

제법 차에서 멀리 떨어진 곳까지 걸은 모양이었다. 이 컴컴한 곳에 자신만 혼자 두고 가 버릴지도 모른다는 생각에 민아는 그의 팔을 움켜잡고선 고개를 저었다.

"가, 같이 가요. 무서워요."

"걸을 수 있어? 발은 괜찮아?"

깊고도 짙은 눈빛이 그녀의 다리 쪽으로 향했다. 민아는 발을 굴리며 괜찮다는 표시를 했다.

"다행이네. 그럼 가자."

이건은 민아의 손을 단단히 붙잡고 차로 향했다.

"차 시트가 더러워질지도 몰라요. 보다시피 지금 흠뻑 젖어서."

차에 올라타기 전, 민아가 말하자 이건은 그런 그녀를 자세히 쳐다봤다.

물에 빠진 생쥐처럼 바들바들 떨고 있는 모습도 그렇거니와 여전히 덤벙대는 모습에 웃음이 새어 나왔다. 결국 그는 웃음을 참지 못하고 큰 소리로 웃고 말았다.

"하하하, 이민아. 정말 못 말리겠네. 어릴 때나 지금이나 달라진 게 없어."

제 몰골이 아무리 웃겨도 그렇게 노골적으로 웃을 것까지야. 민아는 아랫입술을 깨물며 그를 노려보았다.

"괜찮아. 어서 타."

골이 난 민아는 보란 듯이 차에 올랐고, 그는 간간이 웃음을 터트리며 그녀를 당혹스럽게 했다. 입술을 삐죽거리며 창밖으로 고개를 돌리던 민아는 조금 전 그가 한 말을 다시금 떠올려 보았다.

"어릴 때나 지금이나 달라진 게 없어."

마치 자신을 오래전부터 알고 있는 것처럼 말했다. 그렇지만 자신이 기억하는 한 최 실장 사건 전에 최이건과 마주친 적은, 옷깃을 스친 적은 맹세코 없었다.

다른 누군가와 착각하는 건지도 모른다고 가볍게 생각하며 그녀는 이내 젖은 제 옷을 바라보았다. 이 꼴을 어떻게 해야 하나 고민하고 있는데 이건이 차를 출발시켰다.

근처의 이름 모를 호텔 주차장 앞에 차를 세운 뒤 그가 그녀를 향해 몸을 돌렸다.

"여기서 잠시 쉬었다 가야 할 것 같은데. 이렇게 젖은 상태로 돌아가기엔 그렇지?"

근무지가 호텔이라서 그런지 남자와 호텔에 왔다는 것에 대한 반감은 없었다. 그리고 그가 자신에게 어떤 흑심을 품고 있다고 보기도 힘들었다.

"나도 바지가 다 젖어서 불편하고 찝찝해. 넌 더 그럴 거 아니야. 내리자."

민아는 말없이 그를 따랐다. 관광호텔급인 이곳은 작지만 깨끗하고 아기자기하게 꾸며져 있었다. 그녀가 일하고 있는 뉴월드 호텔의 스위트룸은 100평 규모로 으리으리하고 호화롭기 그지없지만 이곳은 어떨지 궁금했다.

"이런 곳의 스위트룸은 가격이 얼만가요?"

엘리베이터로 향하며 민아가 계산을 마치고 온 그에게 슬쩍 묻자 그가 피식 웃으며 말했다.

"왜, 궁금해?"

"아무리 스위트룸이어도 우리 호텔 일반실만 할까 모르겠네."

"설마요. 그래도 스위트룸인데."

"가 보면 알겠지."

엘리베이터에서 내린 두 사람은 문을 열고 안으로 들어갔다. 불을 켜는 순간 눈에 들어온 것은 퀸 사이즈의 침대, 앤티크 문양의 소파와 테이블, 그리고 회색빛의 카펫이 깔린 바닥이었다.

"정말 그렇네요."

"어서 씻고 나와. 그러다 감기 들겠어."

욕실 옆에는 화장대로 쓸 수 있는 콘솔과 거울이 있었다.

민아는 머뭇거리다 일단 욕실로 들어갔다. 옷을 말려야 했기에 이렇게 멍청하게 머뭇거릴 시간이 없었다. 저 남자와 밤을 지새울 순 없으니까.

아악! 세상에!

민아는 거울에 비친 제 모습에 기겁했다. 이건 사람이 아니었다. 진흙탕에 빠진 생쥐처럼 몰골이 엉망이었다.

이런 꼴을 한 저를 보고 본부장이 만에 하나 딴마음을 먹는다면 그도 정상은 아닐 것이었다. 민아는 흉측하기 그지없는 모습에 눈물을 머금고 물을 틀었다.

옷을 벗어 대충 물로 씻어 내고 꼭 짜서 말리기 위해 수건 걸이에 널었다. 몸 역시 머리부터 발끝까지 깨끗이 씻고 난 그녀는 전라의 상태로 멍하니 거울 앞에 섰다. 그리곤 절망 적인 눈빛으로 가슴을 쳐다보며 한숨을 내쉬었다. 정말 가슴 이 조금만 더 컸더라면 콜라병 몸매 저리 가라 할 만큼 예뻤 을 텐데. 아쉬워도 너무 아쉬웠다.

정혜 말대로 주식에 투자할 게 아니라 수술이나 해야 했 다. 한참 이리저리 몸을 바라보던 민아는 욕실 주변을 살폈 다. 가운이 없는 것 같아 일단 수건 두 개를 들어 하나는 허 리부터 감쌌고, 다른 하나는 가슴 부분을 감쌌다. 그렇게 하 니 그럭저럭 가려지는 것 같았다.

민아는 살그머니 문을 열고 욕실을 나왔다.

"조금만 더 늦었으면 그대로 들어갈 생각이었는데. 마침 나오네."

이건은 셔츠 단추를 다 풀어 놓고 있는 상태였다. 벌어진 셔츠 사이로 복근이 슬쩍 보였다. 재빨리 복근을 훑어보던 민아가 이내 시선을 돌렸다.

두근두근.

화르륵 얼굴이 붉어졌다. 살짝살짝 보이는 그의 상체는 환 상적이었다.

민아의 시선을 눈치챈 이건이 피식 웃으며 그녀에게 가운을 내밀었다.

"이거 걸치고 있어. 수건보다는 그편이 나을 거야."

"아, 네."

민아는 얼른 가운을 받아 들고 그가 욕실로 들어가기만을 기다렸다. 이건의 복근에 상당히 높은 점수를 준 상태였기에 이후 그의 행동이 왠지 모르게 다 설레였다.

오뎅 제법인데, 100점 만점에 99점. 후후, 내가 점수에 좀 후하잖아.

민아는 속으로 점수를 매겨 가며 욕실로 들어가는 그의 뒷모습을 바라보았다. 그리고 그가 문을 닫자마자 가슴을 두르고 있던 수건을 휙 풀어 젖혔다.

달칵!

"엄마야!"

가운을 집어 들고 입으려는 순간 그가 욕실 문을 벌컥 여는 바람에 그녀는 고함을 지르며 그대로 주저앉았다.

"아, 미안해. 다름이 아니라 룸서비스로 식사가 올 거야."

"빨리 들어가요!"

"미안, 하하하."

이건은 능글맞은 웃음을 지으며 다시 욕실로 들어갔고, 민아는 얼른 가운을 입으며 끈으로 허리를 동여맸다.

하마터면 절편을 들킬 뻔했잖아. 설마 본 건 아니겠지?

민아는 가슴을 보였다는 것보다 빈약한 가슴을 들킨 건 아닐까 하는 걱정부터 했다.

그나저나 여긴 도대체 어디야.

그와 단둘이 다른 세상에 동떨어진 것 같은 느낌에 그녀는 슬그머니 창가로 걸어가 두툼한 쟈가드 커튼을 옆으로 젖혔다. 호텔에서 바라보는 전면은 탁 트여 있었다. 저 멀리 작은 강이 흐르고, 그 주변에 집들로 추정되는 곳에서 띄엄띄엄 불빛이 반짝였다. 마치 동화 속에 나오는 강가 마을처럼 아름다운 곳이었다.

엄마는 재첩을 잡고, 아이들은 강가에서 물장구를 치며 노는 모습이 절로 그려졌다. 바깥 풍경에 시선을 떼지 못하고 한참을 바라보던 그녀는 그가 욕실에서 나오는 소리를 듣고 고개를 돌렸다.

그는 과연 어떤 모습일까.

그의 벗은 몸을 상상하자 갑자기 얼굴이 화끈 달아올랐다.

"식사는 아직 안 왔나 보네."

그는 제가 입었던 옷가지를 정리하고 그녀의 옷도 들고 나와 옷걸이에 걸어 놓았다.

그도 그녀와 똑같은 가운을 걸치고 있었다. 그녀에겐 종아리까지 내려오는 가운이 그에게는 달랑 무릎까지만 가려졌다.

가운 아래 드러난 다리가 종마처럼 튼튼해 보였다.

민아는 서서히 시선을 올려 이건의 얼굴을 쳐다봤다. 촉촉이 젖은 짧은 머리카락에서 물방울이 뺨을 타고 흘러내리고 있었다. 그 모습에 넋이 나간 민아가 입을 헤 벌렸다.

"민아야, 이리 와 봐."

그가…… 오, 오뎅이! '민아야'라고 불렀다. 오 마이 갓!

심장이 튀어나올 만큼 멋진 목소리로 제 이름을 부르는 그는 정말 섹시했다.

위험해.

민아는 두근거리는 심장을 누르며 고개를 황급히 저었다. 이건은 새까만 눈동자를 빛내며 그녀의 곁으로 천천히 다가왔다. 뒷걸음질 치던 그녀의 등에 베란다 유리창이 닿았다. 이젠 밖으로 뛰어내리지 않는 한 더는 물러날 곳이 없었다.

민아는 유리창에 등을 바짝 붙인 채 겁먹은 표정으로 그를 올려다보았다.

이럴 땐 '안 돼요!'라고 외쳐야 할까. 아님 '살려 주세요'라고 해야 할까.

"민아야, 손."

그가 또 '민아야'라고 불렀다.

"마, 만약에 몸에 손대면 고발할 거예요."

그 말에 이건은 피식 웃음을 짓고서는 한 발짝 더 다가왔다. 그리고 아랑곳하지 않은 채 팔을 덥석 잡았다.

"뭐하는 거예요!"

크고 단단한 손이 그녀의 팔목을 잡고서는 소매를 걷어 올렸다.

"여기 상처 났는데 안 아파?"

"네에? 아!"

그러고 보니 조금 따끔거리는 것 같았다. 어떻게 알았을까.

오버도 병이라고 하던 정혜의 목소리가 들려왔다. 그래, 이런 남자가 뭐가 아쉬워서 나 같은 여자를. 착각도 이 정도면 중증이다.

민아를 소파에 앉힌 이건은 상비약을 찾아서는 꼼꼼히 상처를 치료하기 시작했다. 약을 바르고 밴드를 붙이는 그 손길이 너무나 자상했다.

민아는 숨결이 느껴질 정도로 가까이 와 있는 그의 얼굴을 가만히 쳐다봤다. 짙은 눈썹과 남자다운 이목구비, 자상한 손놀림. 이 모든 것이 그를 새롭게 보이도록 했다.

지금까지 심술 맞게 굴던 오뎅이 아니었다. 뭐랄까. 뭔가 가슴 한구석이 간질간질하면서 심장이 몰랑거리는 느낌이었다.

민아는 충동적으로 촉촉이 젖은 그의 새까만 머리카락에 손을 갖다 댔다. 자신도 모르게 벌인 짓이었다.

헉!

그의 눈이 살벌하게 와 닿았다. 흠칫 떨며 손을 내린 그녀는 시선을 얼른 다른 곳으로 돌렸다.

"……밥은요? 배고파요."

그녀는 배가 고프다는 핑계를 대며 어색한 순간을 간신히 모면했다. 그제야 그의 짐승 같은 눈빛도 차츰 수그러들었다.

때마침 초인종이 울리자 그가 문 쪽으로 걸어갔다. 벨보이는 테이블 위에 음식을 차려 놓은 뒤 그가 내미는 옷을 받아 들고 나갔다. 최대한 빨리 세탁을 부탁한다고 말하는 걸로 봐서는 아마 이곳에서 몇 시간은 더 있어야 할 듯했다. 어쩌면 오늘 안으로 돌아가지 못할 수도 있단 생각이 들었다.

"어서 먹어. 배고프다며."

"네. 잘 먹겠습니다."

민아는 그가 썰어서 접시에 담아 주는 스테이크를 족족 받아먹었다. 보기보다 음식이 아주 맛있었다.

투명한 와인 잔에서 찰랑거리는 붉은색 와인으로 목을 축이니 그렇게 꿀맛일 수가 없었다. 어느새 빈 것을 확인하고 잔을 내밀자 그가 싱긋 웃으며 와인을 따라 주었다.

"잘 먹네."

"그런데 본부장님은 안 드세요?"

"별로 생각이 없어."

"맛있는데. 좀 드셔 보세요."

"먹는 거 보는 것만으로도 배불러."

그는 뜻 모를 소릴 하고서는 와인을 홀짝였다. 절대로 저 사람 입에서 나올 소리가 아닌데 작업을 거는 남자처럼 느끼한 말을 아무렇지도 않게 하다니.

왠지 묘한 기분이 들어 민아는 와인으로 입술을 적신 다음 포크를 내려놓았다.

"본부장님, 우린 언제쯤 여기서 나가나요?"

"세탁 맡긴 옷이 오면 나갈 거야."

"아, 그렇구나. 그럼 좀 기다려야겠네요?"

"아마도."

그는 빈 접시를 트레이에 담아 밖으로 내놓았다. 그리곤 창가로 가서 커튼을 내리고 실내조명을 하나만 켜 둔 채 그녀가 있는 곳으로 다가왔다.

"안 피곤해?"

"음, 피곤하지만 갑작스레 일어난 일이라 뭐가 뭔지 모르겠어요."

민아는 솔직하게 제 기분을 말했다.

"피곤할 테니 한숨 자 둬."

그는 그녀를 의자에서 일으킨 뒤 침대가 있는 곳으로 데리고 가서 앉혔다.

"편하게 쉬어."

둘이 눕기에 침대는 충분히 컸지만 막상 그가 옆으로 다가오자 긴장이 되어 떨려 오기 시작했다.

"……왜, 왜 이리로 오시는 거예요?"

"나도 피곤하거든."

마치 흑심 따위는 없다는 듯 이건이 쿨하게 말해 왔다.

알고 있다. 그가 서 비서처럼 예쁜 여자를 곁에 두고서도 눈 하나 깜짝 안 할 만큼 여자 보는 눈이 높다는 것을.

그렇지만 저렇게 시크하게 말하면 또 사람 마음이 요상해서 그거대로 신경이 쓰였다. 슬쩍 자존심이 상하는 것이, 여자로서 자신이 그렇게 매력이 없나 하는 생각까지 들었다.

그런데 문제는 그게 아니었다.

그의 존재감이 평소와 다르게 느껴진다는 데 있었다. 막 샤워를 마친 그는 지나치게 잘생기고 매력적이었다.

와인 탓도 있겠지만 그를 볼 때마다 심장이 쿵쿵 뛰어 대서 미칠 노릇이었다.

새하얀 가운 아래 감춰진 근육이 금방이라도 자신을 덮쳐 올 것만 같았다. 아니, 그걸 바라는 걸지도 모른다. 이민아, 왜 그래. 취했니?

"……그렇게 쳐다보면 나도 나를 책임질 수가 없어. 피곤할 테니 얼른 자."

나직하게 속삭이는 목소리에 심장이 후드득 반응을 해 왔다. 그의 새까만 머리카락을 마구 헝클어뜨리고 싶은 욕망이 불쑥 치밀었다.

책임질 수 없단 말이 가슴을 두근거리게 했다.

대책 없이 이렇게 떨리면 어쩌자는 거야.

민아는 발개진 볼을 숨기려 얼굴까지 덮어쓸 생각으로 그의 무릎쯤에 있는 이불을 들어 올렸다. 저도 모르게 가운까지 들어 올린 그녀는 순간 그의 탄탄한 허벅지를 보고 말았다.

"아, 미안해요. 일부러 그런 건 아니에요."

민아는 얼른 이불을 그의 허벅지 위에 올리곤 손으로 톡톡 정리를 했다. 심장이 터질 것만 같았다.

"……이민아, 지금 뭐하는 거지?"

그가 낮게 가라앉은 목소리로 그녀를 불렀다. 놀란 민아가 고개를 들어 그를 쳐다봤다.

침대 헤드에서 상체를 떼어 낸 그는 그녀를 뚫어지게 쳐다보고 있었다. 그리고 천천히 손을 뻗어 허벅지 위에 올려진 그녀의 손을 붙들었다.

"이런 식으로 자극하면 어느 남자가 버틸까."

"그, 그런 게 아니라."

살짝 벌어진 가운에 드러난 탄탄한 복근으로 눈이 갔다. 그는 은근한 눈빛으로 그녀의 팔목을 세게 붙잡았다.

"여기, 뛰는 거 느껴져?"

그가 그녀의 팔을 잡아당겨 제 가슴으로 갖다 댔다.

자그마한 손바닥에 맹렬히 뛰고 있는 심장박동이 느껴졌다. 민아는 움찔 손가락을 떼어 내며 그를 밀어냈다.

그는 느긋하게 웃고 있었지만 눈빛만은 맹렬히 타오르고 있었다.

"……네, 여기. 어떤 느낌일까."

그가 손을 뻗어 민아의 입술을 지그시 눌렀다. 그 순간 그녀는 저도 모르게 눈을 감았다. 부드럽고 단단한 느낌의 엄지가 그녀의 입술을 살짝 비벼 대더니 떨어져 나갔다.

허전함을 느끼는 그때, 입술에 부드럽고 폭신한 무언가가 와 닿았다.

놀란 민아는 두 눈을 번쩍 떴다. 저와 입술을 맞대고 있는 그의 얼굴이 눈에 들어왔다. 짙고 긴 속눈썹으로 그늘을 드리운 채 눈을 감고 있는 그의 모습은 심장을 철렁 내려앉게 할 만큼 아름다웠다. 도저히 입술을 떼어 낼 수가 없어 그녀는 질끈 눈을 감아 버렸다.

아, 몰라.

그가 살짝 입을 벌려 그녀의 아랫입술을 이로 깨물었다. 간질거리는 촉감에 더욱 세게 입술을 비비고 싶어졌다.

그녀는 심장을 간질이는 느낌에 손발이 오그라들었다. 양

팔을 들어 올려 그의 목을 휘감았다.

으응, 어서 제대로 좀 해 봐.

이건에게 더욱 몸을 밀착시키며 그를 보챘다. 그러자 맞닿은 입술이 떨어지는가 싶더니 그의 고개가 돌아가고 입술이 딱 맞물려 왔다.

세상에! 이렇게 좋을 수가.

민아는 무아지경으로 빠져들었다.

점점 몸이 기울어지며 그의 상체가 그녀의 가슴을 눌러 왔다. 민아는 슬슬 위기감을 느끼며 목에 감고 있던 팔을 풀고 가슴 사이로 팔꿈치를 밀어 넣었다. 간신히 공간이 생긴 탓에 절편을 들키진 않을 것 같았다.

민아는 대학 때, 남자 동기들이 그녀에게 '앞에도 뒤테' 라는 별명을 붙이고 놀려 대던 것을 잊지 못했다. 남자들이 자신을 성적 매력이 없는 여자로 본다는 것에 잔뜩 위축되어 있었다. 뽕 브라를 착용한 것도 그때부터였다.

이건의 손이 가운 사이를 파고드는 찰나, 민아는 그의 몸을 힘껏 밀쳐냈다.

그런데 밀어도 너무 세게 밀었다. 저만치 나가떨어진 그는 겨우 몸의 균형을 바로잡으며 머리카락을 쓸어 넘겼다. 다행히 침대에서 떨어지는 불상사까지는 일어나진 않았지만 얼굴을 보아하니 자존심이 엄청나게 상한 모양이었다.

"……싫다면 강제로 하진 않아."

애써 태연한 척하며 몸을 일으킨 그가 베란다로 향했다. 후끈 달아오른 열기를 식히고 싶은 모양인데 그건 그녀도 마찬가지였다.

민아는 그의 뒤를 따라 쫄래쫄래 베란다로 나갔다.

그가 왜 따라왔느냐는 듯 원망 어린 눈빛을 보냈지만 그녀는 애써 모른 척을 하며 옆에 나란히 섰다.

"흐음, 공기가 아주 좋네요."

"잠시 눈이라도 붙여. 아무 짓도 안 할 테니."

"아, 아니에요. 괜찮아요."

민아는 이 어색한 분위기를 어떻게든 되돌리고 싶었다. 자신이 먼저 목을 끌어안고 덤볐으니 입이 열 개라도 할 말이 없긴 했다. 가라앉은 분위기를 띄우기 위해 뭘 해야 할지 고민하기 시작했다.

한참을 생각하던 민아는 그나마 할 수 있는 몸 개그를 보여 주기로 마음먹고 조심스럽게 물었다.

"저, 제가 신기한 거 보여 드릴까요?"

"……."

물끄러미 바라보는 그의 눈빛을 본 그녀는 억지로 입꼬리를 올리며 걸음을 옮겼다.

어디 안 웃고 배기나 봐.

"제가 약간 맛보기로 보여 드릴게요."

민아는 방 안쪽으로 자리를 옮겨 베란다에 서 있는 그가 자신을 마주 보도록 했다. 나름대로 최선을 다하자 마음먹은 그녀는 아주 진지하게 몸 개그를 선보였다.

하나, 둘, 셋.

물 찬 제비처럼 미끄러지듯 뒤로 걸으며 마이클 잭슨도 울고 간다는 백스텝을 밟았다. 이 문워킹은 그녀의 유일한 장기였다. 함께 술을 마실 때면 정혜와 선우가 꼭 그것을 시킬 만큼 재밌어 하기도 했다. 그녀는 뒤로 간 다음 다시 방향을 바꾸어 옆모습을 보이며 옆으로 미끄러지듯 스텝을 밟았다. 이정도 스텝을 밟아 주면 다들 감탄을 하거나 웃음을 터트리는데 그의 미간은 점점 찌푸려지고 있었다.

이게 아닌가.

민아는 다시 방향을 돌려 그가 있는 곳까지 엉덩이를 보이며 문워킹을 시도했다. 엉덩이를 뒤로 쭉 빼고 스텝을 밟자 그제야 그의 입가에 웃음이 걸렸다.

누구 말대로 달밤에 체조를 심하게 하고 있는 그녀였다.

"어때요? 재밌죠?"

민아는 그의 미소에 자신감을 얻고선 확인 절차에 들어갔다.

"지금 뭐하는 짓이지?"

"……문워킹요."

"이리 와 봐."

설마 때리려는 것은 아닐 테고. 왜 오라는 거야.

"……왜, 왜요?"

여차하면 다시 백스텝을 밟으며 미끄러지듯 사라질 생각이었다.

"예쁜 가슴 다 보이잖아. 간신히 버티고 있는데."

헉!

"엄마야!"

민아는 가운 앞섶을 붙잡고 그대로 바닥에 주저앉았다.

이렇게 살 순 없다.

정말 이렇게 살 순 없는 것이다.

야밤에 무슨 문워킹을 한다고.

광년이 따로 없었다.

민아는 시뻘게진 얼굴로 바닥에 쭈그리고 앉아 일어나질 못했다. 이건이 다가오자 그의 맨발이 눈에 들어왔다.

"이민아. 고개 들어 봐. 내가 가슴 봤다고 그러는 거야?"

내 앞에서 가슴을 말하지 말란 말이다!

민아는 속으로 고함을 지르며 발광을 했다.

"네 가슴이 얼마나 아름다운지 말해 줘?"

잠깐, 잘못 들은 거겠지? 예뻐? 내 가슴이? 절편이 예쁘다고?

민아는 자신의 귀를 의심하며 천천히 고개를 들었다.

167

"일어나 봐."

이건은 민아의 양쪽 겨드랑이 사이에 팔을 넣고 그녀를 일으켜 세웠다. 마지못해 일어난 그녀는 그의 가슴을 주먹으로 두드렸다.

탕! 탕!

"몰라요. 제 일급비밀인데."

너무 창피해 민아는 이건의 가슴에 얼굴을 팍 묻어 버렸다.

그는 그녀의 무릎 뒤에 팔을 넣어 단단히 받쳐 들고 침대로 향했다.

이건의 품에 매달려 침대로 옮겨진 민아는 가운 깃을 붙잡고 바들바들 떨면서 그를 올려보았다. 그의 힘찬 발걸음에 심장이 터질 듯 두근거려 왔다. 향긋한 비누 냄새가 풍겼다. 그에게서 자신과 같은 향기가 풍긴다는 사실이 이상야릇했다.

성인 남녀 둘이서 묘한 눈빛을 주고받는 이 역사적인 순간에도 그녀는 결코 가슴에서 자유로울 수 없었다. 속눈썹을 추켜올리며 얼굴을 아무리 유심히 쳐다봐도 그의 속마음을 알 수가 없었다.

설마 비웃진 않겠지. 자기 입으로 예쁘다고 해 놓고선 실망하진 않겠지.

민아는 스르르 눈을 감고서는 그저 그의 처분을 기다리는 죄인마냥 침대에 얼어붙은 듯 누워 꼼짝을 않고 있었다.

"궁금한 게 있어."

멋진 목소리가 귓가를 간질였다. 그녀는 떨리지만 이상야
릇한 기분에 마음껏 취해 있고 싶었다.

"말해 보세요."

민아는 속눈썹을 팔랑거리며 그에게 어서 말해 보라고 재
촉했다.

"비, 비아그라……. 크흠, 말이야."

이건은 차마 비아그라주를 만드는 법을 가르쳐 준 남자가
누구인지 물어볼 수가 없었다. 만약 그 남자가 민아의 애인
이라도 된다면 자신은 임자가 있는 여자를 탐하는 나쁜 놈이
될 게 뻔했다. 하지만 물어보지 않을 수는 없었다.

민아는 벌떡 침대에서 몸을 일으킨 뒤 이건의 아래를 내려
다보며 경악한 눈빛을 보냈다.

뭐? 비아그라를 먹어야 한다고? 빛 좋은 개살구였어?

"본부장님 고……자, 말씀이세요?"

민아가 반신반의하며 묻자 고개를 끄덕인 이건이 눈을 질
끈 감았다.

이건은 '고자' 라는 말을 사람 이름으로 착각할 만큼 흥분
해 있었다.

결국에는 그 남자의 실체를 확인하고야 말았다. 주먹을 불
끈 쥐고 어떻게 해야 하나 망설이고 망설이던 이건은 마침내

결심한 듯 눈을 번쩍 떴다.

골키퍼 있다고 골을 못 넣는 병신은 되지 않으리라.

"난 병신이 아니야……."

"헉!"

민아는 낮게 읊조리는 그의 말에 깜짝 놀라 버렸다. 대놓고 자신은 병신이 아니라고 말하는 그를 보니 그것 때문에 얼마나 스트레스를 받아 왔는지 눈에 선했다.

그의 고통이 가슴에 와 닿았다. 자신도 절편이라는 이유로 지금까지 얼마나 불편하게 살아왔던가. 가슴 한 번 제대로 펴보지 못했고 심지어는 브래지어를 살 때마다 뽕이 들어 있는지 확인해야 했다. 여자 앞에서 서지 않는다는 말을 할 때의 심정은 차마 상상하기도 싫었다.

"이리 와요. 안아 줄게요."

민아는 용기를 내어 이건을 향해 팔을 벌렸다. 그리고 이제 자신도 고백을 해야 할 때가 다가왔음을 깨달았다.

이건은 민아를 품에 끌어안고 목덜미에 입술을 묻었다. 그녀의 입에서 비음이 저절로 흘러나왔고, 복숭아처럼 달콤한 체향이 코끝에 맴돌았다.

"이민아, 내가 왜 유독 너를 괴롭혔을까? 응?"

그가 목덜미에 입술을 묻은 채로 속삭였다.

"간지러워요."

"원래 남자들은 좋아하는 여자한테 짓궂게 굴고 그러는 거야."

"그런 건 초등학생들이나 하는 짓이죠."

"나도 아직 그때에 머물러 있나 봐. 이렇게 만나게 돼서 얼마나 좋은지 몰라."

그는 아련한 눈빛으로 그녀를 바라보며 이마에 입술을 내렸다.

"내가 좋아하는 거 알지? 많이 좋아한다."

갑작스러운 그의 고백에 민아는 놀라기보다는 안심이 되었다. 그동안 자신을 괴롭히던 이건의 모습과 초등학생들의 모습이 겹쳐지자 저도 모르게 웃음이 새어 나왔다.

이렇게까지 제 마음을 말해 오는 그를 보자 용기를 내고 싶었다. 안겨 있던 그녀가 천천히 그를 밀어냈다.

"자, 잠시만요. 본부장님."

표정을 알 수 없는 그의 뜨거운 눈동자는 쏟아져 내릴 것처럼 압도적이었다.

"……말해."

이건은 흥분을 가라앉히려는 듯 이마에 흘러내린 머리카락을 쓸어 넘겼다. 침을 꿀꺽 삼킨 민아는 그의 눈앞으로 새끼손가락을 내밀었다. 그는 작고 새하얀 손가락을 보며 물었다.

"뭐지?"

"약속해요. 새끼손가락 걸고."

이건은 가라앉은 눈초리로 알아듣기 쉽게 말해 보라는 듯 눈짓했다.

"……그, 그러니까 제가 절편이라는 사실을 그 누구에게도 발설하지 않겠다고요."

간신히 절편이란 단어를 입에 올린 민아의 얼굴이 새빨갛게 달아올랐다.

"……절편?"

이건은 말뜻을 알아듣지 못하고 짙은 시선으로 민아를 바라보다 나직이 속삭였다.

"……좋아. 그러지."

이건은 민아의 새끼손가락에 제 새끼손가락을 걸었다. 엄지를 내밀어 도장을 찍은 그녀가 다시 손바닥을 맞대어 쓰윽 비벼 대고서는 만족스러운 미소를 머금었다.

그런 그녀의 얼굴을 바라보는 그의 눈빛은 마치 아득한 하늘을 바라보는 듯 몽롱하면서도 그리움이 가득했다. 뜨거운 열정과는 사뭇 다르게 아련함마저 불러일으키는 모습에 민아는 숨을 삼키며 그를 바라보았다.

왜 저러는 걸까.

역시 실망한 걸까. 그런 거지?

"지금 그 얼굴은 뭐예요? 저 상당히 기분이 나빠지려고 하는데."

돌연 혼란 속에 빠져든 것 같은 표정을 짓고 있는 그를 보자니 울컥했다.

"……꼬맹이."

"지금 꼬맹이라고 했어요?"

아무리 내 가슴이 초등학생 6학년 사이즈라 하더라도 꼬맹이라니! 너무해. 아직 약속 복사한 거 잉크도 마르기 전인데!

얼른 침대에서 물러난 민아는 가운을 단단히 여미며 양팔로 가슴을 감쌌다. 갑작스러운 그녀의 태도에 황당한 듯 그의 짙은 눈썹이 꿈틀거렸다.

"왜 그러는 거지?"

"다, 다음에요. 오늘은 도저히 안 되겠어요."

영문도 모르고 내침을 당한 이건은 말없이 그녀를 쳐다볼 뿐 더는 어떤 행동도 취하지 않았다.

역시 고자인지 뭔지 하는 놈 때문인 것 같았다. 그러니 알 수 없는 말을 하며 비밀로 하자는 약속을 그렇게나 강조한 것이다.

이건의 입가에 씁쓸한 미소가 지어졌다.

한편 민아는 이건의 꼬맹이 발언을 용서할 수 없었다. 대학 때 그녀를 놀려 대던 동기들과 다를 바가 없었다. 여자의 큰 가슴에 환장하는 그들과 뭐가 다르단 말인가.

갑작스러운 거부에 이건은 스르르 물러나 앉았다. 두 번째 거절은 그다지 놀랍지도 않은 모양인지 표정이 태연했다.

"그래. 생각이 그렇다면 억지로 하진 않아. 먼저 자도록 해."

그는 해도 그만, 안 해도 그만이라는 듯 쿨하게 물러났다. 그 모습을 보자 민아는 은근슬쩍 부아가 치밀었다. 치명적인 결함을 갖고 있지만 그렇다고 저렇게 쉽게 물러나는 그가 곱게 보이지는 않았다.

그냥 확 질러 버려? 복사까지 했는데. 설마.

속에서 또 다른 자신이 외쳐 대고 있었지만 콤플렉스를 이길 순 없었다.

침대를 벗어나 1인용 소파가 놓인 곳으로 간 그는 테이블 위에 놓인 와인을 잔에 가득 따라 단숨에 들이켰다.

꿀꺽꿀꺽 목울대로 와인이 넘어가는 소리에 그녀도 마른침을 삼켰다. 입안에 자꾸 침이 고였다. 은은한 조명 아래 다리를 꼬고 앉은 그는 감탄사가 나올 만큼 잘생긴 얼굴이었다.

이건은 민아를 향해 아픈 미소를 보내며 낮은 목소리로 말했다.

"어서 자. 피곤할 거야."

이건에게 한 가지 흠이 있긴 했지만, 그건 자신도 마찬가지였기 때문에 아무런 문제가 되지 않았다. 오로지 자신의

단점만 크게 보여 그냥 이대로 물러나야 하는 현실이 서글플
뿐이었다.

하얀 가운 아래 드러난 탄탄한 가슴팍과 근육질의 허벅지
에 자꾸만 눈이 갔다.

나란 여자가 이토록 엉큼한 여자였단 말인가.

민아는 자신도 모르게 바짝 말라 오는 입술을 혀끝으로 핥
으며 이건의 가랑이 사이를 은밀한 시선으로 쳐다봤다. 그녀
가 있는 침대와 그가 앉은 곳은 정면으로 마주 보게 되어 있어
벌어진 가운 사이에 짙은 음영이 드리워진 게 보였다.

그래, 이번에 큰맘 먹고 하는 거야.

가슴 견적이 얼마였더라. 적금을 깨면 가능할지도 모르겠다
고 생각하며 민아는 아쉬운 마음을 접고 슬쩍 옆으로 누웠다.
그리곤 아름답게 커진 가슴을 상상하며 흐뭇한 미소를 지었다.

❁   ❁   ❁

걸어가는 민아의 주위로 오색찬란한 빛의 향연이 펼쳐졌다.
화사한 빛이 오로지 그녀를 향해 비춰 왔다. 그녀는 사발만 한
가슴을 양쪽에 매달고 모든 남자의 시선을 받으며 걸었다. 도
도하게 고개를 쳐들고 사람들의 시선을 즐기며 걷던 그녀는
멀리서 빠른 걸음으로 다가오는 한 남자를 보았다. 그는 이건

이었다.

그런데 오뎅이 왜 저러는 거지?

그런 생각을 하며 몸을 피하려는 순간, 저돌적으로 걸어오던 그에게 가슴을 세게 부딪친 그녀는 저만치 나가떨어지고 말았다.

쿵.

푸시시.

아, 안 돼!

순간 사발만 한 가슴에서 바람이 빠지더니 원래 사이즈로 되돌아가기 시작했다.

안타까움에 몸부림치며 가슴을 부여잡아 봤지만 소용없었다.

"아악!"

헉, 헉!

꿈이었다. 이마에 흐르는 식은땀을 손등으로 닦아 낸 뒤 몽롱한 정신을 차린 민아는 무거운 무언가가 몸을 짓누르고 있다는 것을 알아채고 간신히 그것을 치워 냈다. 언제 와서 옆에 누웠는지 이건의 팔다리가 잠결에 자신을 눌렀던 모양이었다.

아직 새벽인지 사방이 캄캄했다. 침대 옆 협탁에 놓인 조명을 켠 민아는 주위를 둘러봤다. 악몽에 시달린 그녀와 달리 그는 새근새근 아주 잘 자고 있었다.

그래, 잠이 잘 오니? 응?

그는 현실에서나 꿈에서나 얄미운 상사임이 분명했다. 모처럼 커진 가슴으로 거리를 활보하는 자신의 꿈속까지 나타나 초를 칠 게 뭐란 말인가. 민아는 원망 어린 눈빛으로 이건을 바라보다 호기심을 강하게 자극하는 뭔가를 발견했다.

세상에! 비아그라가 필요하다더니 멀쩡하네. 엄살은 진짜.

제법 튼튼해 보이는 텐트를 보란 듯이 쳐 놓은 상태였다. 탄탄한 복근 아래 골반에 걸쳐진 팬티는 위로 솟아오른 물건 때문에 허리 부분이 살짝 들려 있었다. 민아는 그 틈새로 실눈을 뜨고 그의 물건을 유심히 쳐다봤다. 우람한 기둥의 끝부분이 보였다.

민아는 이 역사적인 순간을 아무 일도 없이 보냈다는 사실이 억울했다.

시선을 들어 서늘한 눈매와 잘 뻗은 콧날을 유심히 쳐다보던 민아는 그가 미간을 살짝 찌푸리며 잠에서 깨려는 조짐이 보이자 얼른 몸을 홱 돌려 침대에 누웠다.

이건은 등을 보인 채 누워 있는 민아를 보며 손을 뻗어 그녀의 옆구리를 쓸어내렸다.

"벌써 일어났나? 일찍 깼군."

낮고도 허스키한 목소리가 감미롭게 들려왔다. 긴장의 끈을 놓으면 어젯밤 같은 사태가 또 벌어질지 몰랐다.

"좀 더 자지 그래."

"아, 아니에요. 다 깼어요."

민아는 얼른 그의 손을 떼어 놓으며 몸을 일으켰다. 그는 나른한 듯 온화한 미소를 입가에 그리며 그녀를 향해 팔을 뻗었다. 그리곤 갑자기 그녀를 끌어당겨 침대에 눕히고 등 뒤에서부터 꼭 끌어안았다.

"잠시만 이렇게 있자."

이건의 팔에 완전히 갇힌 채로 눕게 된 민아는 몸을 일으키려 했으나 그의 강한 힘에 꼼짝도 할 수가 없었다. 서서히 몸에 힘을 빼고 그의 숨결과 체향을 느끼며 눈을 감았다. 언젠가 이렇게 그의 품에 안겼던 적이 있었던 것처럼 묘하게 편안했다. 이런 걸 데자뷔라고 하던가. 그리움처럼 아련한 느낌이 몽글거리며 가슴속에서 피어났다.

그 상태로 민아는 다시 깊은 잠에 빠져들었다.

이건은 어느새 잠이 들어 버린 민아를 바라보며 지난날을 회상했다.

호텔에서 내려다보이는 강가는 그의 추억이 어린 장소였다. 어린 시절에 바라봤던 강은 정말 넓고 깊었던 것 같은데 지금은 시냇가처럼 작게만 보였다.

이건이 민아를 처음 만났던 곳이 바로 저 강가였다.

초등학교 3학년 겨울방학 때 경기도 수원에 있는 별장으로 놀러 간 이건은 말동무할 또래 아이들이 없어 무료한 나날을 보내다 결국에는 별장 밖을 나섰다.

별장에서 조금 떨어진 곳에 커다란 강이 흐르고 있어 물수제비라도 만들 요량으로 나온 것이었다.

그런데 강가에 자그마한 소녀가 서서 추위에 바들바들 떨고 있는 것이 보였다. 얕은 강가에는 살얼음이 얼어 있고 매서운 강바람도 불고 있었는데 여자아이는 여름에나 입는 얇은 원피스를 입고 있었다.

"너 여기서 뭐하니?"
"어? 오빠는 누구야?"

자그마한 소녀는 그를 보며 환한 미소를 보냈다. 눈을 반짝이며 그를 바라보는 모습은 인형처럼 작고 예뻤다.

"이름이 뭐니?"
"내 이름은 이민아. 민아야. 오빠는 왕자님이구나?"
"왕자님?"

이건은 귀여운 소녀의 말에 살그머니 미소 지었다.

"응, 왕자님처럼 생겼어."

얼마나 추위에 떨었던 걸까. 자그마한 소녀의 얼굴은 시퍼
렇게 얼어 있었다. 하지만 작은 앵두 같은 입술은 얼지 않았는
지 야무지게 말을 했다.

"저기 보이지? 난 저 별장에서 왔어."
"아, 그렇구나. 나 알아. 저기."
"넌 여기서 뭐하고 있는 거야?"
"나는 곧 죽을 거야. 감기에 걸려서. 왜냐하면 소나기 책에서
여주인공이 그렇게 죽거든."

이건은 차마 뭐라 말을 할 수가 없었다.
꼬맹이는 고사리 같은 손을 내밀며 이건의 엄지를 꼭 붙잡았
다. 얼음처럼 차가운 손이었다. 그는 얼른 제 코트를 벗어 꼬맹이
에게 입혀 주었다. 꼬맹이가 입으니 코트가 발목까지 내려왔다.

"아, 따뜻하다. 이러면 감기에 안 걸리는데."

꼬맹이는 혼잣말을 하더니 환한 미소를 지으며 그를 이끌
고 어딘가로 향했다.

"어디 가는 거야?"

"응, 저기 조금만 가면 토끼 신령님이 사는 동굴이 있어. 그곳에 가는 거야."

"동굴?"

"응. 우린 동굴에서 밤을 보내고 비가 그치길 기다려야 해."

이건은 꼬맹이가 하는 말이 너무 재미있어 지켜볼 요량으로 하자는 대로 따라갔다. 강 뒤편에 있는 작은 산으로 걸어가던 그녀는 어른 한 사람 정도 들어갈 크기의 동굴을 가리켰다.

"여기야. 들어와."

막상 들어가 보니 동굴은 제법 따뜻했고 꼬맹이는 언 몸이 녹자 사르르 잠이 들어 버렸다. 이건은 꾸벅꾸벅 조는 꼬맹이를 무릎에 앉히고 코트를 벗긴 뒤 몸 전체를 감싸듯 덮어 주었다. 그리고 꼬맹이의 정수리에 턱을 받친 채 그도 어느 순간 잠이 들어 버렸다.

해가 진 산속엔 어둠이 빨리 내려왔고 별장에선 그가 사라진 것을 알고 사람들이 수색 작업에 나섰다.

플래시가 곳곳에서 비춰 들자 그제야 잠에서 깬 이건은 큰 소리로 자신이 있는 곳을 알렸다. 그렇게 한바탕 소동이 있고 두 사람은 각자의 집으로 돌아갔다.

그 뒤 건강 체질인 꼬맹이 대신 그가 지독한 감기에 걸려 버렸다. 이건은 앓는 중에도 소나기 소설을 떠올리며 부탁했다. 만약 제가 죽거들랑 코트도 함께 묻어 달라고 말이다.

며칠을 호되게 앓고 난 뒤 이건은 강가에서 꼬맹이를 다시 만났다. 꼬맹이는 그를 보자마자 달려와서 품에 쏙 안겼다. 눈물을 흘리며 그가 죽은 줄 알았다고 했다.

"난 오빠가 죽은 줄 알았어. 내가 죽어야 하는데."

이건은 꼬맹이의 머리를 쓰다듬으며 말했다.

"소나기 주인공은 사실 죽은 게 아니라 어른이 된 다음에 다시 만나서 결혼하고 아들딸 낳고 잘 살았어."
"정말?"

초롱초롱한 눈망울로 재차 확인한 꼬맹이는 안도의 한숨을 내쉬며 그의 귓가에 대고 속삭였다.

"그럼 오빠도 나랑 결혼해서 아들딸 낳고 잘 살아야겠네."

"그래."

"그럼 약속해. 새끼손가락 걸고."

"좋아."

이건은 꼬맹이와 새끼손가락을 걸어 도장을 찍고 복사까지 했다.

겨울방학 내내 꼬맹이와 시간을 보낸 이건은 방학이 끝나갈 무렵 다시 서울로 돌아갔고, 그다음 여름방학 때 별장으로 내려왔지만 꼬맹이는 그곳에 없었다.

이렇게 그녀를 다시 만난 것은 그때 찍었던 손도장과 복사의 위력이 아직도 남아 있기 때문이리라.

이건은 민아가 자신을 기억하지 못해 몹시 서운했지만 그때나 지금이나 변함없이 엉뚱하고 사랑스럽게 잘 자라 줘서 도리어 감사했다. 옆에서 잠이 든 민아를 다시 품 안에 꼭 끌어안은 그는 그녀의 이마에 입술을 맞추었다.

이제부터 고자인지 뭔지 하는 놈을 만나는 일만 남은 셈이었다.

#5

복 받은 년

간신히 집에 가서 옷을 갈아입고 출근한 민아는 곧장 10층에 있는 본부장실로 향했다. 그녀는 오늘부터 본격적으로 서 비서 자리에서 일을 해야 했다.

본부장실의 잠긴 문을 열고 들어가자 마치 비밀의 방으로 들어가는 것처럼 기분이 떨리고 이상야릇했다. 그녀는 그의 책상 앞으로 가서 놓인 휴지와 빈 잔을 정리했다. 그대로 방을 나오려다 무심코 그가 늘 사용하는 펜을 손에 쥐었다. 그리고 키보드와 마우스도 만져 보았다. 마치 그의 체온이 전해져 오는 것처럼 온기가 느껴졌다.

이런 기분은 처음이었다.

그 사람의 물건이 허투루 보이질 않았다. 좋아하는 사람의 손때 묻은 물건을 하나쯤 가지고 싶어 하는 마음이 이해되는 순간이기도 했다.

잘생긴 상사를 곁에 두고 일한다는 건 어지간한 강심장이 아니고서는 못 할 짓인 것 같았다.

민아는 자신처럼 감정적이고 쉽게 흔들리는 유리 멘탈에게 비서는 적합하지 않은 직종이라 생각하며 쓸쓸한 미소를 지었다.

오늘이 첫날인데 이리도 심란해서야 원.

민아는 늘 이건이 앉아 있던 의자를 똑바로 돌려놓았다. 그리고 주위를 둘러보며 눈에 거슬리는 것이 있나 살폈다. 대충 다 됐다 싶어 방을 나서려는 순간 문이 열리고 그가 들어섰다.

놀란 민아와는 달리 그는 물끄러미 그녀를 바라볼 뿐 아무런 말이 없었다.

"아, 안녕하세요."

민아가 먼저 인사를 건넸다.

그는 인사 대신 순식간에 곁으로 다가와 그녀를 힘껏 품에 끌어안았다.

"혹시나 없을까 봐."

정수리에 턱을 대고선 그가 말했다.

"여기 나가면 갈 곳도 없는데요?"

민아는 태연하게 받아쳤다. 사실이기도 했고.

그가 품에서 그녀를 떼어 놓으며 신기한 생명체를 바라보는 듯한 눈빛을 했다.

"난 내내 보고 싶었거든."

"우리 아침에 헤어졌잖아요."

"알아."

"저 일해야 해요."

민아는 얼굴이 달아오르는 것을 숨기기 위해 고개를 푹 숙였다. 내내 못 잡아먹어 안달이던 그가 이렇게 급변하니 적응하는 데 시간이 걸릴 듯했다.

"하실 말씀 없으시면 그만 나가 보겠습니다."

"서 비서가 너무 스탠다드로 일을 가르친 모양이네."

"유능한 비서를 두셨더군요. 서 비서님 대단하세요."

"유능한 상사를 따라가게 되어 있거든."

"네에. 그러시겠죠."

그녀의 목소리에 담긴 뜻을 모를 리가 없을 텐데도 그는 싱글벙글 미소 지었다.

"차 준비해서 올릴까요?"

"부탁할게."

"네."

방을 나오자마자 민아는 발을 동동거리며 양쪽 뺨을 손으

189

로 감쌌다. 그렇게 다정하게 끌어안고 속삭이면 어느 여자가
넘어가지 않을까.

민아는 애써 그에게로 흐르는 마음을 다잡으려 해 봤지만,
그의 두 눈에 담긴 진심을 이미 봐 버린 뒤였다. 어제 이후로,
아니, 사실은 그전부터 그녀도 그를 향해 마음을 열고 있었는지
몰랐다.

서 비서가 일러 준 대로 커피를 내려 그에게 갖다 주고 하
루 일과를 시작했다.

오전엔 걸려 오는 전화를 받고 그가 지시한 일을 하며 시
간을 보냈다.

지루해할 틈도 없이 눈 깜짝할 사이에 점심시간이 다가왔
다. 바쁜 일이 끝나고 정신적으로 조금 여유로워지자 어제
있었던 일들이 스멀거리며 떠오르기 시작했다.

최이건 본부장.

어쩌면 그는 자신이 생각했던 것보다 훨씬 더 괜찮은 남자
일지도 모른다는 생각이 들었다.

블랙홀처럼 한 번 빠지면 영원히 헤어 나오지 못할 만큼
강력한 그의 눈빛. 등골을 타고 흐르는 짜릿함에 민아는 몸을
부르르 떨었다.

지금 뭘 하고 있는 걸까. 다가가서 노크해 볼까.

온종일 그녀의 머릿속을 가득 메우고 있는 것은 이건, 그였다.

그는 오전 회의에 잠깐 다녀오고 난 뒤부터 줄곧 자리를 지키고 있었다. 책상 위에 산더미처럼 쌓인 결재 서류를 보고 있을지도 모르겠다. 점심은 어떻게 할 건지, 평소처럼 사내 식당에서 식사를 하는지, 아니면 나가서 식사를 하는지 물어봐야할 것 같아 망설이고 있는데 그가 문을 열고 나왔다.

"점심 약속이 갑자기 생겼어. 같이 먹으려고 했는데 미안."

"전 괜찮습니다. 어차피 친구들과 먹기로 해서요."

"아, 한 대리와 정 대리?"

"네."

"그럼 식사 맛있게 하고 나중에 봐."

그가 나가는 것을 확인한 민아는 인터폰을 들었다.

—정 대리입니다.

"식사는?"

—민아니?

"응, 나야."

—살아 있었네. 안 그래도 정혜가 너 죽었나 확인해 보라고 자꾸 재촉해서 전화하려던 찰나였는데.

"아직 살아 있고, 배고파 뒤지겠다."

—내려와. 식당으로.

"알겠어."

두 사람과 불과 반나절 떨어져 있었는데도 며칠은 헤어졌다 만나는 사람처럼 마음이 들떴다.

　식사를 마친 세 사람은 휴게실에서 커피를 마셨다.
　"위층 공기는 좋니?"
　"쟤 얼굴 봐. 활짝 피지 않았어?"
　"그러게. 어떻게 반나절 만에 저렇게 되지? 그럼 온종일 같이 있으면 어떻게 되는 건데?"
　"묻긴 뭘 묻니? 순도 높은 양질의 양기를 빨아들이는데 어떻게 안 좋겠어?"
　정혜와 선우의 대화를 듣던 민아가 고개를 저으며 한숨을 쉬었다.
　"니들이랑 무슨 말을 하겠니. 커피나 마셔."
　"저것 봐. 얼굴 빨개지는 거."
　"벌써 썸 타는 거니?"
　"아니야. 썸은 무슨."
　"썸은 초저녁에 탔다니까 그러네."
　말을 덧붙이며 선우가 확신한다는 표정을 지었다.
　그때 민아의 휴대폰에 문자 수신음이 울렸다.
　"저것 봐. 문자질까지."

　〈이민아. 보고 싶으니 어서 올라와.〉

민아는 문자를 보며 어설픈 미소를 지었다. 그에게서 받는 다정한 문자가 익숙하지 않은 탓도 있었지만 갑작스럽게 가까워진 사이가 아직은 어색하게 느껴졌다.

그나저나 벌써 온 걸까. 점심 약속 있다더니.

민아는 빠르게 손을 움직여 곧바로 답장을 보냈다.

〈금방 갈게요.〉

그가 내보이는 마음이 놀랍기도 했고, 신기하기도 했다. 또 한편으로는 행복해서 저절로 미소가 지어졌다.

"쯧쯧, 저것 봐. 혼자 의리 없이 연애를 하다니."

민아를 이상한 눈초리로 바라보던 두 여자는 서로 눈짓을 보내고서는 살금살금 다가가 그녀의 손에 들려 있던 휴대전화를 낚아챘다.

"어어, 뭐야. 내놔!"

소리를 지르며 휴대폰을 뺏으려 했지만 둘을 감당할 수는 없었다.

"저것들을 진짜!"

씩씩거리던 민아는 어차피 잠금 장치가 걸려 있다는 것을 생각해 내고는 다른 쪽으로 머리를 굴렸다.

그나저나 점심 약속 있다더니 금방 끝난 걸까? 뭐지?

한편, 저만치 떨어져서 휴대폰을 들고 서 있는 두 사람은 상상의 나래를 펼치는 중이었다.

"저것이 무슨 문자를 보고 그렇게 침을 질질 흘린 거지?"

"어서 열어 봐. 궁금해. 아마 내 말이 맞을걸?"

"있어 봐. 내가 쟤 휴대폰 잠금 패턴을 알고 있거든."

정혜가 자신 있게 액정에 N자를 그렸다.

"짜잔, 봐. 열렸잖아."

"설마 내 것도 알고 있는 거야?"

"당연하지. 너는 단순하게 기억이잖아. 맞지?"

"머리도 나쁜 게 이런 건 꼭 기억해요. 그나저나 어디서 온 거니?"

화면을 쳐다본 정혜는 망연자실한 표정을 하고선 선우에게 휴대폰을 내밀었다. 의아한 눈초리로 받아 든 선우도 액정을 보자마자 정혜와 다를 바 없는 표정을 지었다.

"……오, 오뎅이지?"

정혜가 더듬거리며 묻자 선우는 그녀와 눈을 맞추며 고개를 끄덕였다.

"……확실히. 오뎅이야."

"오뎅한테 이런 면이 있었어? 남녀 사이는 모른다더니."

정혜가 부럽다는 듯 투덜거리는 그때 눈을 치켜뜨고 다가

온 민아가 선우의 손에 들린 휴대폰을 뺏었다.

"개인 프라이버시 좀 지키자, 응?"

"계란 프라이 같은 소리 하고 있네. 안 가니? 누구 목 빠지겠네."

"갈 거야. 그럼 수고해."

쫄랑거리며 사라지는 민아의 뒷모습을 보며 선우가 넋두리처럼 말을 뱉어 냈다.

"복 받은 년. 돈 많고 능력 있는 남자를 물었으니 팔자 폈네. 나는 뭐니. 능력이 없으면 밤일이라도 잘하든지. 아, 우울해."

"왜. 얼마 전에 생겼다는 네 남자 친구 밤일에 문제 있어? 뭐야."

"아, 몰라. 토끼만 해선."

선우가 힘없는 목소리로 말하자 정혜가 다섯 개의 손가락 중 어느 것을 고를지 고민하더니 인심 썼다는 표정으로 중지를 세워 내밀었다.

"이만 해?"

선우는 고개를 절레절레 저었다.

"서, 설마! 야! 당장 헤어져. 어디 그것도 남자라고. 하, 기가 막혀서. 헤어져!"

흥분한 정혜가 중지를 세우고 선우를 향해 계속 삿대질을 해 대자 그녀는 병든 암탉처럼 고개를 푹 숙인 채 휴게실을 나섰다.

"하여튼 잘난 척은 독으로 하더니. 이것보다 작으면 그게
남자니?"

정혜는 연신 허공에 손가락을 찔러 대며 혼잣말을 해 대다
그때 마침 휴게실로 들어오던 김 주임과 딱 눈이 마주치고
말았다.

"한 대리님. 지금 저한테 욕하시는 겁니까."

정혜의 가운뎃손가락을 보고서는 얼굴을 벌겋게 물들이며
김 주임이 물었다. 그제야 사태를 파악한 정혜는 얼른 손을
내려 등 뒤로 감추고서는 고개를 좌우로 저었다.

"아, 아니야. 김 주임. 내가 왜 그런 심한 말을 하겠어?"

"……한 대리님. 과장님께서 찾으십니다."

"과장님이?"

슬그머니 눈치를 보던 정혜가 그의 옆을 잽싸게 지나치려
는데 김 주임이 갑자기 그녀의 팔을 붙잡았다.

"어? 뭐 할 말 있어?"

"네, 한 대리님. 저 도저히 그냥 못 넘어가겠습니다."

"이것 좀 놓고 말해 줄래? 갑자기 왜 그러는 거야."

"입에 담기에도 불결한 그런 쌍욕을 하시다니. 실망입니다."

"아니야. 그건 다른 사람한테 한 욕이야. 김 주임한테 한 게
아니라니까."

"제가 그 말을 믿을 것 같습니까. 저를 보자마자 손가락을 세우며 욕하셨잖습니까."

아니, 얘는 또 왜 이렇게 앞뒤가 막혔어?! 하긴, 네가 달리 '하자'라고 불리겠니.

정혜는 안쓰러운 마음에 그를 최대한 달래려 토닥였다.

"아니야. 아니니까 오해하지 마. 알았지?"

"한 대리님. 그러시는 거 아닙니다."

너야말로 그러는 거 아니야. 허우대 멀쩡해서 봐주려고 했더니. 너도 삽질 어지간히 한다.

정혜는 부들거리는 안면 근육을 간신히 제어하며 휴게실을 빠져나갔다.

민아는 10층 본부장실로 올라가기 전 잠시 사무실에 들러 필요한 몇 가지 개인 물품을 챙겼다. 대충 다 됐다 싶어 자리에서 일어나려는데 정혜가 다가왔다.

"이 대리, 너 왜 안 가고 여기 있어? 일부러 튕기는 거지?"

"야, 조심해. 그렇게 큰 소리로 말하면 어떡해."

"지금 소문내 달라고 그러는 거 맞지? 가증스러운 것. 아니지, 그럼 잘리잖아. 사내 연애 금지인데."

"너랑 무슨 말을 하겠니. 아무튼 입 조심해."

"알았어. 걱정하지 마. 그건 그렇고. 어때? 그것도 끝내줘?"

"그게 뭐야? 너 설마 그거 말하는 거야?"

"내숭은. 말해 봐. 끝내주지. 응? 홍콩 가게 해 주지? 말해 봐."

"이봐, 한 대리. 내가 아예 홍콩으로 보내 줄까? 엉? 내가 부른다는 소리 못 들었어? 여기서 뭐하는 거지?"

류 과장이 다가와 목소리를 높이자 깜짝 놀란 민아와 정혜가 얼른 자세를 바로잡으며 잡담을 그쳤다.

"마침 잘 만났어, 이 대리. 이번 직원 연수회는 본부장님이 자네와 함께 진행한다고 하시니까 잘해 봐."

"네에? 제가요?"

"그래. 자네 계획안이 엄청나게 마음에 드신 모양이야. 축하해. 그리고 한 대리는 나 좀 따라와."

류 과장을 따라나서는 정혜의 표정이 심상치 않았지만 민아는 대수롭지 않게 넘기며 책상 위에 놓인 물건을 들고 사무실을 나섰다.

한편 정혜는 류 과장의 뒤를 따라가며 그의 말을 곱씹고 있었다.

"내가 아예 홍콩으로 보내 줄까?"

이런 제길.

"욱, 토 나와."

198

생각만으로도 진저리 쳐지는 장면이 그려졌다.

안 좋아지는 속을 달래려 가슴을 쓸어내리며 고개를 돌리는 순간, 시커멓게 죽은 얼굴빛으로 자신을 노려보고 있는 김 주임과 눈이 마주쳤다. 집요하게 바라보는 그와 마주한 정혜는 눈을 동그랗게 뜨고 고개를 절레절레 저었다.

오, 오해야. 너보고 하는 말이 아니란 말이야.

앞에 걸어가고 있는 류 과장을 손가락으로 가리켰지만 김 주임은 그 모습조차 오해하고 노려봤다.

하자야, 너까지 이러면 누님 피곤해서 못 살아. 응?

정혜는 고개를 절레절레 저었다.

이건은 점심때 잠깐 여동생 수아를 만나기로 했다. 우현이 파혼했단 소릴 듣고 기어이 일을 저지를 모양이었다.

—우현 오빠 이야기 들었어.

그 한마디로 모든 상황을 판단할 수 있었다. 어릴 때부터 몸이 무척이나 약했던 수아는 집안의 걱정거리였다. 부모님 모두 노심초사하며 수아의 건강에만 집중했고, 치료차 공기 좋고 물 맑은 경기도 별장에 자주 머물렀었다. 그래서 이건도 방학 때만 되면 같이 별장으로 내려갔었다.

다행히도 지금은 건강이 많이 좋아졌지만 그래도 그의 하나밖에 없는 친누이인 수아는 여간 신경 쓰이는 존재가 아니었다.

민아와 점심을 먹을까 했던 마음을 접은 이건은 어쩔 수 없이 수아를 만나기로 한 카페로 향했다.

한 떨기 백합처럼 우아하고 청초하게 앉아 있는 그녀를 힐끔대며 바라보는 남자들의 모습이 눈에 들어왔다.

이건을 알아본 수아가 손을 흔들며 살짝 미소를 보냈다.

"오빠."

"갑자기 무슨 일이야. 우현이랑 너랑 무슨 상관인데 그 이야기가 나와?"

이건은 수아를 보자마자 퉁명스럽게 물었다. 사실 우현에 대해 말할 여지를 주고 싶지 않았기 때문이었다.

고개를 살며시 떨구던 수아는 이미 다 식어 버린 커피 잔을 매만지며 한숨을 내쉬었다.

"오빠, 우현 오빠에 대한 내 마음 알잖아. 우현 오빠랑 잘해 보고 싶어."

"그럼 그렇게 하면 되잖아."

"오빠 도움 없이는 불가능해."

부모님이 반대할 리는 없었다. 그녀가 살아 숨 쉬는 것만으로도 감사해하는 분들이셨으니까.

"우현이 만나 본 거야?"

"응. 만났어."

"그런데 싫대?"

"어, 싫다네. 나도 알아. 몸 약하고 할 줄 아는 것도 없다는 거. 그런데 내가 자기한테 아깝다고 그러는 거야. 아깝긴 뭐가 아까워. 만약 오빠 때문에 눈치 보는 거라면 친구니까 잘해 보라고 말해 줄 수도 있잖아. 도와줘."

이건은 팔짱을 낀 채 의자에 기대어 수아를 가만히 바라보았다. 녀석의 얼굴은 절절하다 못해 애처롭기까지 했다.

하지만 우현이 과연 이런 수아를 행복하게 해 줄 수 있을지는 장담할 수가 없었다.

"오는 여자 안 막고, 가는 여자 안 잡는 스타일이야. 감당할 수 있어?"

"응, 할 수 있어. 할 수 있고말고."

수아가 적극적으로 고개를 끄덕이며 대답했다. 눈가에 눈물까지 글썽이며 말하는 그녀를 이건은 도저히 외면할 수가 없었다.

자신의 장점을 충분히 활용할 줄 아는 영악함을 가진 그녀임을 알고 있었다. 온실 속의 화초지만 그게 다가 아니었다. 부모님의 사랑을 독차지하며 살아온 그녀도 나름 노력이란 것을 했을 것이다. 그 사랑을 잃지 않기 위해.

"만나 볼게. 만약 그래도 우현이가 아니라고 하면 그땐 너도 깔끔하게 마음 접어."

"알았어. 오빠 이야기만 잘해 주면 돼."

"녀석, 우현이 어디가 좋다고 그래?"

"오빠보다 훨씬 좋아. 오빠 무뚝뚝하고 여자 마음도 잘 모르잖아. 그런 남자는 여자 고생시키기 딱 좋아. 난 여자에 대해서 잘 아는 우현 오빠가 좋아."

"남자는 뭐니 뭐니 해도 남자가 볼 줄 알아."

"그래서 우현 오빠가 형편없어? 아니잖아. 그런데 오빠, 요즘 무슨 일 있어?"

수아가 기민하게 이건의 얼굴을 살폈다.

"일은 무슨."

"아니야. 분명 뭔가 달라졌는데. 혹시 여자 생겼어?"

이건은 아니라는 대답을 하지 않았다. 그 모습에 수아는 확신했다. 이전과 달리 그의 분위기에 부드러운 온기가 감돌았다. 조금 여유로워진 것 같기도 했다.

"맞네. 그 여자 누군지는 모르겠지만 마음고생 꽤 하겠네."

"자식, 까분다."

"내가 오빠를 몰라?"

"알면서 이런 부탁을 하러 왔어?"

"그만큼 절박하니까. 그럼 난 이만 가 볼게. 일주일 안에 우현 오빠 만나서 말 잘해 줘."

"시간 되면 만날게."

"더는 못 기다려. 안 그럼 오빠 여자 생긴 거 내가 먼저 엄마한테 터트릴 거야."

역시나 영악하고 똑똑했다. 우현이 불쌍해지는 순간이었다.

"알았어. 들어가."

수아는 그제야 만족스러운 미소를 머금고 자리에서 일어났다.

수아가 가는 것을 보고 부랴부랴 본부장실로 온 이건은 민아가 보이지 않자 조바심이 났다.

조만간 수아 때문에 여자가 생겼다는 사실이 부모님의 귀에 들어갈지도 모를 일이었다. 그전에 민아의 마음을 확실히 잡아 놔야 했다. 어디 도망가지 못하도록 확실하게.

이건은 휴대폰을 꺼내 문자를 보냈다. 어서 오라고. 보고 싶다고.

문자를 하나하나 찍으면서도 이러는 자신이 생소했다.

여자에게 문자를 보낸 적은 살아오면서 단 한 번도 없었다. 그런데 민아가 그걸 가능하게 했다. 그녀에게 문자를 보내고 답장이 오기를 기다리는 그 몇 초의 시간이 무척이나 지루하게 느껴졌다.

액정을 뚫어지게 쳐다보던 그는 문자 수신음에 환한 미소를 지었다.

〈금방 갈게요.〉

그 문자 한 통이 뭐라고, 세상을 다 가진 기분이었다. 새삼서 비서가 자리를 비워 준 것이 그렇게 고마울 수가 없었다.

이건은 재킷을 벗어 옷걸이에 걸고 넥타이를 느슨하게 당겼다. 팽팽하게 당겨진 셔츠 아래 가슴은 뜀박질을 한 것처럼 무섭게 뛰어 댔다.

1분 1초가 왜 이리 길게 느껴지는 걸까.

지금쯤 엘리베이터에 올랐을까.

아니, 복도를 걸어오는 중일지도 모른다.

똑. 똑.

드디어 그녀가 왔다.

"네."

심장에 노크를 해 대는 것처럼 아련한 통증이 느껴졌다. 그는 살며시 미간을 찌푸린 채 통증이 가시길 기다렸다.

"본부장님, 식사는 하신 거예요?"

노란 개나리꽃처럼 밝고 환한 그녀가 그에게 다가왔다.

"어디 아프세요?"

찌푸려진 미간을 보고 그렇게 묻는 그녀를 보자 문득 놀려 보고 싶단 생각이 들었다.

그녀의 두 눈에 깃든 걱정은 온전히 자신을 향한 것일까.

"아파."

너무 좋아서 아파. 심장이 터질 것 같아. 어쩔래?

그가 앉아 있는 곳까지 바짝 다가온 민아가 고사리 같은 작은 손을 뻗어 이마를 짚었다. 달콤한 향내가 코끝에 훅 끼쳤다.

"음, 열은 없는데. 어디가 아픈 거예요? 병원 갈까요?"

"아니, 그럴 필요 없어."

네가 내 약이니까.

이건은 민아를 다리 사이에 가둔 채 허리를 잡아당겨 품에 끌어안았다.

"어! 본부장님!"

"잠시만, 잠시만 이렇게 있어 줘."

버둥거리며 빠져나가려던 민아는 이내 숨을 죽인 채 가만히 안겼다. 이건을 내려다보며 가만히 손을 뻗어 그의 머리카락을 쓰다듬었다. 무슨 일인지 모르겠지만 힘든 일이 있는 모양인데 아무런 도움이 되지 못해 답답하기만 했다.

이럴 때 서 비서라도 있으면 얼마나 좋을까. 아무것도 모르는 자신이 그에게 무슨 도움이 되겠는가.

한참을 그렇게 있던 그가 그녀를 품에서 떼어 놓으며 물었다.

"저녁에 영화 보러 가자. 무슨 영화 좋아해?"

"아무거나요."

갑자기 영화라니. 뜬금없긴 했지만 그렇게라도 기분을 전환하고 싶은 모양이라는 생각이 들어 민아는 웃으며 대답했다.

"전 다 좋아요."

그래, 작은 힘이라도 도움이 된다면 기꺼이 가 줘야지.

집무실에서 나온 그녀는 자리로 가서 앉으며 심호흡을 했다.

애써 마음을 잡고 일에 몰두하다 이건이 집무실에서 나오자 얼른 자리에서 일어났다.

"지난번에 제출했던 제안서 말이야. 그거 가지고 들어와."

"네. 알겠습니다."

민아는 출력된 제안서를 들고 안으로 들어갔다.

"거기 앉아."

테이블 위엔 그녀가 제출한 서류가 있었다.

"저번에 말 못 했는데 이 계획서엔 가장 큰 오류가 있어. 뭔지 알겠어?"

그가 날카롭게 눈을 빛내며 묻자 순간 그녀는 당황했다. 몇 번이나 읽고 확인한 뒤 제출했던 거라서 큰 오류라는 것이 무엇인지 알 길이 없었다.

일에 있어서 철두철미한 성격답게 그는 한 치의 양보도 없이 그녀를 몰아댔다. 그가 내민 제안서에는 빨간색으로 무수

한 빗금이 그어져 있었다.

"읽어 봐."

민아는 그것들을 천천히 읽기 시작했다. 구구절절 옳은 말
이었다. 빨간 빗금 옆에 달린 코멘트를 보는 순간 그녀는 무
엇이 부족했는지 금방 알 수 있었다. 부끄럽기도 하고 창피
하기도 해 얼굴이 화끈거려 왔다.

이건은 그녀의 표정이 변하는 것을 보면서도 말을 이었다.
얼굴이 벌게진 채 수긍하는 그녀를 보자 조금 안쓰럽기도 했
지만 지금은 일이 우선이었다. 문제점들을 짚어 준 뒤 테이
블 위에 놓인 잔을 들어 목을 축였다.

"이민아. 이리 옆으로 와 볼래?"

"사내 연애 금지인데 혹시나 누가 보고 오해라도 하면 어
쩌려고 그러세요."

"내가 회장 아들인데, 누가 보면 어때?"

"그래도. 그건…… 공평하지 못하잖아요."

민아는 입술을 뾰족이 내밀고서는 대답했다.

달그락.

잔을 소리 나게 내려놓은 그가 느긋하게 의자에 등을 기대
고 팔짱을 낀 채 비릿한 웃음을 지었다.

넘어올 듯 말 듯 애를 태운다. 어쩌면 그놈 때문일지도 몰
랐다. 정리할 시간을 줘야 할지, 아니면 이대로 몰아붙여야

할지 망설여졌지만 그는 후자를 택하기로 했다.

"네가 안 오면 내가 간다?"

"본부장님! 그러지 마세요."

"난 한다면 하는 사람인데. 날 잘 모르는 모양이네."

"그래도 소용없어요."

"말 다 했어?"

"네? 네."

"좋아. 그럼 여기서 설명할게."

서류를 집어 든 그가 그녀의 앞에 기다란 손가락을 뻗어 예산 부분을 가리켰다.

민아는 제가 실수한 곳을 보며 얼굴을 붉혔다. 그가 펜을 들어 메모를 한 뒤 그녀의 앞으로 내밀었다.

"가장 기본이 되는 예산 부분까지 이렇게 오류를 내면 이 계획서는 오히려 감정 대상이 될 거야."

입이 열 개라도 할 말이 없어진 민아는 눈을 내리뜨고서는 침통한 표정을 지었다.

"다시 해 오겠습니다. 죄송합니다."

"죄송할 것까지야. 다시 작성해서 내일 제출하도록 하고, 내 결재가 떨어지면 그대로 진행하면 될 거야."

"제가 할 수 있을까요?"

"물론. 내가 있잖아. 류 과장도 프로젝트 진행에 도움을 줄 거고. 걱정할 건 아무것도 없을 것 같은데? 예산만 제대로 고쳐서 제출한다면 말이야."

"아, 네. 그거야 물론 그렇죠."

"그럼 퇴근 전까지 수정할 수 있지?"

"네."

"퇴근 후 바로 나가자."

"알겠습니다."

민아가 자리에서 일어나 문밖을 나서려는 순간 누군가가 노크를 해 왔다. 하마터면 이상야릇한 분위기를 들킬 뻔했단 생각에 눈앞이 아찔해졌다.

누군지 확인하기 위해 문고리를 잡아당기는 순간 문이 화들짝 열리는 바람에 민아는 그대로 뒤로 나자빠지고 말았다.

쿵, 소리와 함께 눈앞에 별이 반짝였다.

문을 벌컥 민 사람도 문이 안에서 당겨지는 바람에 철퍼덕 앞으로 엎어졌다. 순식간에 일어난 일이었다.

넘어지는 두 사람을 바라보던 이건은 류 과장의 얼굴이 민아의 가슴 위에 놓인 것을 보고서는 두 눈을 번뜩이며 달려와 빛의 속도로 류 과장을 저만치 던져 버리고 그녀를 감싸 안았다.

연이은 두 번의 충격에 류 과장은 간신히 정신을 차리고 일어나 고개를 숙이며 사과했다.

"이거 죄송합니다, 본부장님. 제가 갑자기 들이닥쳐서. 이 대리는 어디 다친 곳 없어?"

민아는 이건의 부축을 받아 몸을 일으켰다. 그녀는 양팔로 단단히 가슴을 감싸고 있었다.

두 눈에 눈물이 글썽글썽한 채로 류 과장을 노려보는 민아는 금방이라도 울음을 터트릴 것 같았다.

류 과장은 예상치 못한 그녀의 반응에 조심스럽게 물었다.

"이 대리, 왜 그러는 거야? 혹시 어디 다쳤어?"

"몰라요. 과장님이 제 가슴에 얼굴을……! 흑."

"내, 내가? 어이쿠, 이거 미안해. 나도 모르게."

이건의 눈치를 보며 얼른 사과를 하던 류 과장의 얼굴에 문득 억울한 기색이 떠올랐다.

"그런데 말이야 이 대리. 혹시 등짝 아니었어? 코가 단단한 것에 부딪힌 걸로 봐서는 가슴이 아니라 아무래도……."

"헉!"

민아는 등짝이란 말에 숨을 삼켰다. 이내 그녀의 얼굴이 시커멓게 죽어 갔다.

류 과장은 민아의 아킬레스건을 건드렸다는 생각을 하지 못하고 제 뼈에 이상이 있는 건 아닌지 연신 코를 만져 댔다.

민아가 그대로 사무실을 뛰쳐나갔지만 그는 오히려 그녀를 이해 못 하겠다는 표정으로 이건을 향해 고개를 돌렸다.

"그래, 무슨 일이십니까. 류 과장님."

"아, 그게. 여기 결재 서류입니다."

긴급을 다투는 결재는 오전에 받아야 한다는 것을 깜빡하고 잊어버리고 있다 오후가 돼서야 생각이 나 부랴부랴 들고 온 참이었다.

사후 결재를 끔찍이도 싫어하는 본부장 때문에 미친 듯이 달려왔는데 그만 난데없는 봉변을 당했다.

아이, 씨. 이거 코뼈 나간 거 아닌지 몰라.

결재를 받은 류 과장은 속으로 투덜거리며 본부장실을 나와 비상구로 향했다.

한편 민아는 비상계단에 쭈그리고 앉아서 머리카락을 쥐어뜯고 있었다. 그렇게 수치스러울 수가 없었다.

세상에, 가슴을 보고 등짝이라고 하다니. 그것도 본부장 앞에서.

민아는 고개를 마구 저어 댔다. 말은 안 했지만 이건이 자신에게 호감을 느끼는 것이 내심 설레고 기뻤다. 어떻게 해서든 수술하기 전까지는 그의 호감을 끌어 볼 생각이었는데 등짝이란 소리에 그런 생각마저 사라졌다.

풀이 죽은 민아는 한숨을 내쉬며 자리에서 일어났다.

그 순간 비상구 문이 열리며 안으로 걸어 들어오는 류 과장과 눈이 딱 마주쳤다.

"이 대리, 왜 그래? 그게 그렇게 화를 낼 일이야? 난 알다

가도 모르겠네."

"아니에요."

"하, 참나. 어디 다친 곳은 없어?"

"네. 없어요."

"그나저나, 무슨 여자가 몸이 그렇게 단단해. 나 코뼈 부러진 것 같아. 아무래도 병원 가 봐야겠어."

우어어어!

민아는 속에서 치밀어 오르는 화를 참아 내며 간신히 그곳을 빠져나왔다. 일단 이건에게 수정된 보고서를 제출해야 했다. 퇴근 전까지 제출하라 했으니 아직 시간은 있었다.

숨죽인 채 자리로 돌아간 민아는 재빨리 일을 시작했다. 그리곤 재빨리 그에게 보고할 파일을 전자 서류로 제출한 뒤 가방을 챙겼다. 그와 얼굴을 마주치기 전에 도망가야 할 것 같았다.

어차피 퇴근 후에 영화를 보기로 했으니 오늘 중으로 처리해야 할 일은 더 이상 없을 테고, 영화를 보는 건 다음으로 미룰 생각이었다.

〈본부장님, 저 먼저 퇴근할게요. 보고서는 제출했습니다. 죄송합니다. 영화는 다음에 봐요.〉

문자를 보낸 뒤 민아는 서둘러 사무실을 벗어났다.

이건은 전화 통화를 끝내자마자 울리는 문자를 보고 어금니를 지그시 깨물었다. 급한 연락 때문에 지금까지 통화하느라 미처 민아를 챙기지 못했다.

서둘러 사무실을 나선 그가 엘리베이터로 향했다. 곧장 밖으로 나갔다면 얼마 가지 못했을 것이다.

퇴근 시간만 되기를 기다렸는데 갑자기 사라져 버린 그녀때문에 속이 타들어 갔다. 주차장에서 차를 빼 온 그는 휴대폰을 꺼내 0번을 눌렀다.

신호음이 갔지만 민아는 전화를 받지 않았다.

"꼬맹이, 어디 있는 거야."

이건은 혼잣말을 하며 초조하게 주변을 살피다 벌써 회사건물을 나갔을 리는 없을 거라 생각하며 별관 출입구 앞에서 그녀를 기다렸다. 그러다 털레털레 별관 로비를 빠져나오는 민아를 발견했다. 그의 눈에는 오로지 그녀만 보였다. 순간 주변 사물들은 모두 밀려나고 그녀만이 눈에 들어왔다.

이건은 뜨거운 시선을 갈무리하며 차에서 내렸다.

"이민아. 여기야."

어느새 익숙해진 목소리. 저를 부르는 목소리가 가슴 어딘가를 툭 건드렸다. 그러자 민아는 갑자기 눈물이 핑 돌았다. 그제야 부딪혔던 엉덩이 꼬리뼈도 아픈 것 같았고, 팔꿈치에서도 통증이 느껴지는 것 같았다. 그런데 이상하게 가슴이 저려 그에게 다가가지 못한 채 고개를 떨어뜨리고 그 자리에 얼어붙은 듯 서 있었다.

"이리 와. 어서."

다정한 목소리가 들려왔다. 서러워진 민아는 뜨거워지는 눈시울 때문에 더욱 고개를 숙였다.

이건은 민아에게 다가가 양손으로 뺨을 감싸며 그녀의 고개를 들어 올렸다. 어둠 속에 주황빛의 가로등이 그녀의 작은 얼굴을 비쳤다. 금방이라도 주르륵 흘러내릴 것처럼 눈물이 고여 있는 눈망울과 발갛게 익은 뺨, 도톰한 입술을 보며 이건은 숨을 삼켰다. 그리고 말없이 민아를 품에 꼭 안았다.

그의 어깨에 이마를 기댄 그녀는 가만가만 등을 쓸어내리는 손길에 서러움이 녹아내리는 것 같았다.

등이라니! 가슴을 보고 등이라니!

그도 그렇게 생각할까. 가슴이 찢어지는 듯했다.

"하아……. 아무래도 왕자님은 본부장님이신가 봐요."

민아는 어릴 적 꿈꾸던 왕자님을 기다린다는 것이 얼마나 부질없는 짓인지를 깨달았다. 언젠가 왕자가 나타나면 작은 가슴이 커지지 않을까 기대했던 시절이 있었다. 마치 주술이 풀리듯이.

"드디어 알아본 거야?"

이건은 기대감에 들뜬 얼굴로 민아를 품에서 떼어 내며 물었다.

민아는 살그머니 고개를 끄덕였다. 그러자 그가 다시 그녀를 품에 꼭 감싸 안았다.

그녀는 허탈한 미소를 지으며 그의 허리를 끌어안았다.

호텔 본관에 잠시 들러 팸플릿을 전달하고 온 정혜와 선우는 지금쯤이면 민아도 일이 끝났을지도 모른다는 생각에 별관으로 향했다.

"캬, 세상 좋아졌다. 저것 좀 봐."

정혜가 열정적으로 끌어안고 있는 두 남녀를 보며 말했다.

"가만, 어디서 많이 본 것 같은데. 그렇지 않니?"

"엥? 저것이 드디어 미쳤네. 여기가 어디라고 세상에."

두 사람이 누군지 알아본 정혜가 얼른 주변을 살폈다. 사내 연애가 해고 1순위인 줄 알면서도 보란 듯이 홈그라운드에서 저 짓을 하고 있으니 어찌 놀라지 않겠는가.

선우도 경악을 금치 못하고 정혜를 쳐다봤다.

"앗! 김 주임!"

"맞다. 하자가 보면 큰일이다."

그녀들보다 조금 늦게 팸플릿을 들고 본관으로 간 김 주임이 지금쯤이면 나오고 있을 것이다. 그 사실을 떠올린 정혜는 부리나케 본관 쪽으로 달렸다. 김 주임이 두 사람을 보게 되면 끝장이었다.

정혜가 김 주임을 막으러 가는 것을 본 선우는 얼른 저들을 떼어 놓아야겠다는 생각에 둘을 향해 달렸다.

정혜가 본관 입구에 도착했을 때 김 주임은 마침 현관을 나오고 있었다. 그것을 본 그녀는 무작정 그에게 달려가 팔을 잡고 호텔 비상구 쪽으로 끌고 갔다.

"어, 어. 왜 이러세요. 한 대리님."

"쉿! 조용히 따라와. 어서."

"왜 그러시냐고요."

"글쎄, 잔말 말고 따라와."

정혜는 커다란 덩치의 그를 질질 끌다시피 해서 간신히 비상구로 나왔다.

"……한 대리님."

"으, 응?"

이 자식은 왜 또 목소리에 힘을 주고 지랄이야.

"어어, 야! 놔!"

김 주임은 눈을 반짝이며 의미심장한 미소를 짓더니 정혜를 품에 꽉 끌어안았다.

"진작 말씀하시지 그러셨어요. 좋으면 좋다고."

"으읍!"

216

그는 곰 같은 힘으로 정혜를 바짝 안아 들고서는 계단에 앉더니 그대로 입술 박치기를 해 왔다.

으읍, 이 곰 같은 놈이.

"……하아! 하아!"

그의 입술에서 떨어져 나온 정혜는 가쁜 숨을 내쉬며 김 주임을 째려보다 이내 다시 목에 팔을 감고서는 입술을 비벼 댔다.

"읍, 한 대리님!"

정혜는 김 주임의 입술에 빠져 시간이 흐르는 줄도 몰랐다.

한편 선우는 10m 거리를 마치 100m 달리기라도 한 것처럼 헐떡거리며 뛰어갔다.

"이 대리! 본부장님! 지금 여기서 뭐하시는 거예요."

"너 아직 집에 안 갔어? 왜 그렇게 헐떡이는 거야? 정혜는?"

이건의 품에서 떨어져 나온 민아가 선우를 보며 질문을 퍼부었다.

"야이, 지지배야. 회사 쫓겨나고 싶어? 여기가 어디라고!"

"아, 그런가."

민아는 볼을 붉히며 이건을 쳐다봤다.

"지금 가려던 참인데. 그럼 이만."

이건은 민아의 손을 꽉 움켜잡고서는 그의 차가 세워진 곳으로 향했다.

"선우야, 나중에 전화할게."

"하든지 말든지."

도끼눈을 하고 둘을 째려보던 선우는 어찌 됐든 목표를 달성했으니 됐다 생각하며 안도의 한숨을 내쉬었다.

"아니, 그런데 이 지지배는 도대체 어딜 간 거야? 의리 없게 혼자 도망친 거야?"

한참을 기다려도 정혜와 김 주임은 나타나질 않았다. 슬슬 짜증이 치민 선우는 그냥 집에 가야 하나 생각하며 본관 쪽을 기웃댔다. 그런 그녀의 곁을 객실부 여직원 두 명이 지나갔다. 그들이 나누는 대화가 그녀의 귀까지 들려왔다.

"세상에, 손님 중에 변태가 넘쳐 나는 거 있지."

"조용히 해. 호텔에서 그런 소리는 절대 하면 안 된다는 거 몰라?"

"아니, 호텔까지 와서 멀쩡한 방 놔두고 왜 비상구 계단에서 그 짓이냐고. 계단으로 내려가다 이상한 소리가 나는 거야. 얼마나 놀랐는지. 지배인님 말씀만 아니었어도 구경하는 건데."

"큭큭. 야, 여기선 손님들이 그런 짓 하더라도 모른 척하고 지나쳐야 하는 거 몰라?"

선우는 슬슬 호기심이 발동해 어느 비상구인지 가 볼까 하다 정혜와 어긋날까 싶어 그냥 그 자리에서 기다리기로 했다.

그러고도 10분이 더 지나서야 정혜와 김 주임이 나타났다.

"둘이 뭐야? 나 몰래 뭐 먹고 왔지. 사실대로 말해."

선우가 다그치자 김 주임이 입을 열었다.

"저, 사실은…… 이, 술을 먹었습니다."

정혜가 김 주임의 발을 힘껏 밟는 바람에 선우는 '입술'이란 말을 제대로 알아들을 수 없었다.

"김 주임. 한 번만 더 입 열어 봐. 죽여 버릴 테니까."

"헤헤."

정혜는 어서 꺼지라는 듯 김 주임을 향해 발길질을 해 댔지만 그는 싱글벙글거리며 그녀의 뒤를 따랐다.

그런 두 사람을 선우가 의아하다는 듯 말없이 쳐다보았다.

#6

변태 맛 좀
볼 테야?

"영화, 보러 갈까?"

이건이 민아를 보며 묻자 그녀가 고개를 끄덕였다.

영화를 봐서 기분 전환이라도 하고 싶었다. 이미 못 볼꼴
을 다 보인 마당에 더는 창피해할 것도 없었다. 그저 그가 이
렇게 곁에서 변함없이 다정하게 대해 주는 것이 고마울 따름
이었다.

그는 능숙하게 운전을 하며 영화관으로 향했다. 최근 바로
옆에 크고 좋은 시설의 영화관이 들어서서 그런 걸까, 두 사
람이 찾은 곳은 비교적 한산했다.

민아는 이건이 하는 대로 가만히 따랐다. 어딜 가나 주목받

는 외모에 귀티가 좔좔 흐르다 보니 여자들의 시선이 그에게 와서 꽂혔다. 그러자 갑자기 하지 않던 짓이 하고 싶어졌다.

그의 곁에 다가가 팔에 슬쩍 손을 올리고 붙잡았다. 설마 뿌리치진 않겠지. 척 봐도 자신이 그보다 한참 기울었다. 그러니 행여나 저를 창피하게 여기진 않을까 걱정되었다.

그런데 그가 움찔하더니 몸에 힘을 바짝 주었다. 그리고 움직임을 멈추며 그녀를 내려다보았다. 딱딱하게 굳은 얼굴과 짙게 일렁이는 눈동자는 뭔가를 꾹 참고 있는 듯했다.

"……뺄까요?"

민아가 조심스럽게 물었다.

그는 대답 대신 팔을 옆구리에 딱 붙인 채 그녀의 손이 빠져나가지 못하도록 했다. 그리고 낮게 가라앉은 목소리로 말했다.

"절대로. 빼지 마."

민아는 나직이 웃으며 이건의 팔을 툭 쳤다.

"뭐예요. 놀랬잖아요."

민아의 작은 손이 팔에 닿는 순간 이건은 숨이 멎는 줄 알았다. 그녀가 이렇게 먼저 다가와 자신에게 손을 내미는 순간을 얼마나 기다렸던가. 비록 힘 있게 붙잡진 않았지만 그녀의 마음이 충분히 전해져 왔다.

나 절대로 너 안 놔줘. 이민아.

처음으로 내 것이라 생각했고, 가지고 싶다 생각했던 것이 바로 그녀였다. 코흘리개 민아가 다 큰 성인이 되어 제 곁에 있다는 사실이 믿기지 않았다.

그저 고맙고 감사했다. 이렇게 곁에 와 주어서.

사랑스러운 뺨을 붉게 물들이며 자신을 올려다보는 얼굴이 미치도록 예뻤다. 어릴 적 모습이 고스란히 남아 있는 민아를 보며 그는 마른침을 삼켰다.

이젠 사랑해도 될 것 같다. 이민아, 너랑 마음껏 사랑할 거야.

어릴 적 소꿉놀이를 했던 것이 아닌 정말 부부가 되어 살고 싶다면 너무 이른 바람일까.

강가에서 모래로 밥을 짓고 나뭇잎으로 반찬을 만들며 여보, 당신 놀이를 하던 그때로 돌아간 것처럼 가슴이 벅차 왔다.

"뭐 먹고 싶어?"

"팝콘요."

초롱초롱한 눈망울로 팝콘이라고 속삭이는 그녀의 입술을 멍하니 바라보던 그는 간신히 정신을 차리고 상영관으로 들어갔다.

남자와 단둘이서 영화관에 한 번도 못 와 봤다고 하면 믿을까. 민아는 제 옆에 앉아 있는 이건을 슬그머니 올려다보았다. 그는 자연스럽게 팝콘, 나초, 콜라를 사 들고 와서 그녀의 앞에 놓아 주었다.

상영관은 적당히 어둡고 비밀스러운 분위기를 자아내고 있었다. 그녀 혼자만 야릇한 생각을 하는 것인지, 그는 아주 태연하게 팝콘을 집어 먹으며 영화를 즐겼다.

민아는 단단한 무릎이 자꾸만 무릎을 스치자 그것에 신경이 가서 영화가 눈에 들어오질 않았다. 고급스러운 슈트에 감싸인 그의 다리는 보는 것만으로도 얼마나 탄탄한지 느낄 수 있었다. 자꾸만 스치는 감각에 입이 말라 와 민아는 빨대를 입에 대고 콜라를 빨아 먹었다. 그런 그녀의 모습을 이건이 바라봤다.

"마실래요?"

시선을 느낀 민아가 작게 속삭이며 묻자 그가 고개를 내려 그녀가 방금 빨아 먹었던 빨대에 입을 대고 힘차게 빨아들였다.

"어, 이건 내 건데."

"그럼 뭐 어때."

그가 천연덕스럽게 씩 웃더니 스크린으로 눈을 돌렸다.

그 뒤로부터 민아의 귀에는 아무 소리도 들리지 않았다. 눈은 스크린에 고정한 채 화면을 뚫어지게 보고 있었지만 귓가에 들려오는 것은 심장 뛰는 소리뿐이었다.

허벅지 위에 올려진 작은 손으로 그가 손을 뻗어 왔다. 슬그머니 그녀의 손을 맞잡으며 손가락 하나하나에 깍지를 꼈다.

그 은밀한 동작에 움찔하며 손을 빼내려 했지만 그는 힘을 더 주며 꽉 붙잡았다.

얼마나 그렇게 있었을까. 결국 민아는 화면에서 눈을 떼고 그를 쳐다봤다. 언제부터 보고 있었는지 그가 짙고도 아득한 눈빛으로 그녀를 보고 있었다.

금방이라도 저를 삼켜 버릴 것처럼 뜨거운 시선에 그녀는 아찔함을 느꼈다.

"나갈까."

어차피 영화는 눈에 들어오지 않았다.

"네."

터질 듯 두근대는 심장을 안고 그녀는 그와 극장을 나와 차에 올랐다.

"손."

그가 오른손을 그녀 쪽으로 뻗었다. 손을 잡아 달라는 말에 그녀는 왼손을 뻗어 그의 손 위에 겹쳤다. 단단하게 붙잡은 그의 손은 델 것처럼 뜨거웠다.

그가 손가락을 얽어매며 힘을 바짝 주어 잡아 왔다.

"이민아, 우리 연애하자. 뜨거운 연애 말이야."

뭐라고 대답해야 할지 몰라 머뭇거리자 그가 핸들을 오른쪽으로 꺾으며 어느 오피스텔 주차장으로 들어갔다. 보아하니 그가 사는 곳인 모양인데 어떻게 해야 할지 몰라 그저 숨죽인 채 있었다.

시동을 끄자 차 안에 고요한 정적이 감돌았다. 팔을 뻗은 그가 그녀의 어깨를 끌어당기며 고개를 비틀어 입술을 겹쳤다. 눈을 감고 파르르 떨던 민아는 그가 말하는 대로 따랐다.

"입 벌려."

그녀가 입을 벌리는 순간 그의 혀가 깊숙이 파고들었다. 그리고 격렬한 키스가 시작되었다. 뜨거운 혀가 얽히고 호흡이 가빠졌다.

이건의 혀가 입안을 휘젓고 혀를 빨아들일 때마다 그녀는 온몸이 빨려 들어가는 착각에 그를 붙잡고 매달렸다.

그는 정신없이 입술을 탐하며 그녀를 힘껏 끌어안았다. 그리고 얼굴과 목을 쓸어내리며 점점 손을 아래로 내렸다.

그는 제 손에 아담하게 들어오는 그녀의 가슴을 힘껏 움켜쥔 채 거친 숨을 내쉬었다. 이젠 한계였다. 더는 참기 어려웠다.

잔뜩 흐트러진 얼굴로 저를 유혹하듯 바라보는 그녀는 누구보다 아름다웠다. 그는 다시 고개를 숙여 그녀의 얼굴로, 귀로, 목으로 입술을 옮기며 키스를 퍼부었다. 블라우스를 헤치고 손을 밀어 넣어 속살을 만지자 그녀가 그의 손을 움직이지 못하도록 꽉 붙들고 고개를 저었다.

"예뻐, 민아야. 만지게 해 줘. 제발."

거친 숨소리에 섞인 이건의 간절한 목소리가 민아의 마음을 움직였다. 콤플렉스인 가슴을 누군가 만진다는 것은 상상

228

도 못 할 일이었지만 그러면 괜찮을 것 같았다.

그래서 그녀는 손에 힘을 풀었다.

그것을 신호로 그는 브래지어 안에 감춰진 가슴을 손에 움켜쥐고 만져 댔다. 그리고 흥분으로 도드라진 유두를 손끝으로 비벼 대며 애무했다.

"아흑."

민아는 처음 느껴 본 짜릿한 감각에 몸을 비틀며 신음했다.

그런 반응에 이건은 참을 수 없다는 듯 그녀의 가슴을 입 안에 삼켰다. 도드라진 유두를 입에 무는 순간 민아의 입에서 탄성이 새어 나왔다.

"아!"

그 신음에 이건은 지금 이곳이 어디인지 그제야 깨달았다. 차 안에서 그녀와 처음을 보낼 순 없었다.

간신히 이성을 차린 그는 민아의 브래지어를 내리고 블라우스 단추를 채웠다. 그리고 이마를 맞댄 채 들썩이는 가슴을 억누르며 속삭였다.

"올라가자. 민아야."

민아는 고개를 끄덕이며 핸드백을 쥐었다. 짙게 일렁이는 그의 두 눈을 보니 도저히 거부할 수가 없었다. 그리고 무엇보다 그와 더 나누고 싶었다. 사랑을.

강인하면서도 다정한 손길이 그녀의 전신을 어루만지며 옷을 차례대로 벗겨 냈다.

남자 앞에서 알몸이 되어 본 적은 처음이었다. 그래서 무지했고, 그것이 그에게 더 큰 자극이 되는지 알지 못했다.

민아는 이건의 손길에 몸을 내맡긴 채 신음하며 정신없이 매달렸다. 손길이 닿을 때마다 자지러질 것 같은 쾌감에 정신을 차릴 수가 없었다.

적극적으로 자신에게 매달리는 민아를 보며 이건은 낮게 웃음을 터트렸다. 이 작은 마녀는 분명 저가 무슨 짓을 하고 있는지도 모를 것이다.

그의 혼을 쏙 빼놓을 만큼 아름다운 몸이었다.

이건은 커다란 손을 뻗어 민아의 뺨을 쓸어내리고 귓불을 어루만지며 천천히 목선을 쓰다듬었다. 거칠어진 그의 눈빛이 더욱 짙어졌다.

민아는 그런 그의 손길에 흔들리는 눈빛으로 이건을 올려다보며 숨을 쌕쌕거렸다.

심장이 터질 것처럼 뛰어 댔다. 맞닿은 아랫배에 잔뜩 부푼 그의 것이 느껴졌다. 이미 친구들과 성인물을 보고 모든 것을 마스터한 그녀였지만 그것은 이론일 뿐이었다.

하지만 지금 그가 무얼 하려는 것인지 충분히 인지하고 있었고, 그녀도 원했다.

그녀의 의사를 충분히 알아들은 그는 단단한 손으로 턱을 감싸며 깊숙이 입술을 묻었다. 그녀는 뜨거운 키스에 숨을 헐떡이며 열렬히 반응했다. 뇌가 녹아내릴 것처럼 흐물거리는 기분이었다. 그는 시선을 얼굴에서 떼어 내며 그녀의 가슴 위로 옮겼다. 부끄럽고 창피하기까지 한 가슴을 그가 뚫어지게 쳐다봤다.

"하아, 예쁘다. 민아야."

그가 진심을 가득 담아 그녀의 가슴을 쳐다봤다. 정말 소중하고 예쁜 것을 바라보는 눈빛이었다.

"거, 거짓말이죠?"

민아가 아랫입술을 지그시 깨물었다.

"왜 그런 거짓말을 해. 이렇게 예쁜데. 미치겠다."

그의 말 한마디에 그녀는 정말 제 가슴이 예쁜 것처럼 느껴졌다. 그의 눈길이 닿는 곳마다 새롭게 피어나는 기분이었다.

그는 상체를 붙이며 서서히 손을 움직였다. 커다란 그의 손이 그녀의 옆구리를 쓰다듬으며 위아래를 오르내리다 가슴을 움켜잡았다. 그는 여전히 단단한 입술을 떼지 않은 채 애를 태우듯 간질이며 빨아들이고 있었다.

그렇게 한참을 있던 그가 상체를 세우며 셔츠를 벗어 던졌다. 망설이지 않고 입고 있던 모든 것을 탈의했다. 잘 다져진 근육과 그 아래 우뚝 솟은 남성이 눈에 들어왔다. 민아는 부끄러움에 얼른 고개를 돌렸다.

실제로 보는 것은 처음이었다. 그녀를 갈구하듯 단단하게 솟아오른 그의 것은 아주 거대했다. 저런 게 어떻게 몸에 들어올 수 있을지 더럭 걱정이 밀려들었다.

"자, 잠시만요."

민아는 자신의 몸 위로 겹쳐 오는 그의 가슴팍을 살짝 밀쳐 냈다.

"원하지 않으면 하지 않을 거야."

"그, 그게 아니라. 궁금한 게 있어서요."

그가 짓궂은 미소를 지으며 말해 보라는 듯 그녀를 쳐다봤다.

"저, 정말 그걸 넣을 거예요?"

민아가 남성을 가리키며 말하자 그의 것이 더욱 부피를 늘리며 끄덕였다.

"아마도."

"······가능할까요?"

두려움과 기대감으로 떨고 있는 민아를 보는 순간 이건은 아차 싶었다.

"설마 처음이야?"

이건의 목소리가 낮게 떨렸다. 스물일곱의 이민아, 처음이 아니어도 상관없었다. 그저 이렇게 다시 만났다는 것만으로도 기적이라 생각했다. 그런데 처음이라니. 심장이 터질 듯 조여 왔다.

더없이 사랑스러운 민아를 바라보며 이건은 소중히, 아프지 않도록 첫 경험을 하게 해 주리라 다짐하며 힘껏 그녀를 끌어안았다. 그리고 부드럽게 키스를 퍼부었다. 그녀가 유독 잘 느끼는 곳이 어디인지 알아내기 위해 온몸에 남김없이 키스를 퍼붓고 또 퍼부었다.

타고나길 예민하게 태어난 것 같았다. 그의 키스와 손길에 그녀가 민감하게 반응하며 몸을 떨어 댔다. 손끝이 닿을 때마다 촉촉이 젖어 드는 아래는 이미 허벅지까지 흠뻑 적셔져 있었다.

그가 핑크빛 속살에 입술을 묻고 힘차게 빨아들이자 그녀의 허리가 위로 낭창하게 휘어지며 허벅지를 떨어 댔다.

그런 민아를 감상하듯 잠시 얼굴을 들어 올린 그가 손끝으로 클리토리스를 만져 대자 여린 입술에서 신음이 새어 나왔다.

"아흑, 아아."

"여기, 좋아?"

입술을 내린 그가 클리토리스를 빨아들이며 이로 자근자근 깨물자 그녀는 흐느끼며 고개를 저어 댔다.

"아······ 미칠 것 같아요. 아흑."

그는 계속해서 그곳을 혀로 가볍게 핥고 비벼 대다 다시 힘차게 빨며 잠시도 그녀를 가만히 놔두질 않았다.

민아는 이건의 노골적인 행위에 부끄러움도, 수치심도 날려 보낸 지 오래였다. 지금까지 이 좋은 것을 왜 참고 살았나 모를 만큼 이 야한 행위에 빠져든 민아였다.

다리 사이에 고개를 묻고 움직이는 그를 보는 것은 수치심을 불러일으키면서도 묘한 쾌감을 들끓게 했다. 그녀는 새카만 머리카락에 손가락을 파묻고 그가 주는 쾌감의 강도에 따라 그것을 움켜쥐었다.

"예뻐. 미칠 만큼."

거친 숨소리로 내뱉는 그의 말은 그녀에게 자신감을 더해 주었다. 방만하게 벌어진 허벅지가 파들파들 떨려 왔다. 눈앞이 뿌옇게 흐려졌고 오싹할 만큼 자극적인 쾌감에 정신을 차릴 수가 없었다.

이미 질척하게 젖은 그곳으로 그의 손가락이 파고들었다.

"아흑!"

타인의 손이 처음 들어오는 곳은 그가 깊게 파고들수록 격렬하게 저항하듯 밀어내며 움켜쥐었다.

"빠듯해. 손가락 하나도 겨우 삼키고 있어."

길게 혀를 내민 그는 클리토리스를 핥고 비벼 대며 좀 더 많은 물이 나오도록 움직였다.

"으윽! 제발. 그, 그만해요."

민아는 참기 어려운 느낌에 흐느꼈다.

"쉿! 곧 좋아질 거야."

손가락이 깊숙이 파고들며 내벽을 건드리고 들어갔다 나가기를 반복했다. 온몸이 녹아내리는 기분이었다. 뜨거운 입술이 닿은 곳에 자잘한 스파크가 인다고 느낀 순간 발끝이 곱아들 만큼 짜릿한 쾌감이 전신을 휩쓸었다.

"아, 아흑!"

민아는 거의 실신할 지경이었다. 한차례 절정에 오른 그녀는 울컥 뜨거운 것을 쏟아 내며 흐느꼈다.

"잘했어."

그가 칭찬하며 젖은 입술을 들어 올렸다. 그런 이건을 몽롱한 시선으로 바라보던 그녀가 팔을 뻗어 그의 목을 감쌌다.

그가 입술을 겹치며 다리 사이로 자리를 잡았다. 맞닿은 가슴은 격렬하게 뛰어 대고 있었다.

그의 손이 가슴을 애무하고 유두를 비벼 댔다. 그 짜릿한 감각에 그녀가 허리를 휘자 그는 낮게 웃음을 터트렸다.

"예민해."

그녀의 목덜미를 세차게 빨아 당기며 혀끝으로 간질이다 움푹 파인 쇄골로 혀를 밀어 넣고 한참을 핥아 댔다.

그럴 때마다 민아의 입에선 끊임없이 앓는 소리가 새어 나왔다. 그러자 그가 젖가슴을 덥석 베어 물며 힘차게 빨아들였다.

"아흑!"

그는 유두를 혀로 비벼 대고, 입술로 빨아들이며 끊임없이 그녀를 자극했다.

"아, 아흑."

"내 거야. 이민아."

낮게 가라앉은 음성은 잔뜩 쉬어 있었다. 그는 터질 듯 부풀어 오른 남성을 그녀의 입구에 맞추며 비벼 댔다.

"들어갈 거야. 아플지도 몰라."

민아는 고개를 끄덕였다. 어서 그와 하나가 되고 싶다는 갈망에 참을 수가 없었다.

"어서요."

그 말 한마디에 이건은 이성을 잃고 말았다. 긴장과 두려움에 민아는 눈을 질끈 감았다. 그가 파고드는 것이 생생하게 느껴졌다. 입이 딱 벌어질 만큼 아팠지만 참을 수 있었다.

"흐읏!"

그녀의 입에서 뜨거운 숨이 터져 나오자 그가 그 입술을 막으며 혀를 집어넣었다. 그녀는 몸이 벌어지는 것을 고스란히 느끼며 신음을 삼켰다. 눈가에선 저절로 눈물이 흘러내렸다.

"으윽! 다 됐어. 조금만 참아."

그도 괴로운 모양인지 땀을 흠뻑 흘리며 허리짓을 천천히 하기 시작했다.

민아는 이건의 새카만 눈동자에 떠도는 열기가 자신을 집어삼킬 것만 같았다. 팽팽하게 부푼 그의 근육은 여린 살을 누르며 더욱 짓이기듯 파고들었다.

"아흑!"

"하아!"

그가 허리를 내리며 그녀의 가슴에 얼굴을 묻었다.

끊어 낼 것처럼 조여 오는 그녀의 내벽 때문에 그도 힘들긴 마찬가지였다. 이렇게 넣는 것만으로도 사정할 것 같은 기분은 처음이었다. 부피에 익숙해지길 기다리는 동안에도 그녀는 끊임없이 그를 조여 대며 물어 왔다.

제길!

이젠 어쩔 수 없었다.

짐승 같은 쾌감이 그를 덮쳐 왔다.

살살 조심스럽게 하자던 이성은 온데간데없이 사라지고 이 자그마한 여자가 주는 짙은 쾌락에 흠뻑 취해 버렸다.

그는 끊임없이 그녀에게 입술을 맞추며 허리를 움직였다. 그가 움직일 때마다 민아는 통증이 밀려오는 것을 느꼈지만 그게 다는 아니었다. 통증과 쾌감은 어딘가가 맞닿아 있었다.

그가 깊숙이 파고들며 한 지점을 뭉근히 누를 때, 알 수 없는 열기가 전신을 감싸 오며 몸이 공중에 붕 떠오르는 기분이 들었다.

"아, 아흑. 이, 이상해요. 아앙⋯⋯."

그 순간 남성을 힘차게 물며 경련하는 내벽이 이건을 절정으로 내몰았다. 그는 미친 듯이 허리를 움직이며 길게 상체를 젖혔다.

그녀와 동시에 절정에 오른 그는 지독한 쾌감에 전신을 떨어 댔다. 쾌감에 몸부림치며 허리를 뒤트는 그녀가 그를 벼랑 끝으로 내몰았다. 격하게 허리짓을 다시 시작하며 그는 두 번째 절정을 향해 박차를 가했다. 이런 적은 처음이었다.

사정 후 곧바로 발기해서 쉬지 않고 움직이는 경우는 이민아, 그녀이기 때문에 가능했다.

이건과 민아가 맞물린 곳에서 그녀가 흘린 애액과 그의 정액이 뒤섞여 밖으로 새어 나오고 있었다. 뜨겁게 맞닿은 곳은 음탕한 소리를 내며 흥분을 부추겼다.

이대로 죽어 버렸으면 좋겠다, 민아야.

빠져나올 수 없는 늪에 빠진 것처럼 온몸이 그녀의 안으로 빨려 들어가는 기분이었다. 짜릿하고 말로 형용할 수 없는 자극에 그가 숨을 헐떡였다.

"아, 아흑. 그, 그만."

민아에게서 빠져나온 이건은 그녀의 몸을 뒤로 돌렸다. 흐느적거리며 이건의 손에 따라 움직이던 그녀는 엉덩이를 치켜세우고 뒤로 파고드는 그를 보며 움찔 몸을 떨었다.

"아아!"

더욱 깊숙이 파고든 그는 가느다란 허리를 붙잡고 힘차게 움직였다. 붉은 속살이 딸려 나왔다 들어가는 것을 보며 그는 어금니를 깨물었다.

그는 그녀의 등을 휘장처럼 감싸며 손을 내려 맞닿은 곳을 문지르고 비벼 댔다. 그러자 그녀가 허리를 뒤틀며 신음했다.

"하아. 민아야, 날 봐."

민아의 고개를 젖힌 이건이 키스를 퍼부었다. 그가 한 손으로 거칠게 클리토리스를 비벼 대자 그녀는 참을 수 없는 쾌감에 흐느꼈다.

하아. 조금만, 조금만 더.

탱글탱글한 피부의 감촉과 엉덩이의 탄력이 음낭과 부딪치며 자극을 더해 왔다. 처음인 그녀의 조이는 힘은 대단했다. 끊어질 듯한 느낌에 그가 진저리 쳤다. 쾌락에 미쳐 날뛰는 짐승처럼 멈출 수가 없었다. 자신을 끊임없이 조여 오며 비트는 느낌은 아무나 줄 수 있는 것이 아님을 알고 있었다.

"같이 가자. 민아야."

혼자만 즐길 수 없단 생각에 그는 그녀가 느끼는 포인트를 향해 클리토리스를 손으로 뭉근히 비벼 대며 문질렀다.

조금은 천천히 이성을 갖고 움직이고 싶었지만 민아의 신음에 금방 무너져 내리고 말았다.

"아훗, 아아!"

그녀가 그의 속살을 물고 밀어내듯 조여 오며 귀두를 쥐어 짜듯 움찔거리는 바람에 이건은 힘차게 허리짓을 시작했다.

깊고 좁은 그녀의 속살은 그를 미치게 했다.

한편 민아는 허리가 뒤틀릴 것 같은 강렬한 감각에 고개를 저으며 울음을 터트렸다. 죽을 것 같은 쾌감이 전신을 덮쳐 왔다.

"흑! 아훗!"

"하아."

그는 길게 사정하며 그녀의 입술을 빨아 댔다. 그리곤 전신으로 번져 가는 나른한 쾌감에 거친 숨을 내쉬며 그녀를 품에 끌어안았다.

미치게 좋다. 이민아.

이건은 어느새 깊은 잠에 빠져든 민아를 향해 끊임없이 속삭였다.

허벅지에 흐른 선혈을 닦아 내고 뜨거운 수건으로 그곳을 가만히 눌러 주는 동안에도 그녀는 잠에서 깨어나질 않았다.

좁은 곳은 그의 격한 행위 때문에 도톰하게 부풀어 있었다. 새하얀 나신에 울긋불긋하게 새겨진 흔적들은 모두 자신이 남긴 것이었다.

그녀를 닦아 주면서도 그는 참을 수 없는 흥분에 서서히 부피를 늘렸다. 아마 더하면 그녀는 내일 걷지도 못할 것이다.

그는 수건을 치워 내고 그녀의 다리 사이를 살짝 벌린 뒤 그곳에 혀를 갖다 댔다.

이렇게라도 할 수밖에.

입술을 그녀의 다리 사이에 내린 채 한 손으로 제 것을 붙잡고 쓰윽 쓰다듬었다. 이건의 집요한 입놀림에 잠이 깬 모양인지 민아가 신음하며 다리를 꼬았다.

완강하게 허벅지를 벌린 그는 그녀의 속살에 혀를 깊게 파묻었다.

"흐웃! 아아!"

애액으로 흥건하게 젖어 들 만큼 자극하던 그가 손끝으로 질 입구를 슬슬 비벼 댔다.

"어서 들어와요. 본부장님."

"이건이라고 불러 봐."

"이건 씨. 아흑, 어서요."

그녀의 재촉에 그는 손가락을 깊숙이 파묻고 안을 휘저었다. 부어오른 속살은 애액으로 촉촉이 젖어 더욱 탄력 있게 그를 물어 왔다. 그 느낌이 미치도록 좋았다.

"좁아, 뜨겁고."

"아흑!"

그가 한 지점을 건드리자 민아가 허리를 튕겨 올렸다.

"여기지? 마음껏 느껴. 이번엔 네가 느낄 때까지 할 거야. 천천히. 오래도록."

이건은 지금 이 순간 자신이 어떻게 돼도 좋을 것 같았다. 눈 끝에 눈물을 매단 채 붉게 물든 눈으로 저를 올려다보는 그녀는 세상에서 가장 아름다운 존재였다. 민아의 허벅지를 활짝 벌린 이건은 그녀의 안으로 파고들었다.

내 여자. 내 것. 나만 안을 수 있는 여자. 내 아내가 될 여자. 그 사실만으로도 그는 이미 절정에 오른 것 같은 쾌감을 느꼈다.

"아, 아앗!"

그가 움직일 때마다 그녀는 흔들리며 신음했다. 그는 아름다운 가슴을 손안에 움켜쥐고 유두를 비벼 댔다. 혀로 길게 핥아 올리고 입안 가득 삼켜 빨아 대기도 했다.

그의 손짓에, 입술에 농염하게 녹아내린 그녀는 지독할 만큼 아름다웠다.

잔뜩 부풀어 오른 그의 것을 물고 있는 곳은 거듭된 행위로 부어올라 끊임없이 이건을 자극했다. 뇌가 녹아내릴 만큼 강렬한 자극에 그는 허리를 튕기며 파고들었다.

그가 깊은 곳을 비벼 대며 움직이자 그녀는 사정없이 조여오며 신음을 높였다.

이젠 그도 한계였다. 욕망에 대해 통제를 잃어버린 적이 있었던가. 처음이었다. 이런 적은 단연코 처음이었다.

툭툭 불거진 핏줄이 드러난 남성이 그녀의 안을 파고들었다 빠져나오기를 반복했다. 숨 막히는 절정이 찾아왔다.

눈앞이 새하얗게 비워지며 머릿속마저 텅 비워졌다. 단말마 비명과 같은 신음이 귓가를 때리는 순간, 그가 허리를 한껏 휘며 절정에 다다랐다.

"하읏. 이건 씨, 아아!"

그녀의 내벽은 끊임없이 경련하며 그를 조여 왔다.

"하아, 하아."

이건은 거친 숨을 내쉬며 민아의 안에서 빠져나왔다. 그리곤 가냘픈 어깨를 끌어안고 그녀를 품 안에 가두며 깊은 키스를 나누었다.

땀으로 번들거리는 구릿빛 피부는 매혹적이었다.

민아는 그런 그의 피부를 쓰다듬고 어루만지다 깊은 꿈속으로 빠져들었다. 그녀의 입가에는 세상을 다 가진 것 같은 미소가 감돌았다.

❀　　　❀　　　❀

새벽녘이 되자 이건은 민아를 집까지 데려다주었고 그녀는 잠깐 눈을 붙이곤 출근 준비를 하고 집을 나섰다. 원룸이 모여 있는 거리는 출근하는 사람들로 분주했다.

빵빵.

뒤에서 울리는 클랙슨 소리에 민아는 발걸음을 멈추고 뒤를 돌아보았다. 차창을 내리며 손을 흔드는 사람은 이건이었다.

"타."

민아는 환한 미소를 머금으며 그의 차에 올랐다.

"출근시키는 것도 미안한데 사람 많은 지하철을 타고 오게 할 순 없잖아."

그가 묻지도 않은 말을 하더니 그녀를 그윽한 시선으로 바라보았다. 그 시선에 그녀의 얼굴이 붉게 물들었다.

"어디 불편한 곳은 없어?"

"있어요."

"말 안 해도 알겠다. 앉아 있기도 힘든 거야?"

"아, 아니에요. 그것보다 어제 넘어지면서 엉덩이를 부딪친 모양인지 허리랑 다리가 뻐근해요."

"내 생각엔 안 쓰던 근육을 써서 그런 것 같은데?"

민아는 대놓고 섹스 때문에 근육이 땅긴다는 소리를 할 수가 없어 입을 다물었다.

"오늘 저녁에 내가 마사지해 줄게. 나 마사지 잘해."

"그래요?"

"응."

그에게서 상쾌한 스킨향이 풍겼다. 촉촉이 젖은 머리카락과 헝클어짐 없는 단정한 모습은 평소와 같은 유능한 상사 그대로였다. 밤에 난잡할 만큼 그녀를 괴롭히던 그는 어디에 도 없었다.

"두 얼굴을 가진 사나이란 말이 왜 나왔나 했는데 알 것도 같아요."

뜬금없는 민아의 말에 이건이 피식 웃음을 터트렸다.

"밤에 짐승으로 돌변한단 소리지?"

"네."

"곧 좋아하게 될 거야. 나만큼."

"좋아요. 지금도."

민아는 솔직함을 미덕으로 아는 여자였다. 그에게 숨길 이 유는 없었다. 그저 이렇게 함께 있는 것만으로도 좋았다.

그녀의 직격탄에 놀란 그가 얼굴을 붉히며 헛기침을 했다.

"여우야, 곰이야?"

"저요?"

"꼬리가 백 개쯤 달린 여우 같다, 이민아. 정신을 못 차리 겠어."

그의 혼을 홀라당 빼먹은 민아는 그저 순진한 미소를 지으 며 웃고 있었다.

❀   ❀   ❀

하루하루가 쏜살같이 흘렀다. 그의 비서로 일하기로 한 시간이 어느덧 끝을 보이고 있었다. 서 비서는 일정대로 귀국해서 출근하기로 했고, 민아는 이제 본래의 자리로 돌아가야 했다.

오늘은 그가 내내 밖에 나가 있어서 얼굴을 볼 수가 없었고 오후에 임원진 회의까지 마치고 돌아오면 퇴근 시간이 될 터였다. 그녀는 온종일 그를 기다리는 것 말고 특별히 할 것이 없었다. 회의 자료는 미리 만들었고, 그가 회의 때 곤란하지 않도록 관련 자료도 함께 챙겨서 보냈다.

이제 그의 방에 이렇게 들락거리는 일도 없을 테지.

민아는 본부장실을 물끄러미 바라보다 이내 고개를 돌렸다. 얼굴이 화끈 달아오른 탓이었다.

그는 사무실에서 관계를 갖는 일도 서슴지 않았다. 누가 오면 어떡하느냐는 말에 그럴 일 없다며 고개를 내젓고 그녀를 방 안쪽으로 데리고 가서 사랑을 나누었다.

항상 시작은 가벼운 키스였다. 그러다가 결국은 참지 못하고 끝까지 가 버렸다. 관계를 가지면 가질수록 그녀는 놀랍도록 예민해지고 느끼기 쉬운 몸으로 변해 갔다.

생각만으로도 질척하게 아래가 젖어 들었다.

"정말 미쳤나 봐."

민아는 혼잣말을 하며 투덜거렸다.

벅찬 가슴을 누르듯 한숨을 내쉬며 자리에서 일어나는데 누군가가 안으로 들어왔다.

"어? 서 비서는 어딜 가고 이 대리가 여기 있어요?"

최영민 실장이었다. 서 비서가 잠깐 휴가 간 것을 그가 알리 없을 테지만 다짜고짜 자신에게 왜 여기 있느냐고 묻는 모양새가 왠지 기분이 나빴다.

"서 비서님 휴가 기간 동안 제가 잠시 일을 보고 있습니다."

민아는 습관이란 것이 참 무섭다는 생각이 들었다. 그를 지난 2년 동안 짝사랑해 온 탓에 습관적으로 몸이 긴장하며 바짝 얼어붙었다. 그의 눈을 제대로 바라보는 것도 힘이 들 만큼 어려워했던 자신이었기에 지금도 그랬다.

영민이 데스크 앞으로 다가와 팔을 걸치며 그녀에게 나직한 목소리로 말했다.

"나 커피 한 잔 줄 수 있어요?"

"네."

탕비실로 향하는 민아를 바라보는 영민의 눈에 이채가 서렸다.

이 대리가 저렇게 예뻤나?

그녀가 저를 좋아한다는 것은 익히 알고 있었다. 자신을 향한 여직원들의 시선을 아는 그로서는 민아의 관심도 그저 그렇게 생각했다. 그런데 오늘 보니 그저 그렇게 생각할 문제가 아닌 듯했다. 저렇게 예쁘고 사랑스러운 얼굴이었단 말인가. 새삼스럽게 그녀의 외모에 눈이 닿았다.

잘록한 허리와 탱탱하게 올라붙은 엉덩이, 그 아래 쭉 빠진 다리를 보며 그는 침을 삼켰다. 뒤태는 나무랄 곳이 없었다.

그는 커피를 들고 나오는 그녀를 아래위로 재빠르게 훑어 내렸다.

역시 가슴이 조금 빈약하게 보였지만 여자가 가슴으로 먹고사는 건 아니지 않은가. 오히려 너무 큰 가슴은 머리가 비어 보여 기피하고 있었다. 새하얀 피부에 가느다란 허리와 팔목, 그리고 기다란 목덜미까지 그의 취향에 딱 적합했다. 사람의 취향은 늘 돌고 도는 것이니까.

영민은 소파에 느긋하게 기대어 앉아 커피를 마셨다.

"이 대리, 여기 일할 만해요?"

"아, 네. 괜찮습니다."

"거기 있지 말고, 이리 와요. 같이 앉아서 차 한잔해요."

"전 괜찮습니다."

"그러지 말고 오라니까?"

순식간에 그의 분위기가 달라졌다. 예전에 알던 최영민 실장이 아닌 전혀 다른 사람 같았다. 머뭇거리는 그녀를 보며 그가 말을 덧붙였다.

"너무 비싸게 구는 거 아니야?"

민아의 얼굴이 딱딱하게 굳어졌다. 마치 질 낮은 건달처럼 구는 모습에 그에 대한 호감이 싹 씻겨 나가는 기분이었다.

민아는 억지로 일어나 잔을 들고 그의 맞은편으로 가서 앉았다.

"사촌 형인 거 알죠?"

이건을 말하는 모양이었다.

"네. 알고 있습니다."

"형은 올해가 지나기 전에 장가를 가야 하는데 일에 빠져서 저러고 있으니 연애는 언제 하나 몰라. 안 그래요?"

그가 그녀의 얼굴을 바라보며 떠보듯 물었다.

"그, 글쎄요."

"하긴, 이 대리가 알 리는 없을 테고. 아무튼, 여동생 시집 보내기 전에 형부터 보내야 한다고 걱정이 태산이세요. 저희 큰어머니께서."

"아, 네."

민아는 마른 목을 축이며 그가 하는 말을 한 귀로 듣고 흘리려 했다.

"형, 사귀는 여자 없죠?"

"……그렇게 알고 있습니다."

민아는 어금니를 지그시 깨물었다. 사내 연애가 금지된 곳인데 자신이 그를 만나고 있다고 대답할 수는 없는 노릇 아니겠는가.

"큰어머니가 리스트를 뽑아 놓고 대기 중이신데 아마 이번 주부터 맞선 다니느라 제법 바쁠 것 같아요. 형 보필 잘해 주세요. 아셨죠?"

"저도 이번 주까지라서요. 서 비서님 오시면 말씀 전하겠습니다."

"이 대리, 오늘 보고 사실 깜짝 놀랐어요."

"무슨 말씀이신지."

민아는 영민의 말에 눈을 동그랗게 뜨고 그를 쳐다봤다. 혹시나 오늘 아침에 이건과 본부장실에서 키스하는 장면을 들키기라도 한 건 아닌지 지레 걱정이 밀려왔다.

"원래 이렇게 예뻤어요? 왜 그전에는 몰랐을까."

바짝 얼었던 긴장이 풀리며 안도의 한숨이 새어 나왔다. 워낙 접대성 멘트를 잘 날리는 최 실장이었기에 민아는 그냥 농담으로 치부했다.

"남자 친구 있어요?"

"⋯⋯."

있다고 해야 할지, 없다고 해야 할지 몰라 그녀는 그저 컵만 매만지며 침묵했다.

"없으면 나랑 만나 보는 건 어때요?"

영민은 잘생긴 얼굴을 바짝 들이밀며 그녀에게 상냥한 웃

음을 흘렸다. 민아는 특히 저 웃음에 약했다. 그에게 반하게
된 것도 바로 저 웃음 때문이었다.

당황한 그녀의 얼굴이 저절로 확 붉어졌다.

"손도 참 작고 예쁘네요."

그가 팔을 뻗어 그녀의 손등을 슬쩍 쓰다듬었다. 그의 손
이 닿는 순간, 민아는 온몸에 소름이 쫙 돋는 것을 느꼈다.

"그 손 치워. 최영민."

언제 온 걸까. 등 뒤에서 들려오는 음산한 목소리에 민아의
온몸이 굳어졌다. 눈치 빠른 최 실장은 단번에 이건과 민아의
관계를 꿰뚫은 듯 입가에 알쏭달쏭한 미소를 지으며 그녀의
손을 덥석 잡았다.

놀란 민아가 손을 빼내려는데 이건이 한발 빨랐다.

"손목 부러뜨리기 전에 치웠어야지."

그가 영민의 손목을 움켜잡으며 뒤로 꺾어 버렸다.

"으윽. 놔, 형. 장난이었어. 장난."

"다신 여기 얼씬거리지 마. 아니지, 민아 곁에 얼쩡거리지 마.
알겠어?"

"오케이. 알겠다고. 손 부러지겠네. 좀 놔."

매섭게 노려보던 그가 더럽다는 듯 영민의 손을 쳐 냈다.

"나가."

"뭐야, 이 대리. 왜 내가 물을 때 말 안 했어요? 괜히 나만

이상한 놈 됐잖아요."

영민은 민아의 탓을 하더니 그대로 방을 나가 버렸다.

민아는 자리에서 몸을 일으킨 뒤 테이블 위에 놓인 찻잔을 들었다. 딱히 할 말도 없을뿐더러 기분이 몹시 언짢았다.

"이민아, 거기서."

"이거 치워 놓고요."

"거기 서라고 했잖아!"

"기다리세요."

흥분한 이건과 달리 민아는 차분하게 대답하며 탕비실로 가서 컵을 내려놓고 손을 씻었다. 그리곤 페이퍼타월로 물기를 닦은 후 탕비실을 나가자 그가 무시무시한 눈길로 그녀를 내려다보고 있었다.

"오늘 회의는 어떻게 된 거예요?"

"일찍 끝냈어."

너 보고 싶어서.

뒷말을 이어 붙인 그가 그녀를 끌어당겨 숨 쉴 틈도 없이 입술을 붙여 왔다. 길고도 긴 키스가 이어졌다.

"앞으로 다른 녀석이 집적대면 내가 애인이라고 말해. 알겠어?"

이건이 거친 숨을 뿜어 대며 갈라진 목소리로 말해 왔다. 그는 잔뜩 화가 나 있었다.

"나 안아 줄 거예요?"

민아가 이건의 목에 팔을 걸며 귓가에 대고 속삭이자 그가 헛웃음을 터트리더니 그녀를 품 안으로 끌어당겼다.

"넌 정말 여우야. 알아?"

"몰라요. 안아 줘요."

발뒤꿈치를 든 민아는 이건의 목덜미에 입술을 눌러 뜨겁게 뛰는 맥박을 혀로 길게 핥았다. 이건은 발기한 자신의 것을 그녀의 아랫배에 문지르며 비벼 댔다.

"변태."

민아가 귓가에 대고 작게 속삭였다.

"이민아, 뭐라고 했어."

"변태라고요. 화났다면서 이렇게 잔뜩 발기할 건 또 뭐야?"

"하하."

그가 낮게 웃으며 그녀를 더욱 힘껏 끌어당겨 하체를 비벼 댔다.

"이렇게 예쁜데 어느 놈이 안 넘어오겠어."

"아니라니까요. 변태 눈에만 그렇게 보이는 거지."

"그래? 변태 맛 좀 볼 테야?"

"기꺼이요."

"따라와. 어서."

낮게 가라앉은 그의 목소리에 숨길 수 없는 욕망이 넘실거렸다.

민아는 이건의 손을 잡고 집무실 안쪽으로 들어갔다.

"아, 잠시만요. 문 잠가야 하는데."

"내가 벌써 잠가 놨어."

불을 켜지 않았지만 밖에서 새어 들어오는 붉은 빛만으로도 충분했다.

그는 부드럽게 그녀의 입술을 빨며 혀를 삼켰다. 손은 쉴 새 없이 그녀의 몸을 어루만져 댔다. 한참을 지분거리던 입술이 떨어져 나가고 그가 다리를 구부리며 그녀의 스타킹과 팬티를 벗겨 냈다. 그리고 스커트마저도 벗겨 낸 뒤 아래에 아무것도 입지 않은 그녀를 보며 신음을 삼켰다.

그는 소복하게 나 있는 짙은 수풀에 눈을 둔 채 그녀의 엉덩이를 끌어당겼다.

그의 입술이 아래에 닿자 그녀가 허리를 휘며 신음했다.

"아흑!"

그가 먹혀 들어갈 것처럼 흥분한 눈으로 그녀를 올려다보고 있었다. 혀를 길게 내밀어 그녀의 다리 사이를 핥으면서도 시선을 떼지 않았다. 검은 눈동자가 더욱 짙어졌다.

민아는 손을 뻗어 이건의 새카만 머리카락을 만졌다.

"여기가 생각나서 도저히 참을 수가 없었어."

숨을 깊게 들이마신 그가 그녀의 음모에 얼굴을 비벼 댔다. 그 친밀하고도 은밀한 행동에 그녀의 아래가 저절로 촉촉이 젖어 들었다.

기다란 손가락이 쓰윽 갈라진 틈을 가르며 만져 댔다.

"하훗!"

"이리로 와."

그가 그녀를 달랑 안아 들고 소파로 옮겨 갔다. 그리곤 소파 위에 그녀의 다리를 올린 채 허벅지를 벌리며 사이를 적나라하게 드러냈다. 그러자 민아는 손을 내려 그곳을 가리며 얼굴을 붉혔다.

"부끄러워요. 보지 마요."

이건은 민아를 삼켜 버릴 것처럼 이글거리는 눈동자로 바라보다 그녀의 손을 치워 냈다.

"가리지 마."

그가 고개를 묻고 흠뻑 숨을 들이켰다. 그의 입김에 아래가 간질거리기 시작했다. 서서히 혀를 내민 그는 클리토리스를 살살 핥아 갔다.

"아아, 이건 씨. 아흑."

민아는 이건의 혀가 주는 짜릿한 쾌감에 허리를 뒤틀며 그를 불렀다. 그는 그녀의 아래를 입안에 삼키고 혀로 비벼 대며 끊임없이 자극했다. 그녀는 자지러질 것 같은 쾌감에 신음을 지르며 그를 밀어내려 했지만 소용없었다.

"딴 놈 생각 못 하도록 할 거야. 나만 생각나도록. 나만 보도록 할 거야. 느껴."

순간 이건은 '고자'란 놈이 떠올랐다. 그놈이 민아를 보고
저와 같은 감정을 느꼈을 것이란 데에 생각이 미치자 그의 소
유욕은 걷잡을 수 없이 타올랐다. 절대로 그렇게 놔두지 않겠
다는 듯 그는 맹렬하게 그녀를 삼켰다. 그의 애무가 과감해질
수록 그녀는 신음을 크게 내며 허리를 틀었다.

"그래, 마음껏 느껴. 넌, 내 거야."

낮게 쉰 목소리로 거친 호흡을 들썩이며 말하던 그는 다시
손과 입으로 그녀를 절정으로 이끌기 시작했다. 혀로 진득하
니 핥아 대며 손가락으로 피스톤 운동을 하는 그는 집요할 정
도로 그녀를 자극했다. 허벅지가 떨려 오고 질에서는 그의 손
목까지 흠뻑 적실 만큼 많은 물이 쏟아졌다.

"하흑, 하아. 이건 씨, 아아!"

민아는 감당할 수 없는 쾌감에 결국 울음을 터트렸다.

"쉿! 잘했어."

민아의 눈가에 입술을 내린 이건이 눈물을 핥아 주었다.
그녀가 어느 정도 진정되자 그는 다시 입술을 내려 혀를 미
끄러뜨렸다. 중심부를 혀로 지그시 누르고 비벼 대자 그녀는
빠르게 차오르는 쾌감에 허리를 뒤틀었다.

"하앗!"

그가 클리토리스에 입술을 비벼 대며 고개를 젓자 진동처

럼 떨려 오는 자극에 민아가 가쁜 숨을 토해 내며 헐떡였다.

"아흑. 하아, 아아……. 그, 그만."

손가락을 질 안에 넣은 그가 내벽을 누르며 움직임을 빠르게 했다. 그에 그녀는 눈앞에서 불꽃이 타닥타닥 튀어 올라 주체할 수 없는 쾌감에 무너져 내렸다.

그런 민아를 빠짐없이 바라보던 이건은 그녀의 절정에 사정할 때만큼이나 짜릿한 쾌감을 느꼈다.

그의 숨결이 매우 거칠어졌다. 그는 그녀의 젖은 아래를 티슈로 닦아 내고 직접 팬티와 스타킹을 신겨 주었다.

나른하게 풀린 눈으로 이건을 바라보던 민아는 열기에 들뜬 눈을 감추지 못하고 그의 품에 안겼다.

"하아, 죽는 줄 알았어요."

"나도 그래. 너 가는 것만 봐도 미치겠어."

"그런데 이건 어떡해요?"

여전히 팽팽하게 발기한 채 있는 그의 것을 손으로 누르며 민아가 물었다.

"윽, 만지지 마. 바로 쌀 것 같으니까."

"그래요?"

그녀는 달콤한 미소를 지으며 그를 소파에 앉힌 뒤 몸을 일으켰다.

"뭐하는 거지?"

"쉿! 느껴요."

민아는 그의 말을 따라 하듯 속삭이더니 바지 벨트를 풀고 지퍼를 내렸다. 그런 그녀를 말리려던 이건은 단호한 손짓에 손을 옆으로 스르르 내려놓았다.

금방이라도 튀어나올 것만 같은 그의 남성이 팬티를 뚫을 기세로 팽창해 있었다. 민아는 그것을 끄집어내고 양손으로 붙잡았다. 거대한 그의 것은 검붉은 핏줄이 툭툭 불거져 있었다. 뜨거운 것을 입안에 넣고 혀로 살짝 핥아 대자 그가 놀란 눈으로 그녀를 바라보며 얼굴을 들어 올렸다.

"그, 그만. 민아야."

"싫어요. 내가 하고 싶어."

포르노에서 여자가 남자의 것을 잡고 오랄하는 것을 볼 때 구역질이 날 것만 같았는데 막상 그의 것을 입에 넣자 생각만큼 역겹지 않았다. 오히려 자신의 행동에 반응하는 그를 보자 더 흥분되었다.

"하아, 민아야."

낮게 쉰 목소리가 긁어내리듯 귓가에 파고들었다.

"헉!"

그는 허리를 튕겨 올리며 그녀의 입안에 분신을 밀어 넣었다. 그녀는 양손으로 그것을 붙잡고 삼킬 수 있는 곳까지 힘차게 빨아 댔다.

하드를 녹여 먹듯 살살 빨고 핥아 올리는 것쯤은 얼마든지 할 수 있다고 자신했지만, 남성은 의외로 연약하고 부드러워 이가 스치기라도 하면 그가 움찔했다.

"처, 처음이라서 그래요. 더 잘할 수 있어요."

민아는 입가에 묻은 타액을 손등으로 닦아 내며 다시 그의 것을 머금었다.

"괜찮아. 그, 그만해. 민아야."

이건은 금방이라도 사정해 버릴 것만 같았다. 이렇게 자극 적이고 격렬한 사정감은 처음이었다.

민아와 하는 섹스는 하나에서부터 열까지 다 그랬다.

"손, 손으로 잡아 봐."

민아의 얼굴을 들어 올린 이건은 작은 손으로 제 것을 감 싸게 한 뒤, 그 위에 손을 올렸다. 그리고 위아래로 빠르게 움직이기 시작했다.

나머지 한 손은 그녀의 블라우스 속으로 파고들어 흥분으로 부풀어 오른 가슴을 움켜잡고 유두를 비벼 대고 있었다.

작은 가슴이 손안에 들어찼다. 사정감이 몰려올수록 가슴 을 움켜잡고 비벼 대는 속도가 빨라졌다. 도저히 참을 수 없 는 감각에 그는 그녀의 허리를 바짝 끌어당기며 가슴을 덥석 베어 물었다. 도드라진 유두가 혀끝을 자극했다.

"으윽!"

그는 유두를 힘껏 깨물지 않기 위해 온 힘을 다했다. 그러다 그녀의 작은 손안에 뜨거운 것을 쏟아 냈다.

"하아, 하아."

이건은 거친 숨을 내쉬며 민아의 가슴을 힘껏 빨아 당겼다. 녹아내릴 것 같은 짜릿한 쾌감이 느껴졌다.

간신히 정신을 차린 그는 그녀의 손에 묻은 것을 티슈로 닦아 내고 팬티를 끌어 올려 주었다.

"나갈까?"

"네."

"어디 가고 싶어?"

"음, 배고파요. 돼지 오도독뼈 먹고 싶어요."

"아는 곳 있어?"

"네."

"좋아. 가자."

둘 다 격렬한 사정을 한 뒤라 허기를 느꼈다.

두 사람은 곧장 지하로 내려가 차를 타고 그녀가 자주 다니던 오도독뼈집으로 향했다.

#7

이봐요,
고자 씨!

민아는 다시 9층 경영기획팀으로 출근을 했다. 직원들이 반갑게 맞아 주며 요란하게 인사를 해 왔지만 민아는 건성으로 대꾸하며 제자리에 앉았다. 그리고 선우와 눈이 마주치는 순간 의미심장한 눈길을 주고받았다.

저 깜찍한 것이 지금까지 자신을 속이다니!

민아는 그저 선우가 원망스러웠다.

눈빛을 읽은 선우가 사죄하는 뜻으로 그녀의 책상 위에 슬그머니 커피를 내려놓고 사라졌다. 그녀의 뒷모습을 노려보던 민아는 작게 한숨을 내쉬며 고개를 돌렸다. 하긴, 선우가 무슨 잘못이겠는가.

어릴 때부터 모든 문제의 원흉은 다름 아닌 그녀의 오빠 민철이었다. 어쩔 수 없었다. 이미 물은 엎질러졌고, 제대로 수습되기를 기다릴 수밖에.

민아는 컴퓨터 전원 버튼을 눌렀다. 화면에 불이 들어오는 것을 보자 어제의 일이 그래픽 화면처럼 선명하게 떠올랐다.

못 살아. 정말 내가 못 살아.

손부채질을 하며 민아는 얼굴의 열을 식혔다. 그런 그녀의 모습을 본 정혜가 슬쩍 메시지를 보냈다.

한정혜: 뭐야, 너 무슨 일 있었어?

이민아: 그런 게 있어. 나중에 보자.

한정혜: 난 요즘 하자 김 주임 때문에 죽을 맛이야.

이민아: 김 주임이 왜? 어리바리하지만 그래도 성실하잖아.

한정혜: 곰 같은 놈이 힘만 세서는. 말도 마.

이민아: 난 어제 차기 때문에 죽을 뻔했어.

한정혜: 서, 설마 민철이 오빠?

이민아: 응.

한정혜: 군대에 있어야 할 사람이 왜 나왔다니. 그럼 오뎅이랑 같이 만난 거야?

이민아: 나중에 말해 줄게. 선우는 괜찮나 모르겠다.

한정혜: 응? 선우가 왜? 아무튼, 점심시간에 보자. 그때 자세히

264

애기해 줘.

정혜의 옆을 지나가며 민아와 채팅하는 것을 지켜본 선우는 민철의 이름이 보이자 흠칫하며 얼른 자리를 피해 도망가 버렸다.

전화기를 본 민아는 이건에게서 연락이 없자 시무룩한 표정을 지었다. 이 모든 일의 발단은 원수 같은 오빠였다.

민아와 상극인 오빠 민철은 어릴 때부터 군대가 체질이란 소리를 입에 달고 다니더니 결국 죽을 듯이 공부해서 육사에 들어갔다. 기숙사 생활을 하는 오빠 덕분에 민아는 천국과도 같은 생활을 할 수 있었다.

하지만 그 성격이 어딜 가겠는가. 매번 휴가를 받으면 집에 와 그녀를 볶아 댔고, 독립하고 원룸을 얻어 나왔을 때도 기어이 그곳까지 찾아와서 괴롭혔다. 그런 그가 어제 느닷없이 오피스텔에 들이닥치는 바람에 졸경을 치른 것이다.

아무래도 아직 이건에게 연락이 없는 것을 보니 그의 심기가 풀리지 않은 모양이었다.

하필 그곳에서 오빠를 만나게 될 게 뭐란 말인가.

민아는 이 저주스러운 운명을 원망했다. 군대에 얌전히 있어야 할 처키가 무슨 바람이 불어서 그곳까지 납신 것인지.

❅　　　　❅　　　　❅

　　민아는 어제 본부장의 비서로 근무하는 마지막 날이었기에 집무실에서 이건과 뜨거운 시간을 가진 뒤 돼지 오도독뼈 집을 함께 갔었다. 매콤한 것이 먹고 싶을 때마다 그곳을 찾았던 민아는 이건과 소탈하게 소주 한잔을 나누며 인생 이야기를 하고 싶었다.

　　자신이 살아온 세월에 관해서 이야기를 나누고 그가 살아온 시간에 대해서도 듣고 싶었다. 사랑하게 되면 궁금한 것 투성이라고 하더니 그 말이 정말 맞았다.

　　늘 그렇듯 가게는 문전성시를 이루고 있었다. 이건은 가게 안에 들어가기 전 입구에서 민아를 보며 말했다.

　　"여기 사람이 많네. 생각보다."

　　"그죠. 여기 엄청 유명한 곳이에요. 멀리서도 찾아오거든요."

　　"하하, 그런가 보네."

　　기분 좋은 웃음이 귓가에 울렸다. 그 웃음소리가 들릴 때마다 민아의 심장은 롤러코스터를 탄 것처럼 떨려 왔다. 눈을 휘며 웃는 그는 더 이상 남이 아니었다. 그녀의 마음을 움켜쥔 남자, 누구보다 소중한 사람이었다.

　　최고급 슈트를 입고서도 자신을 위해 이렇게 허름한 곳을 마다하지 않고 함께 와 주는 남자, 맛있게 오도독뼈를 먹으며 소주 한 잔을 걸칠 줄 아는 남자였다.

오도독뼈를 처음 먹는다는 그는 그녀처럼 잘 먹질 못했다.

"본부장님은 이가 부실하세요?"

민아가 묻자 이건이 씩 미소를 지었다.

"아니, 먹을 만해. 신경 쓰지 말고 맛있게 먹어."

"아, 네."

그는 소주잔을 기울여 단숨에 술을 들이켰다.

핸섬한 얼굴 덕분에 소주잔을 들기만 해도 그림이 나오는 그였다. 황금빛의 크리스털 잔이 아니라도 그가 들고 있으면 반짝반짝 빛이 나는 것 같았다.

"아, 알았다. 매운 것을 잘 못 드시는구나."

"들켰다."

그가 또 씩 웃었다. 함께하는 시간이 길어질수록 이 남자의 식성도 알아 가고, 무엇을 좋아하는지, 싫어하는지 차곡차곡 정보가 쌓여 갔다. 그도 이런 제 모습을 하나씩 담고 있을 테지.

민아는 소주잔을 들어 그와 쨍 소리 나게 건배를 하고 마셨다.

"술 약하던데."

"제가요? 아니에요."

"그래? 그럼 약속해."

"뭘요?"

그가 그윽한 눈으로 바라보며 약속이란 말을 하자 그녀의 심장이 콩닥거리기 시작했다.

"앞으로 나하고 있을 때만 술 마시기로."

"어, 그건 조금 어려운데. 사실 정혜나 선우가 술을 좋아해서요. 저 혼자 술 안 마신다고 하면 따돌림당할 텐데."

"술 못 마신다고 따돌린다면 그런 친구는 곁에 두지 마."

"와, 냉정하네요."

"내가 있잖아. 앞으로 매일 나 만나면 친구들 볼 시간도 별로 없을 텐데."

그의 성격이 직설적이고 거침없다는 것은 익히 알고 있었다. 그가 지금 최대한 인내를 하며 말하고 있다는 것도.

"그럴게요. 만약 약속이 있으면 먼저 말하고 만날게요."

"그래. 착하네."

그와 이런저런 이야기를 주고받으며 술을 마시는데 갑자기 와자지껄한 소리가 들리더니 손님 한 무리가 들어왔다. 보아하니 군인인 모양이었다. 제복을 입고 우르르 몰려와 각잡힌 행동을 하는 그들을 보니 오빠 민철이 생각났다.

에비, 재수 없게 여기서 쳐키를 떠올리다니.

자신의 방정맞음을 나무라며 소주잔을 든 그녀는 순간 그 자세 그대로 굳어 버렸다. 이놈의 입이 문제였다. 다름이 아니라 그 무리 중에 민철이 섞여 있었다. 휴가를 나왔는지 부하들과 함께 술을 마시러 온 모양이었다.

민철에게 걸리는 날은 국물도 없다는 것을 잘 알고 있었기 때문에 민아는 일단 이건을 데리고 이곳을 신속하게 빠져나가야 한다는 생각을 했다.

"저, 본부장님 우리 그만 나가요. 자리도 불편하고, 좀 시끄럽네요."

"그럴까?"

민아는 행여나 민철의 레이더에 걸릴까 봐 부리나케 먼저 가게를 빠져나갔다. 계산을 마치고 뒤따라 가게를 나온 이건은 대리 운전기사를 부른 뒤 어딘가로 전화를 걸었다.

민아는 가게 안을 불안한 얼굴로 힐끔거리다 이내 담배를 피워 물고 있는 그의 모습에 시선을 고정했다.

그가 자신에게 가지는 관심이나 호기심이 즐겁기만 했다. 친구들과 술을 마시지 말라는 말도 어떻게 보면 지나친 간섭처럼 느껴질 수 있었지만, 그가 보여 주는 소유욕이었기에 마냥 나쁘지는 않았다.

자신을 구속해 주길 바라는 마음이 은연중에 있는 모양이었다.

그때, 전화를 하던 이건과 눈이 마주쳤다. 어두운 주차장에서도 두 사람의 눈은 서로를 향해 내리 직선으로 꽂혔고 거침없이 와 닿았다.

서로를 향한 열기가 서서히 불을 지피며 타올랐다. 이젠 눈빛만으로도 그의 생각을 알 수 있었다. 휴대폰을 재킷 주머니에 넣은 그가 그녀에게 다가왔다.

가만히 한 손을 뻗어 그녀의 뺨을 어루만지고 입술을 더듬는 그의 손길은 뜨거웠다.

"가자."

낮게 깔린 목소리는 어느 때보다 섹시했다. 때마침 도착한 대리 기사가 차 넘버를 부르며 그에게 다가왔다.

둘은 나란히 뒷좌석에 올라탔다. 옆에 앉아 있는 듬직한 그를 보며 그녀는 숨을 삼켰다. 가슴이 튀어나올 것처럼 두근거려 미칠 지경이었다. 알싸하게 마신 술도 그녀의 용기를 부추기는 데 한몫했다.

차는 곧바로 원룸 앞에 도착했다. 그녀와 함께 그도 차에서 내렸다.

오늘은 이렇게 그냥 가 버리는 걸까. 민아는 아쉬움이 가득한 눈길로 이건을 바라보았다.

"내일부터는 9층으로 보러 가야겠네. 그렇지?"

"네."

당장에 그와 헤어지기가 싫었다. 그런 마음이 고스란히 담긴 그녀의 눈동자를 바라보던 그가 낮게 속삭였다.

"그렇게 쳐다보면 그냥 이대로 잡아가 버릴지도 몰라."

민아는 고개를 저었다. 그게 아니었다. 그를 자신의 집에 초대하고 싶었다. 자신이 혼자 사는 공간에 그를 들여놓고 싶단 생각이 들었다. 이렇게 보내기 싫었다.

"저, 차라도 한잔하실래요?"

고개를 푹 숙이고 벌게진 얼굴을 숨기며 민아가 작은 소리로 말했다.

"기다려."

이건은 단호하게 말한 뒤 재빨리 차로 향했다. 대리 기사에게 차를 주차시킨 그가 차 키를 받아 들고 그녀의 앞으로 다가왔다.

"가자."

민아의 손을 꼭 잡은 이건은 어서 앞장서라는 듯 그녀를 내려다보았다.

둘은 나란히 계단을 올라갔다. 민아는 현관문 앞에서 도어록을 열고 그가 들어갈 수 있도록 한쪽으로 비켜섰다.

이건이 말없이 안으로 들어가자 민아는 문을 닫고서 그의 뒤를 따랐다.

"여기 앉으세요."

이건은 민아가 가리키는 곳으로 가서 앉았다. 거실 한쪽에 놓인 소파는 그녀처럼 앙증맞은 핑크색이었다. 그는 주위를 쭉 둘러봤다. 여자 혼자 살기에 적당한 원룸은 침대가 놓인 곳과 거실 겸 주방으로 사용되는 곳이 블라인드로 구분되어 있었고, 현관 입구 옆에는 화장실 문이 보였다. 그가 사는 곳에 비하면 매우 협소했지만 꼬맹이 혼자 살기에는 괜찮아 보였다.

주변을 살피던 이건은 소파에 떨어진 뭔가를 손에 쥐고서 유심히 쳐다봤다. 그 모습을 본 민아가 기겁하며 달려들어 그의 손에 잡힌 것을 뺏어 들었다.

하필이면 소파에 뽕이 떨어져 있었고 그가 그것을 주워 들고 주물럭거리고 있었던 것이다.

"그게 뭐지?"

"아, 아무것도 아니에요. 왜 이게 여기에 있지?"

화장대 서랍에 그것을 밀어 넣은 민아는 아무렇지 않다는 듯 그에게 다가와 옆에 얌전히 앉았다.

이건은 그것이 뭔지 알고 있었지만 민아의 당황하는 모습이 귀여워 일부러 물어본 것이었다. 시침을 뚝 떼고 앉은 그녀가 그렇게 사랑스러울 수가 없었다.

"본부장님이 집에 들어오니까 꽉 들어찬 것 같아요. 집이 좁죠?"

"혼자 살기에는 적당한 것 같아. 그런데 조금 위험할 것 같단 생각도 들어. 문단속 잘해야 할 거야. 요즘 워낙 나쁜 놈들이 많으니까."

"지금까진 괜찮았어요. 특별히 무슨 문제가 생긴 적 없고, 회사와도 가깝고 교통도 편해서 좋아요. 저, 그런데 무슨 차로 내올까요? 커피, 녹차뿐인데."

"괜찮아. 그냥 옆에 있어."

그는 재킷을 벗어 소파 등받이에 올려놓고 넥타이를 느슨하게 당겼다.

그녀는 그런 그의 모습을 숨을 죽인 채 쳐다봤다. 늘 느끼는 거지만 몸이 상당히 좋았다. 잔 근육으로 잘 다듬어진 몸매는 단단하면서도 부드럽고 매끄러웠다.

"저기, 궁금한 게 있어요."

민아는 이건을 올려다보며 진작 묻고 싶은 것을 물었다.

"뭐?"

"여자, 몇 명이나 사귀었어요?"

갑작스러운 질문에 그가 표정을 굳혔다.

대답이 없는 걸 보니 손가락으로 헤아릴 수 없을 만큼 많은 모양인데, 절륜한 밤 기술만 봐도 그렇고.

민아의 눈매가 앙큼하게 위로 치켜 올라갔다.

"왜 대답이 없어요?"

"거짓말하길 원해? 아니면 솔직하게 말하길 원해?"

"와, 잔인한 거 알아요?"

그의 지난 과거를 질투하는 것이 얼마나 무의미한 짓인지 잘 알고 있었다. 그런데 이 남자는 거짓말을 할 줄도, 돌려 말할 줄도 모르는 것 같았다.

그냥 너뿐이라고 말해 주면 웃고 넘길 수 있을 텐데.

과거로 괴롭히고 싶은 생각은 없지만 그래도 이 남자를 마음에 담으니 그의 전부가 궁금했다.

자신을 만나기 전 그는 어떻게 살았을지, 누구를 만났을지, 어떻게 사랑을 했는지 다 궁금했다.

"깊게 사귄 여자는 없었어. 내 마음속엔 지울래야 지울 수 없는 한 여자가 있었거든."

마치 고백을 하듯 그가 이야기를 꺼냈다.

가슴이 철렁 내려앉는 것은 왜일까.

민아는 떨리는 눈으로 이건을 올려다보며 다음 말을 기다렸다.

"아주 어릴 적의 일이지만, 작은 소녀하고 약속했거든. 둘이서 꼭 엄마, 아빠 하자고. 결혼해서 알콩달콩하게 살자고. 나 닮은 아들과 저 닮은 딸 하나 낳아서 잘 살자고. 새끼손가락 걸고 약속했어. 그래서 다른 여자가 눈에 들어오질 않더라고."

"뭐야, 그렇게 어릴 적에 한 약속을 누가 기억한다고. 시시해요."

"그런데 정말 거짓말처럼 그 여자를 만났어."

"정말요? 지금 어디 있어요?"

민아는 속이 타들어 갔다.

"아직 그 여자는 날 만난 걸 몰라. 기억을 못 하는 모양인지, 아니면 아예 잊어버렸는지 모르겠어. 그래서 기다리는 중이야."

"와, 치사해. 그럼 나는 뭐예요? 나는 그 여자 대신이에요?"

"내 전부."

순간 귀를 의심했다.

내 전부라니.

놀란 민아를 보며 이건이 그녀의 이마에 입술을 누른 채 속삭였다.

"네가 내 전부야. 몰랐어?"

"와, 사기다. 이런 사기가 어디 있어?"

민아는 믿기지 않는 소리에 그를 밀쳐내며 가슴을 팡팡 두드려 댔다. 눈가엔 어느새 물기가 촉촉이 맺혀 있었다. 그는 그런 그녀를 힘껏 끌어안고 품 안에 가두었다.

이 남자가 과거에 누구를 좋아했건, 사랑했건 아무것도 문제되지 않았다. 질투로 가슴 아파하기보다 사랑하는 데 전념하는 것이 훨씬 생산적이라 믿었다.

이렇게 자신을 품고 제 전부라고 말해 주는 남자에게 과거까지 내놓으라고 어깃장을 부리는 것은 지나친 욕심이었다.

민아는 더할 수 없이 행복하고 좋았다. 지금 얼마나 설레고 떨리는지 이 남자는 알고 있을까. 얼마나 사랑하는지도.

"내가 군대에 있을 때 배운 게 있는데, 경락 마사지라고."

그가 그녀를 품에 안고 몸을 살살 흔들며 말했다.

"그런 것도 배웠어요?"

"응."

"왜 배웠어요? 마사지는 전문 숍에서 받으면 됐을 텐데. 이상해."

"내 여자가 혹시나 육아나 집안일 때문에 피곤해하고 힘들어하면 내가 마사지해 주려고."

"뭐야, 정말 못 살아. 농담이죠?"

"아니. 진담인데. 받아 볼래? 해 주고 싶어."

"여기서요?"

"응. 편안한 옷으로 갈아입고 와."

직장인 대부분이 그렇듯 그녀도 어깨와 목덜미가 만성 통증에 시달렸다. 경락 마사지가 아니더라도 그가 만져 주는 것이면 다 좋았다.

민아는 흔쾌히 고개를 끄덕이며 침대가 놓인 쪽으로 달려갔다.

그녀가 집에서 입는 편안한 반바지와 면 티셔츠를 입고 나타나자 그도 마사지 준비를 해 놓고 있었다. 넥타이까지 벗어 던지고 셔츠 소매도 두어 번 걷어 올린 채 그녀를 기다리던 그가 미소를 지었다.

"이리 와서 엎드려."

민아는 두근거리는 심장을 누르며 이건이 가리키는 곳에 엎드렸다.

"아파도 참아야 해."

"네."

커다란 손이 허리를 조심스럽게 누르며 지압을 하기 시작하자 그녀의 입에서 기분 좋은 신음이 터져 나왔다.

"아응!"

"어때, 좋아?"

"아흑! 네. 너무 좋아요."

그의 손길은 너무나도 감미로웠고 눈이 저절로 감길 만큼 짜릿했다. 그런데 악력이 점점 세지더니 통증이 몰려왔다.

"아흑. 아아……! 그, 그만!"

민아의 입에서 저절로 신음이 터져 나왔다.

마치 섹스를 할 때처럼 야한 신음이 계속 새어 나오자 민아는 민망함에 얼굴이 빨개졌다.

"신음 소린 언제 들어도 섹시해."

그가 낯 뜨거운 소릴 해 댔다.

"살살해요. 아파요."

"원래 세게 해야 시원해. 조금만 참아."

"아아! 그, 그만해요."

"아파? 그럼, 이건 어때?"

"아, 하아. 간지러워……. 그만!"

그의 손길은 점점 은밀한 곳으로 옮겨 다니기 시작했다.

"아흑. 거, 거긴 아니잖아요."

음흉하게 엉덩이를 주물럭대며 그의 손이 허벅지 사이로 파고들었다.

민아는 간지러움과 참을 수 없는 감각에 몸을 비틀었다.

"하아, 가만히 있어 봐. 기분 좋게 해 줄게."

"아아. 거, 거긴 그만!"

"아직 멀었어. 참아 봐. 아니지, 느껴 봐."

그는 허벅지와 종아리를 오르내리며 마사지를 하다 다시 허리 위로 손을 올려 등골뼈를 하나하나 짚으며 지압을 해 나갔다.

"괘, 괜찮아요. 다 나았어요."

이건은 민아의 부드러운 살결 감촉 때문에 손끝이 저릿했다. 나긋나긋하면서도 탄력 있는 피부는 만지면 만질수록 손을 떼기 싫을 만큼 중독성이 강했다.

지금 당장 다 벗겨 놓고 그녀의 온몸에 키스를 퍼붓고 싶었지만 다음을 기약하며 흥분을 가라앉혔다.

새초롬하게 얼굴을 붉히며 그의 손길을 피하는 민아를 보며 이건은 자리에서 벌떡 일어났다.

"뭐, 시원한 맥주라도 한잔할까?"

"맥주요?"

"응."

"네. 잠시만요."

어색한 분위기에 뭔가 일이 일어날 것 같아 잠시 밖에라도 나갔다 와야겠다는 생각을 하며 민아는 얼른 지갑을 챙겨 들었다.

"제가 빨리 나가서 사 올게요."

민아는 이건이 말리기도 전에 지갑을 챙겨 들고 현관문을 열었다. 그리고 곧이어 그녀의 비명이 울려 퍼졌다.

"꺅!"

놀란 이건이 자리를 박차고 현관 밖으로 뛰어 나갔다.

"무슨 일이야?"

"괘, 괜찮아요."

민아의 뒤에 선 다이아몬드 세 개짜리 군복을 입은 남자가 이건을 향해 눈을 부라렸다.

"당신 누구야! 누군데 이 집 앞에 있는 거야!"

이건은 민아의 어깨를 끌어당기며 남자에게서 그녀를 떨어뜨렸다. 그리곤 잔뜩 경계를 품은 채 사납게 눈을 떴다.

민철은 그런 그를 보며 코웃음을 날렸다.

"이민아, 너 지금 남자를 집에 불러들인 거야?"

민아는 눈앞이 깜깜했다. 처키는 분명 집 안에서 나는 소리를 다 들었을 것이다.

아무리 그래도 동생의 지극히 사적인 장면을 보고 싶은 생각은 없었던 모양인지 계단에 쭈그리고 앉아서 담배를 피우며 둘의 몸의 대화가 끝나기를 기다린 것이다.

"집으로 남자를 끌어들여서 무슨 짓거리를 하는 거지?"

"오, 오빠. 그, 그게 아니라."

"저놈은 뭐야!"

"아, 아니야. 아무것도 아니야. 오, 오해야."

"오해? 넌 잠깐 기다려. 우선 저 녀석부터."

이건은 딱 봐도 대위인 사람이 갑자기 나타나서 민아에게 바람난 여편네를 추궁하듯이 대하는 것을 보고 직감했다. 저 남자가 바로 고자인지 공자인지 하는 놈이라는 것을.

쩔쩔매는 민아를 보며 이건은 비참함에 눈을 질끈 감았다. 이렇게 그녀를 저 남자에게 보낼 순 없었다.

"너 따라 들어와."

다이아몬드 세 개가 달린 군복을 입고 있었기에 사람들의 시선이 신경 쓰인 민철은 무턱대고 주먹부터 내지르지 않았다. 이건은 그를 따라 안으로 들어갔고, 민아도 고개를 숙인 채 문을 닫고 뒤따랐다.

"오빠, 그러니까 내 말 좀 들어 봐."

"무슨 말!"

"민아야, 이리 와. 거기 있지 말고."

이건은 민아가 군복을 입은 남자 옆에서 쩔쩔매는 것을 차마 두 눈 뜨고 볼 수가 없었다.

"어디를! 하, 이것들 봐라."

"오, 오빠. 이분은 내 직장 상사야. 아무 사이도 아니야. 그러지 마."

"감히 나를 속이려 들다니. 이민아, 네가 죽고 싶어 환장했지. 문밖까지 다 들릴 정도로 해 놓고서는!"

"이봐요, 고자 씨!"

보다 못한 이건이 소리를 질렀다.

"뭐? 지금 너 뭐라고 불렀어. 고자? 고오자아?!"

민철은 감히 자신을 보고 고자라고 하는 소리에 귀를 후비며 다시 물었다.

"뭐가 잘못됐습니까. 보아하니 사회적 지위도 있으신 분 같은데 민아는 그만 놔주시지요."

"저, 보, 본부장님. 지금……."

"내가 알아서 할 테니 가만 있어."

이건은 정색하며 민아가 아무 말도 할 수 없게 만들었다.

민철은 민아가 이건의 입을 막으려 하자 순간적으로 퍼뜩 스쳐 가는 생각에 그녀를 노려봤다.

"민아야, 네가 시방 나를 고자라고 했냐? 이 거시기한테 내가 고자라고 했어야?"

"아, 아니야."

"아니긴 뭣이 아니여, 하나밖에 없는 오라비를 고자라고 했으야?"

"이봐요. 너무하는 거 아닙니까. 고자 씨를 고자 씨라고 부르지. 그럼 뭐라고 부르겠습니까."

"네가 시방 내 걸 봤냐? 보고 그딴 소릴 하는겨?"

다혈질인 민철은 고자라는 소리에 열이 뻗쳐올랐다. 평상시 표준어를 쓰던 그는 이성을 잃으면 사투리를 하곤 했다. 어릴 때 할머니 손에 자라 표준어보다 사투리가 더 능숙했기 때문이다.

최근에 민아의 친구인 선우와 몰래 사귀기 시작한 그는 그녀가 자신을 보며 토끼라고 하는 바람에 잔뜩 위축된 상황이었다. 거기에 낯선 남자가 대놓고 고자라고 부르니 돌아 버릴 지경이었다.

"민아야, 선우가 그랬어? 그 잡것이 그랬단 말이제. 내 이것을."

일단 선우부터 만나야겠다는 생각에 현관으로 뛰쳐나가던

민철은 둘에게 경고 날리는 것을 잊지 않았다.

"니들은 꼼짝 말고 여기 있어. 갔다 올 동안에."

후다닥 현관으로 뛰쳐나가는 그를 보며 민아는 다리에 힘이 풀린 나머지 바닥에 주저앉았다.

"괜찮아?"

이건이 민아를 받쳐 들며 소파에 앉혔다.

"이민아, 저 사람 누구야. 솔직히 말해. 저 남자가 정 대리랑 사귀는 거야?"

"휴우, 네. 오빠가 선우한테 관심을 두더니 결국에는 둘이 사귀는 모양이네요."

"무슨 소리야, 그게."

"그것보다 본부장님, 고자는 뭐예요? 어디서 들은 거예요? 누가 우리 오빠 보고 고자라고 했어요?"

"오빠? 친오빠야?"

"네. 하나밖에 없는 원수 같은 오빠요."

이건의 얼굴빛이 시커멓게 죽어 갔다.

#8
핫바 사이즈인지,
오뎅 사이즈인지

사건이 있던 다음 날 선우는 지은 죄가 있으니 민아와 정혜를 피해 다녔다. 하지만 집요한 정혜를 피해 갈 순 없었다. 결국 점심시간에 덜미를 잡힌 선우는 민아와 정혜의 앞에 죄인처럼 앉아 있게 되었다.

"네 죄를 이실직고하렷다."

정혜가 눈에 쌍심지를 켜며 엄포를 놓았다.

"너, 내 올케언니가 되겠다는 건데. 생각 잘해야 해."

민아가 팔짱을 끼고 선우에게 차분한 목소리로 말했다.

"그래, 솔직히 끝까지 안 들켰으면 했는데 어쩌겠니. 그렇게 됐어."

눈을 내리깐 선우가 테이블에 의미 없는 그림을 그려 가며 대답했다.

"아니, 네가 제정신이니! 어떻게 처키랑 그럴 수가 있어? 그것도 우릴 감쪽같이 속이고. 사실 우리 오빠지만, 하는 짓이 민간인하고는 다르잖아."

"얘가, 얘가. 난 이럴 줄 알았어. 민아야, 얘 취향이 좀 독특했니? 일낼 줄 알았어."

정혜가 옆에서 거들자 민아는 손으로 그녀의 입을 막았다.

"넌 조용히 좀 해. 지금 그게 문제가 아니야."

"으읍. 좀 놔 봐. 그, 그럼 토끼 씨가 민아 오빠? 처키야?"

정혜가 뜬금없이 토끼 이야기를 꺼내자 선우는 화들짝 놀라며 민아를 쳐다봤다.

"아, 아니야. 누가 그런 소릴 했다고 그래. 아니야."

"어제 오빠가 너 만나러 간다고 했는데 안 만났어?"

오빠가 선우를 만나서 무슨 소릴 했는지부터 물어봐야 했다. 지랄 맞은 성격 때문에 자칫하면 이건이 봉변을 당할지도 모를 일이었다.

"만났어. 어제 갑자기 찾아왔더라고."

"그래서 어떻게 됐어. 답답하다. 좀 빨리 말해."

"점심시간 끝나 가는데 우리 저녁에 이야기하자. 퇴근하고 얘기해 줄게. 응? 나 얼른 들어가 봐야 해. 류 과장이 시킨 일이 있어서. 그럼, 나중에 봐. 친구들."

급하게 자리를 뜨는 선우의 모습에 민아와 정혜는 고개를 절레절레 저으며 선우의 돌발 행동을 납득할 수 없다는 데 의견을 모았다.

"선우 어쩌니. 하필 너희 오빠랑."

"그러게 말이다."

"이런 말 뭣하지만 선우가…… 거기가 토끼만 하다고 그랬거든. 그래서……."

"뭐? 정말이야? 그래서 그 인간이 그렇게 흥분했었나 보네. 거기다가 고자라고 했으니."

"고자? 누가 그런 간 큰 소리를."

"누구긴 누구야. 본부장님이 그랬지."

"지금 살아 계시니?"

"아직은."

"야, 마음 약한 나 같은 사람은 너네 오빠 옆에도 못 가는데 본부장님은 무슨 배짱으로 그런 소릴 했다니? 뒈지려고 환장한 거 아닌 이상."

"너나 조심해. 뒈지지 않으려면."

"내, 내가 왜 뒈져. 내가 하자니? 그런 실수를 하게."

"본부장님한테 깨지지 않으려면 조심하라고. 우리 오빠가 아니라."

"그건 네 전문이잖아. 무슨 소리야."

"하긴, 네 전문 저기 오신다. 나 먼저 간다."

정혜를 지나친 민아가 먼저 사무실로 들어갔다.

민아의 시선을 따라 고개를 돌린 정혜는 류 과장의 무시무
시한 레이저 광선을 발견하곤 어깨를 움츠렸다.

"한정혜 대리. 나 좀 봐."

"왜, 왜요?"

"본관 CCTV에 잡힌 게 이상해서 그래. 확인해야 하니까
따라와."

정혜는 불길한 예감에 인상을 찌푸리며 류 과장의 뒤를 따
라갔다.

"김 주임은 또 어딜 간 거야. 같이 봐야 하는데."

그러다 류 과장이 투덜거리며 덧붙인 한마디에 그 자리에
굳어 버린 듯 멈춰 설 수밖에 없었다.

오 마이 갓!

손으로 입을 막으며 그녀는 터져 나오려는 비명을 삼켰다.

세상에! 어떡해!

아무래도 김 주임과 계단에서 '응응'을 했던 게 들킨 모양이
라 생각하며 제발 최악의 상황까지는 가지 않길 간절히 기도했
다.

지는 석양을 바라보며 우수에 찬 얼굴로 서 있던 이건은 민아에게 인터폰을 걸었다.

신호음이 세 번 떨어지자 그녀의 목소리가 들려왔다.

—네. 이민아입니다.

"나야. 혹시 무슨 연락 없었어? 오빠한테."

—네, 아직까지는요. 너무 걱정하지 마세요. 제가 알아서 할게요. 저녁에 선우 만나서 자초지종 듣기로 했어요. 상황 파악 끝나는 대로 연락드릴 테니까 집에 가서 편하게 쉬세요.

"그래도 되겠어?"

—네. 그럼요.

"그래. 그럼 연락 기다릴게. 무슨 일이 생기진 않겠지?"

—설마요. 그래도 여동생인데 죽이기야 하겠어요?

"내가 보기엔 그런 거 따지실 분이 아닌 것 같아서 말이야."

—하긴. 운에 맡겨야죠.

"무슨 일 있으면 바로 연락해. 달려갈 테니까."

—네. 들어가세요.

이건은 전화를 끊고 난 뒤 어제의 악몽을 떠올리며 진저리를 쳤다. 미래의 손윗사람에게 다짜고짜 고자라고 했으니. 이 사태를 어떻게 해결해야 할지 무척이나 난감했다. 잠깐 본 것뿐이지만 결코 그냥 넘어갈 성격은 아닌 것 같았다. 군인의 자존심을 건드렸으니 앞으로 그를 볼 생각만 해도 눈앞이 깜깜했다. 정 대리를 만나고 온 민아에게 일단 자초지종 듣고 난 뒤 석고대죄를 올려서라도 그의 분기를 풀어야겠다고 생각했다.

세 사람은 회사 앞 양 많기로 소문난 중국집으로 가서 메뉴를 고르고 있었다.

"뭐 먹을래?"

선우가 묻자 정혜가 대답했다.

"짜장면."

"오늘은 내가 살게. 니들한테 미안한 것도 있고."

선우가 사겠다고 말을 하자마자 정혜의 입에서 다급한 목소리가 튀어나왔다.

"그럼 일단 코스 A로 가자."

"얘는 진짜. 코스 A라니. 거기다 짬뽕도 추가해."

"콜."

선우는 두 사람이 하는 짓거리를 보고서는 그냥 자리를 박차고 일어날까 하다가 지은 죄가 있다는 생각에 그냥 마음을 비우기로 했다.

테이블에 애피타이저인 홍게살 수프가 나오자 게 눈 감추듯 먹기 시작한 두 사람은 어느 정도 허기가 채워지자 선우를 독촉하기 시작했다.

"말해 봐. 무슨 일이 있었는지."

선우의 짙은 한숨을 시작으로 이야기가 이어졌다.

선우네 집에서 술을 마시던 민아가 술에 취해 뒤로 넘어지면서 베란다 이중 유리창을 뒤통수로 박살 내 버린 사건이 있었다. 그날 잠시 기절한 민아 때문에 당황한 선우는 부모님께 연락하면 놀라실까 봐 일단 민철에게 전화를 걸었고, 그날 두 사람은 서로 눈이 맞았다.

군복을 입은 민철의 멋진 외모에 선우는 단숨에 빠져들었고 그는 그녀의 여성스러운 외모에 반해 버렸다. 그 뒤부터 두 사람은 비밀리에 만남을 지속해 왔었다.

선우는 어제 갑자기 민철이 찾아오자 경황이 없는 와중에 그를 일단 집 안으로 들였다. 항상 그의 앞에서는 조신한 모습만 보였기에 차마 민낯을 보일 수가 없어 황급히 선글라스를 찾아 썼다.

"선우야, 나 좀 봐야 쓰겄다."
"오라버니. 어서 오셔요."

보아하니 어디서 한 잔 걸치고 온 모양인데 분위기가 심상 찮았다.

"우리 애기는 야밤에 무슨 시커먼 안경이야?"

"아잉, 오라버니가 갑자기 오셔서 그렇지요. 어떻게 민얼굴을 보일 수가 있겠어요."

"크흠, 민얼굴도 이쁘당게."

"응? 오라버니, 술 취하셨나 봐요. 사투리 쓰시는 거 보니까. 어디서 그렇게 마셨어요?"

"그게 그렇게 됐다. 이렇게 예쁜 네가 설마 그랬겠냐."

"오라버니, 무슨 말씀이셔요?"

선우는 평소와 다른 민철의 분위기에 잔뜩 위축된 상태였다. 평소 이렇게 막무가내로 찾아오는 사람이 아니라서 더욱 그랬다.

"네가 그 뭐시냐, 민아한테 우리 거시기를 다 털어놨으야?"

거시기?

그러니까 그 거시기가 그걸 말하는 거겠지?

선우는 낯빛이 변해 가는 것을 숨기려 고개를 살짝 떨군 채 대답했다.

"응? 난 아무 소리도 안 했어요. 오라버니, 나 못 믿어?"

선우는 자신이 토끼라고 한 이야기가 그새 그의 귀에 들어간 모양이라 생각하며 일단 무조건 딱 잡아뗐다.

입 싼 것. 내가 진짜.

"내가 애기랑 저번에 배꼽 맞춘 거 이야기했으야? 안 했겠제, 우리 애기가. 암. 했을 리가 없제."

"아, 안 했지. 당연히. 우리 둘의 은밀한 이야긴데. 그걸 누구한테 이야기하겠어요."

"이 가이내가 그럼 간뎅이가 부었나벼. 오라비를 놀려 묵고."

"민아가? 호호, 오라버니를 놀리다니. 정말 안 되겠네요."

"민아가 만나는 남자가 있는디, 애기는 누군지 아는감?"

"아, 우리 호텔 본부장님이에요. 오라버니가 어떻게 아셔요?"

"그 잡것이 본부장이여? 그런데 내를 모욕했단 말이지."

"오뎅 본부장이 왜?"

"오뎅은 무신 소리랑가? 그러니께 그 본부장 거시기가 오뎅맨코롬 튼실한가 보네."

"그, 그거야 모르지. 오라버니도 참."

"선우야, 우리 애기 오늘 생각난 김에 배꼽이나 맞춰 볼까?"

"아잉, 오라버니도 참. 나 선글라스는 안 벗어도 되지?"

선우는 여기까지 이야기를 하고서는 민아와 정혜의 눈치를 살폈다.

"끝이니?"

"응. 끝이야."

"야, 여기 고량주 없냐?"

정혜가 외쳤다.

"배갈 말하니?"

"배갈이고 뭐고 **빨리** 갖고 와라. 속 탄다."

정혜의 말에 선우는 얼른 벨을 눌러 제일 독한 술을 시켰다.

"너는 갑자기 왜 술을 찾고 그래."

"나? 나는 말이다. 오늘 류 과장한테 불려 가서 온갖 수모를 다 겪었거든. 정말 내가 얼굴을 들고 다닐 수가 없어."

"무슨 수모? 설마 성희롱이라도 당한 거야?"

"그랬으면 차라리 다행이게."

"그럼?"

"몰라도 돼. 니들은 몰라도 된다고."

종업원이 고량주를 놓고 가자 선우는 얼른 잔을 채워 주었다. 정혜는 잔을 단숨에 들이켜더니 캑캑거리며 한참 기침을 해 대다 눈물을 찔끔 흘렸다.

"가지가지 한다, 정말. 니들하고 무슨 말을 하겠니. 그래서 오빠가 본부장님을 어떻게 한대?"

"그 뒤로 아무 말 없었어. 내가 아주 화끈하게 녹여 놨거든."

"아무튼 니들끼리 계속 이야기하든지 말든지 해. 나는 일단 본부장님한테 가 봐야겠어."

"늦바람이 무섭다더니. 친구도 우정도 다 내팽개치고 가는 거니?"

정혜가 원망 어린 눈빛으로 쳐다보며 말하자 민아는 콧방귀를 끼며 대꾸했다.

"참, 나. 지금 목숨이 경각에 달린 사람한테 이러지 말자. 응?"

"아, 민아야. 오라버니가 그 말은 했어. 너한테 꼭 물어보라고."

막 나서려는 민아를 선우가 불러 세웠다.

"무슨 말?"

"오뎅 사이즈가 핫바 사이즈인지, 부산 오뎅 표준 사이즈인지 꼭 물어보래."

"무슨 말이니. 그게."

"그게 그러니까, 거시기가……."

"내가 진짜 처키 때문에 못 살아."

민아는 얼굴이 벌게진 채로 중국집을 나섰다.

일단 불안에 떨고 있을 이건을 만나 안심시켜야 했다.

하지만 자존심을 난도질당한 처키가 무사히 자신들을 놓

아 줄지 의문이긴 했다. 어릴 때부터 민철의 집요함은 타의 추종을 불허할 만큼 더티했다.

생각할수록 기분이 나빴다. 온몸에 소름이 돋아 민아는 얼른 주머니에서 휴대폰을 꺼내 이건에게 전화를 걸었다.

신호가 울리자마자 그가 전화를 받았다.

—민아야, 어디야? 내가 갈게.

"아니에요. 내가 그리로 갈게요."

—오피스텔인데 올 수 있어?

"네. 택시 타면 금방 갈 거예요."

—기다릴게.

민아는 몇 번 가 본 적 있는 이건의 오피스텔을 스스럼없이 찾아갔다. 문 앞에 서서 초인종을 누르자 문이 벌컥 열렸다. 민아를 본 그가 그녀를 힘껏 잡아당겼다. 등 뒤로 문이 닫히며 그녀가 그의 품에 안겼다.

"뭐, 뭐예요. 아이, 참."

민아는 속눈썹을 파르르 떨며 앙탈을 부렸다.

"기다리다 죽는 줄 알았어. 보고 싶어서."

매일같이 비서실에서 그녀를 보다 하루에 기껏해야 한두 번밖에 보질 못하니 미칠 노릇이었다.

"다시 내 비서로 일할래?"

"서 비서님은 어쩌고요."

"다른 곳으로 보내 버리자."

"어머, 유치해."

민아는 이건의 가슴을 팡팡 치며 애교를 부렸다. 그런 민아를 번쩍 안아 들고 안으로 걸어가는 그는 흥분해 그녀의 엉덩이를 묵직한 것으로 찔러 대고 있었다.

그의 목에 팔을 감고 있던 민아가 귓가에 속삭였다.

"뭐예요. 엉덩이를 뭐가 자꾸 찔러 대는데."

"들켰네."

"오빠가 핫바 사이즈인지, 오뎅 사이즈인지 물어봤어요."

"뭐?"

침실로 가기 전 그가 걸음을 멈추고 그녀를 뚫어지게 쳐다봤다.

"무슨 말이야?"

"선우한테 물어봤나 봐요. 본부장님 거기 사이즈가 얼마만한지. 정말 저질이야. 우리 오빠지만 너무하지 않아요?"

"형님하고 언제 한번 사우나 같이 가 봐야겠다. 그러면 되겠지?"

"응, 그렇긴 하지만 처키가 화를 풀어야 할 텐데."

"그것도 생각해 봤는데 걱정하지 마. 내가 다 알아서 할 테니까."

"정말요?"

"응. 지금은 나만 생각해. 아무리 오빠라도 싫어. 나만 봐."

이건은 직접 민철을 만나 민아와 진지하게 사귀고 있다고 말하고, 조만간 양가 부모님을 만나 결혼 승낙도 받고 싶다고 전할 참이었다. 그렇게 생각하자 모든 것이 간단하게 해결되었다.

괜히 민아를 마음고생시킨 것 같아 속이 상했다.

한차례 뜨거운 절정이 지나간 다음 품 안에 안긴 채 곤히 잠이 든 민아를 보며 그가 귓가에 대고 속삭였다.

이렇게 평생 내 품 안에서 잠들면 좋겠다고. 이렇게 매일같이 함께 잠자리에 들고 싶다고.

손끝에 녹아내릴 것처럼 부드러운 살결을 쓰다듬고 어루만지며 그는 새하얀 어깨에 입술을 갖다 댔다. 그리곤 달콤한 내음을 깊숙이 들이켰다.

왜 이렇게 좋은 걸까.

이렇게 대책 없이 좋으면 내 심장이 남아나질 않잖아.

처음 그녀를 안고 동굴에서 잠이 들었을 때처럼 그는 깊은 잠에 빠져들었다.

꿈속에서 그는 그녀의 남편이 되고, 아이의 아빠가 되어 하얗게 부서지는 강가에서 마음껏 뛰어 놀았다.

잠에서 깬 민아는 이건을 보았다. 그는 자면서도 희미하게 미소 짓고 있었다.

반듯한 이마에 입술을 내린 그녀가 작은 소리로 인사했다.

"나중에 봐요. 왕자님."

짙은 눈썹과 그 아래 숱 많은 속눈썹을 가만히 손끝으로 만지다 우뚝 솟은 콧날을 쓰다듬고 입술을 어루만졌다.

이러다간 그가 깰지도 모르겠다 싶어 민아는 살그머니 자리에서 일어나 옷을 챙겨 입고 방을 나섰다.

택시를 타고 집 앞에서 내린 민아는 원룸 입구에 서 있는 민철을 보는 순간 얼어붙고 말았다.

"새벽이슬 밟고 다니는 여자가 내 동생이라니. 기가 막히네."

"오, 오빠가 이 시간에 무슨 일이야?"

"군에 들어가기 전에 그 녀석 연락처나 따 놓으려고 기다렸어. 본부장 말이야."

"오, 오빠가 왜?"

"왜긴, 멀쩡한 여동생 몸 버려 놨으니까 책임져야지."

"지금이 무슨 조선 시대야!"

"지금 네가 오라버니한테 소릴 지른 거야? 간이 배 밖으로 나왔구나."

"오빤 그럼 선우 책임질 거야? 선우랑 갈 데까지 갔잖아."

"당연하지. 배꼽 맞춘 사이는 원래 그래야 하는 거야."

"내가 진짜 무슨 말을 해. 오빠랑."

"내가 부대 이끌고 회사로 쳐들어가길 바라지 않는다면 어서 전화번호를 부는 게 좋을 거야."

결코 쉽게 물러날 인간이 아니었다. 선우한테 물어봐도 될 것을 직접 새벽까지 기다렸다 받아 가는 데는 이유가 있을 것이다. 이것은 일종의 경고였다.

민아는 결국 전화번호를 불러 줬고 민철은 그것을 휴대폰에 입력했다. 소기의 목적을 달성한 그는 그제야 그녀를 보며 인상을 풀었다.

"허우대는 멀쩡하니 괜찮게 생겼던데. 어떤 놈인지는 만나 보면 알겠지."

"오빠, 제발."

"제발 뭐? 난 말이야. 너한테 남다른 책임감이 있는 사람이야."

"책임감 안 느껴도 되니까 제발 그냥 남처럼 살자. 응?"

민아가 신경질을 내자 민철이 같잖다는 듯 피식 웃었다.

"내가 말이야, 너 그대로 바보 되는 줄 알았거든."

"무슨 소리야?"

뜬금없는 말에 민아가 되물었다.

"어릴 적이라 기억은 안 날 거야. 아무튼, 피곤할 테니까 들어가서 쉬어. 오라비는 이만 갈게."

민아는 저만치 사라져 가는 민철의 뒷모습을 보며 진저리를 쳤다. 저 집요한 똘끼는 국가를 위해서나 쓸 일이지 왜 쓸데없이 여동생 뒤를 캐는 데 쓰는지 모를 일이었다.

이건은 아침에 눈을 뜨자마자 민아를 찾았다. 옆자리가 싸늘하게 식어 있었다. 새벽까지 괴롭히다 깜박 잠이 들었는데 그새 집으로 간 모양이었다.

회사에 가면 볼 수 있겠지만 이렇게 말없이 가고 나면 서운한 마음이 드는 것은 어쩔 수 없었다.

그는 출근 준비를 서둘러 마쳤다. 민아가 있는 원룸으로 가서 함께 출근할 생각이었다.

막 집을 나서려는데 휴대폰이 울렸다.

모르는 번호였지만 번뜩 스쳐 가는 예감에 그는 통화 버튼을 눌렀다.

"최이건입니다."

—이민아 오빠, 이민철이라고 하는데 지금 볼 수 있으면 시간 좀 내주시죠.

"지금요?"

잠시 망설이던 이건은 그가 직접 연락을 해 왔을 때 만나는 게 나쁘지 않을 것 같다는 생각에 이내 대답했다.

"지금 어디십니까. 제가 그리로 가겠습니다."

—바쁜 사람한테 오라고 하기는 그렇고, 호텔 앞으로 가서 적당한 커피숍에 자리 잡으면 연락하겠습니다.

"네, 그러시죠. 연락 기다리겠습니다."

곧장 호텔로 향한 이건은 별관 주차장에 차를 댄 뒤 그에게서 연락이 오기를 기다렸다.

그가 무슨 말을 할지 대충 짐작이 가 차창을 열고 담배를 피워 물었다. 마음을 차분히 가라앉히며 그와 나눌 대화를 정리했다. 협상에 있어선 누구보다 탁월한 그였지만, 과연 그것이 통할지 의문이었다. 군인 특유의 완고하고 보수적인 모습을 떠올리며 그는 담배를 깊게 빨아들였다.

담배 한 대를 다 피워 갈 무렵 전화가 울렸다.

"네, 알겠습니다. 곧장 가겠습니다."

이건은 담배를 비벼 끄며 차 문을 열고 나왔다. 출근하던 호텔 직원들이 그를 보며 인사를 해 왔다.

민철이 기다리는 커피숍으로 간 이건은 문을 열고 안으로 들어갔다. 자신을 보고 자리에서 일어나는 민철을 향해 정중하게 인사를 건넸다.

"정식으로 인사드리겠습니다. 최이건입니다."

"이민철입니다."

둘은 악수를 하며 인사를 나누었다. 단단한 손이 맞닿자 서로 기 싸움이라도 하듯 손아귀에 힘을 주었다.

민철은 그런 이건을 보며 '이것 봐라'라는 생각을 했다. 허우대 멀쩡한 제비 새끼 같은데 그게 다가 아닌 모양이었다.

"난 말 돌려 할 줄 모르는 사람입니다."

"네. 말씀하시죠."

"우리 민아와 잠시 놀아 볼 생각이라면 이쯤에서 끝내는 게 좋을 것 같은데. 무슨 생각으로 만나는 것인지 궁금하네요."

날카롭게 잘 벼려진 칼같은 눈빛이 그의 두 눈을 찔렀다.

"장난으로 만나거나 가볍게 사귈 만큼 한가한 사람 아닙니다. 민아, 제가 오래전부터 찾던 여자입니다. 민아가 허락한다면 결혼할 생각입니다."

"보아하니 헛말 하는 사람은 아닌 것 같은데 그쪽 집안에서도 우리 민아를 흔쾌히 받아들일지 의문이 드네요."

"그건 걱정 안 하셔도 됩니다."

"한입으로 두말할 사람은 아닐 것이라 믿고, 그럼 이제 내가 이야기를 해야겠는데."

민철은 얕은 한숨을 내쉬며 이건을 똑바로 쳐다봤다.

"민아가 어릴 때 죽을 뻔했던 적이 있었는데 그게 나 때문이었습니다. 녀석은 충격이 커서 그런지 기억을 못 합니다. 어릴 때 강가에 살았는데 비가 온 다음 날 하필이면 민아를 데리고 그곳에 가서 고무보트를 띄우고 놀다가 휩쓸리는 바람에 둘 다 물에 빠져 죽을 뻔했었죠. 어린 민아는 부러진 나무에 걸려 간신히 살아났고, 나는 혼자서 헤엄쳐 나왔어요. 민아가 물을 잔뜩 마셔서 며칠 동안 깨어나질 못했는데 그렇게 시름시름 앓다 그대로 죽는 줄 알았습니다."

민철은 잠시 이야기를 멈추고 물을 들이켰다. 지금도 그때를 떠올리면 아찔했다.

"예쁘고 사랑스러운 여동생이 죽을지도 모른다는 생각을 하자 어린 나도 제정신이 아니었죠. 부모님도 마찬가지였고."

"그래서요? 어떻게 됐죠?"

이건은 민아가 추억의 장소에 가까이 갔어도 기억을 못 하는 이유를 이제야 알 것 같았다.

"멀쩡히 살아나긴 했는데 그때 있었던 일뿐만 아니라 아예 그곳의 기억을 잊었어요. 차라리 잘됐다 싶으면서도 그게 모두 내 탓인 것 같아 안쓰럽기도 하고 마음이 짠합니다."

"병원에선 뭐라고 하던가요."

"부분 기억상실이라 크면서 자연스럽게 생각날 수도 있다고 하던데 그 뒤로 그 이야기를 한 번도 한 적이 없으니 아마 기억이 안 나는 모양입니다. 민아가 퇴원하기도 전에 부모님이 아예 서울로 이사하셨으니, 더 그럴지도 모르죠."

"무슨 말씀인지 잘 알겠습니다. 걱정하시는 일 없도록 잘하겠습니다."

이건은 민철이 그녀를 얼마나 아끼는지 알 것 같았다.

"내 여동생이라서가 아니라 착하고 고운 아이인 만큼 잘 부탁합니다. 그리고 그날 있었던 일은 서로 오해였으니 다 털어 버립시다."

"네, 죄송합니다. 다른 뜻은 없었습니다."

"오해가 오해를 부르는 것 아니겠습니까. 남자답게 털어 버리자 했으니 더는 그 이야기 하지 맙시다."

"네. 알겠습니다."

"앞으로 우리 민아랑 선우도 잘 부탁합니다. 선우, 내 안사람 될 사람이니까 긴말 안 해도 알겠죠?"

"아, 네. 명심하겠습니다, 형님. 그리고 말 편하게 놓으십시오."

"지금부터 그럴 것까지야 있겠습니까. 다만, 우리 민아 눈에서 눈물 빼면 가만 안 두겠다고 경고 차원에서 만난 것이라 해 두죠."

"그럴 일 없을 겁니다. 그럼 조심해서 들어가십시오."

이건은 정중하게 인사를 하고 자리에서 일어났다.

"바쁜 사람 붙잡고 있을 생각은 없습니다. 나도 이제 군으로 들어가야죠."

"그럼 다음에 뵙겠습니다."

"어서 들어가 봐요."

"네."

민철은 당당하게 사라지는 이건을 보며 흡족한 미소를 머금었다.

"민아가 나 닮아서 사람 보는 눈은 있네. 그나저나 우리 선우는 출근했을까. 온 김에 얼굴이나 보고 가야겠다."

살며시 미소 지으며 휴대폰을 꺼내 드는 민철이었다.

#9

그럼 족보는
어떻게 되는 건데

김 주임과 정혜 사이에서 일어난 사건에 대해서는 다행히 아는 사람들보다 모르는 사람들이 더 많았다.

류 과장이 인간성이 좋았기에 망정이지 그가 조금이라도 악질이었다면 쉽게 넘어갈 수 있었을지 의문이었다.

"류 과장한테 잘해."

민아가 항아리 모양의 바나나 우유를 빨아 먹으며 말하자 정혜는 그런 그녀를 흘겨보며 혀를 찼다.

"넌 그런 말 할 처지 아니라는 거 몰라? 내가 다 불어 버릴까 보다."

"원래 똥 묻은 개가 겨 묻은 개 나무란다잖니. 네가 이해해."

"이것들이 진짜!"

민아가 버럭 소릴 지르자 선우가 입을 틀어막았다.

"너 지금 시누이한테 그게 할 소리니?"

"그러니까 그게 그렇게 되는 거란 말이지. 흐음. 관계가 오묘하네."

정혜가 턱을 어루만지며 둘을 번갈아 쳐다봤다.

"우리나라에선 아무래도 '시' 자 들어가는 사람이 이기는 법이긴 하지. 선우 네가 기어야지 별수 있니?"

"내가 어쩌다가 진짜."

선우가 한숨을 내쉬자 정혜가 은근한 눈빛으로 그녀를 쳐다보다 바짝 다가가 앉았다.

"너, 그 밤일은 괜찮아?"

"무슨 소리를 하려고 그래?"

선우가 눈을 흘기며 노려봤지만 그런다고 눈 하나 깜짝할 정혜가 아니었다.

"야, 난 솔직히 우리 친오빠 밤일까지 듣고 싶은 생각은 없거든. 선우한텐 미안하지만, 네 연애사는 그냥 패스하자. 응?"

"니들이 뭘 몰라서 그러는데 우리 민철 오빠 그렇게 부실한 사람 아니거든? 솔직히 나도 얼마 전까진 몰랐는데 초반엔 오빠가 동정이어서 그랬던 거고. 지금은 얼마나 절륜한데."

"헐, 대박."

"설마, 동정이라니."

"넌 그 말을 믿니?"

"응, 믿어."

뺨을 발그레 물들이며 고개를 끄덕이는 선우의 모습에 두 사람은 입을 다물었다.

원래 믿고 싶은 대로 믿는 것이 사람이다. 그러니 팥으로 메주를 쑨다고 해도 믿는 것 아니겠는가.

"야, 니네 오빠 거짓말도 엄청 잘하나 봐?"

휴게실을 나오면서 정혜가 민아의 귀에 대고 슬쩍 흘렸다.

"아마도?"

"동정이라니! 미친 거 아냐? 어떻게 그 나이 먹도록 동정일 수가 있니? 그리고 동정이 그렇게 흔하니?"

"하긴."

"제 동정 가져가신 한 대리님께서 그러시면 안 되죠."

등 뒤에서 굵직한 목소리가 울려 퍼지자 정혜가 뻣뻣하게 굳은 얼굴로 뒤를 돌아보았다.

"너! 회사에서 말 걸지 말라고 했지?"

정혜가 다짜고짜 김 주임의 팔을 끌고 가며 따져 댔다.

"그리고 뭐? 동정 같은 소리 하고 있네. 어디서 사람 발목 잡는 소릴 해?"

"CCTV 다시 돌려 볼까요? 사실인지 아닌지?"

"너 죽고 싶지?"

"네. 자꾸 생각나서 미칠 것 같아요."

이 곰탱이가!

민아는 사색이 된 정혜의 표정을 보며 키득거리다 먼저 사무실로 들어갔다.

"이 대리, 잠시 나 좀 봐."

자리로 걸어가 앉으려는 순간 류 과장이 그녀를 불렀다.

"네. 과장님."

"다름이 아니라 본부장님이 우리 부서 먼저 직원 연수회를 실시한다던데. 이야기 들었어?"

"일정이 잡혔나요?"

"전 직원이 함께 가기에는 무리가 있고, 두 개 부서가 모여서 갈 모양이야. 각 부서마다 계획서를 올리고 있는 모양이던데. 우리 부서는 이 대리가 제안한 대로 진행하면 되겠지?"

"우린 어느 부서랑 같이 가는 거예요?"

"영업전략팀이랑 조인한다는 것 같던데. 왜?"

"아, 아니에요. 그리고 정말 제 계획서로 진행해도 될까요?"

"당연하지. 본부장님 말씀으로는 이번에 실패왕 상도 시상한다던데?"

"네?"

"누가 될지 정말 궁금해."

"그야 뭐."

민아가 말을 우물거리자 류 과장이 정혜를 쳐다보며 의미심장한 미소를 보냈다.

"저기 봐. 그렇게 경고를 해도 둘이 붙어 다니잖아. 둘 중하나가 잘려 봐야 정신을 차리지. 안 그래?"

아니나 다를까, 김 주임이 정혜에게 질질 끌려오다시피 하며 사무실 안으로 들어서고 있었다.

"그럼 가서 일 봐."

"네."

왜 하필이면 영업전략팀과 조인을 하는지. 민아는 최 실장의 얼굴을 떠올리며 인상을 찌푸렸다.

"이 대리, 무슨 일 있어?"

언제 왔는지 이건이 다가와 다정하게 말을 걸었다. 아무렇지도 않은 듯 은밀하게 주고받는 눈빛만으로도 민아의 가슴은 벅차올랐다.

"안녕하세요. 본부장님."

그는 말없이 눈을 맞추었다. 그 찰나의 순간에도 그녀는 그의 시야 속에 온전히 들어와 있는 기분을 느낄 수 있었다. 가슴 깊숙이 떨림이 일었다.

이건은 그녀를 지나쳐 류 과장의 자리로 향했다.

아, 이 맛에 사내 연애 하나 봐.

민아가 듬직하고 잘빠진 그의 뒷모습에 넋을 놓고 서 있자 옆으로 다가온 선우가 뒷덜미를 잡아채며 제자리에 앉혔다.

"침 닦아. 보기 흉해. 그리고 제발 정신 좀 차려. 시누이야. 응?"

"뭐 이런 올케가 다 있어? 시누이 알기를 개떡같이 알고 말이야. 내가 개도 아니고 뒷덜미를 잡고 질질 끌고 다녀?"

"쯧쯧. 넌 민철 오라버니한테 혼 좀 나야 해."

"허, 기가 막혀서."

"여동생 버르장머리를 고쳐 놓으라고 할까 보다."

"너 언젠간 후회할 날 올 거야. 네 발등 네가 찍었다고. 달리 민철 오빠가 처키겠니?"

족보가 꼬여도 요상하게 꼬여 갔다.

그럼 선우랑 이건은 어떻게 되는 거지?

아, 머리 아파.

류 과장이 지시한 업무를 처리하느라 종일 바빴던 민아는 시간을 확인하기 위해 휴대폰을 들었다. 문자 수신함엔 스팸 문자 도착한 메시지가 한 통도 없었다.

"이상하네. 왜 연락이 없지?"

조금 속상한 마음에 민아는 어떻게 해야 할지 몰라 머뭇거리며 휴대폰만 들여다봤다.

궁금하면 직접 가서 보고 오면 될 것을 뭘 망설이는 거야.

고민하던 그녀는 화장실 가는 척하며 자리에서 일어나 비상계단을 걸어 10층으로 올라갔다.

복도를 지나 그가 있는 곳으로 가다 때마침 걸어오는 서 비서와 마주쳤다.

"어, 이 대리. 무슨 일이야?"

"아, 본부장님께 여쭤 볼 게 있어서요."

민아는 머뭇거리며 애써 핑계를 갖다 댔다.

"지금 사모님 오셨어. 젊은 여자를 데리고 왔는데 아무래도 사모님이 직접 여자를 소개시켜 주실 모양이야. 참하게 생겼더라."

서 비서는 민아와 본부장과의 관계에 대해서 대충 감을 잡고 있었다.

"이 대리, 자기 본부장님이랑 그런 사이란 거 알아. 내가 동생 같아서 하는 말인데 마음 접어. 이 바닥에 오래 있어 보니까 대부분 그렇더라고. 연애 따로 결혼 따로. 결국 상처 받는 건 여자 아니겠어? 우리 같은 평범한 사람은 평범한 남자 만나서 사는 게 최고야. 알겠지?"

지금 이게 무슨 소리야?

민아는 멍하니 서 비서를 쳐다봤다. 그녀는 뭐라 이야기를 하고 있었지만 도통 알아들을 수가 없었다.

오늘 오전까지만 해도 족보 운운하며 얼마나 들떠 있었던가.

그런데 그가 다른 여자를 만나고 있다고?

누구 맘대로! 단물 쓴 물 다 빨아 먹고 버리겠다고?

민아는 어떻게 사무실로 돌아왔는지 알 수 없을 만큼 넋이 나가 있었다.

그래서 오늘 문자가 한 통도 없었나.

퇴근 시간이 됐는데도 그에게선 연락이 없었다.

"이 대리, 왜 그러고 있어?"

정혜가 다가와서 책상을 톡톡 두드렸다.

"우리끼리 한잔하러 가기로 했는데, 같이 갈래?"

"어? 그, 그래. 가자."

"오늘 본부장님은 안 만나는 거야?"

"응."

"잘됐네. 김 주임도 같이 가기로 했어. 오늘 실컷 마셔 보자고."

이건은 갑작스러운 하 여사의 방문에 언짢은 상태였다. 거기다 옆에 달고 온 사람 때문에 더욱 심기가 불편해졌다.

하 여사는 우아하게 차를 마시며 아들 이건을 보았다.

"여기서 이러고 있을 거니? 우리 저녁 사 달라고 온 거야.

언제까지 이렇게 있을 거야."

명품으로 온몸을 휘감은 하 여사는 40대처럼 보일 만큼 젊고 예뻤다. 어렸을 땐 계모가 아닐까 의심도 했었다. 몸이 약한 여동생 때문이라고 하지만 그러기엔 그녀의 태도는 너무나 차가웠고, 어릴 때부터 그를 방치하다시피 했었다. 외롭게 어린 시절을 보낸 그에게 엄마란 존재는 그저 남이나 다를 바 없는 사람에 불과했다.

그런데 이제 와서 갑자기 엄마 노릇을 하고 싶은 모양인 걸까. 하 여사 옆에 앉아 말없이 고개를 숙이고 있는 여자를 보자 절로 한숨이 새어 나왔다. 보아하니 있는 집의 귀한 딸 같은데 어쩌다가 하 여사한테 걸렸는지 불쌍하기까지 했다.

"나가시죠."

"근사한 곳으로 가야 해. 대충 회사 앞에서 때울 생각이면 그만둬."

아들을 앞세운 하 여사가 뒤를 따랐다. 하 여사는 자신의 옆에서 말없이 따르는 지은을 보고 흡족한 미소를 지었다.

여자는 자고로 저래야 했다. 말없이 곁에서 살뜰하게 챙기고 보살필 수 있는 여자가 최고다. 괜히 저 잘났다고 나대고 설치는 여자는 남자를 피곤하게만 할 뿐이다.

그러고 보면 둘이 붙여 놓으니 그림이 제법 나오는 것이 여간 마음에 드는 게 아니었다. 아들의 속마음을 모르는 하

여사는 희망에 부풀었다.

이건은 그들을 차에 태우고 가까운 레스토랑으로 향했다.

깍듯한 인사로 그들을 맞이한 웨이터는 서 비서가 미리 예약한 장소로 안내했다.

우아한 클래식과 은은한 조명, 그리고 한강이 내려다보이는 야경까지. 레스토랑은 흠잡을 것 없이 완벽했다.

웨이터가 주문을 받으러 오자 하 여사는 기다렸다는 듯이 핸드백을 들고 자리에서 일어났다.

"어머, 오늘 모임이 있는 걸 깜빡했네. 어째? 둘이서 식사 맛있게 해. 난 먼저 일어나야겠네."

속이 뻔히 보였다. 이건은 하 여사가 룸을 나가고 난 뒤 맞은편에 앉은 여자를 향해 입을 열었다.

스물대여섯 정도로 보이는 여자는 얼굴을 붉히며 그를 쳐다봤다.

"식사 생각 없는데. 그쪽은 식사하실 생각입니까."

이건의 말에 당황한 여자는 옆에서 기다리고 있는 웨이터를 향해 작은 소리로 말했다.

"저도 생각 없어요. 커피 주세요."

"커피 두 잔으로."

이건이 웨이터를 향해 낮은 소리로 말했다.

"네."

이건은 앞에 놓인 물 잔을 들어 목을 축이며 앞에 앉은 여자를 보았다. 보니 눈치도 있고, 외모도 저 정도면 훌륭한 축에 속했다. 굳이 자신이 아니더라도 주위에 남자가 넘쳐날 것 같은데 왜 이런 자리에 나왔는지 모를 일이었다.

하 여사의 감언이설에 넘어갔을 수도 있고, 아니면 정말 겉보기와 다르게 멍청할 수도 있겠단 생각이 들었다.

"호텔, 망하기 일보 직전인데. 이야기 들었습니까?"

"네에?"

여자의 눈가가 파르르 떨렸다.

"물론 어머니가 말씀 안 하셨을 테죠. 지금 상당히 안 좋은 시기입니다."

조금 과장을 보탠 것이긴 했지만 그가 원하는 매출에 도달하려면 아직 멀었다. 슬슬 호조를 보이고 있긴 했지만 그런 것까지 말할 이유는 없었다.

어차피 조건을 보고 이 자리에 나왔을 테니, 조건이 나쁘면 저절로 나가떨어질 테지.

그때, 웨이터가 찻잔을 내려놓고 자리를 떠났다.

달달 떨리는 손으로 찻잔을 들어 차를 한 모금 마시는 여자의 모습을 보며 이건도 찻잔을 들었다.

"전 사실, 여사님께서 워낙 저를 예뻐하시고 며느리 삼고 싶단 말씀을 하셔서 그것만 믿고 나왔어요."

"결혼을 시어머니 될 사람과 하는 건 아니지 않습니까."

"그거야 물론 맞는 말이지만."

"어머니가 무슨 말씀을 하셨는지 모르겠지만, 전 사랑하는 여자가 있습니다. 제 의견도 묻지 않고 이렇게 막무가내로 찾아오셔서 당혹스럽습니다. 바쁜 나머지 미처 말씀드릴 기회가 없었을 뿐. 조만간에 집안에 이야기하고 결혼할 생각입니다."

차분하고 나직한 소리로 제 할 말을 마친 이건은 하고 싶은 말이 있으면 하라는 식으로 여자를 쳐다봤다.

그는 분명 무례하게 굴고 있었다. 하지만 이렇게 모욕을 당하면서도 여자가 자리를 지키고 있는 이유가 궁금했다.

"사실 자존심 상하지만 제겐 절실해요."

여자는 마음을 먹었다는 듯 이야기를 털어놓기 시작했다.

이건은 팔짱을 낀 채 여자의 말을 들었다.

"아버지 사업이 부도 직전이에요. 그런데 이번에 제주도에 설립하는 이건 씨네 호텔 공사를 여사님이 아버지한테 맡기기로 하셨어요. 그리고 다른 것도 차차 맡겨 주신다고……."

"이봐요. 인생을 그런 식으로 낭비하지 맙시다. 이가 없으면 잇몸으로 먹고사는 게 사람입니다. 아버지 사업을 그쪽이 회생시킬 수 있단 생각, 네, 좋습니다. 하지만 그렇다고 그쪽 인생 저당 잡히면서까지 할 필요는 없다고 봅니다. 아버지 회사가 어딘지 모르지만 정확하게 된 계획서를 제출하십시오. 그럼 검토해 보도록 하겠습니다."

"서지은이에요."

이건이 그녀를 말없이 쳐다봤다.

"제 이름요."

이건은 찻잔을 내려놓으며 지은을 똑바로 응시했다. 그러고 보니 이 여자 이름도 모르고 앉아 있었다.

서지은, 흔한 이름이긴 하지만 어딘가 걸리는 부분이 있었다.

뭘까, 뭐지?

마디가 하얗게 불거질 정도로 찻잔을 움켜쥔 채 앉아 있는 여자를 머리부터 쭉 훑었다. 하지만 무엇 때문에 걸리는 건지 알 수 없었다.

"어머니 만나지 마시고, 제게 직접 연락하십시오. 사업 이야기라면 얼마든지 나눌 의향이 있습니다."

이건은 재킷 안에서 명함을 꺼내 지은의 앞에 내밀었다. 그것을 가만히 받아 든 지은은 입술을 깨물며 울음을 참는 듯했다.

"그럼, 먼저 일어나겠습니다."

가볍게 어깨를 떠는 그녀를 말없이 바라보는 이건의 두 눈은 고요하면서도 냉랭했다.

발걸음을 돌려 룸을 나서려는 그를 지은이 다급하게 불렀다.

"이건 씨."

이건은 걸음을 멈추고 뒤를 돌아보았다.

"그냥 가지 마시고, 술이나 한잔 사 주세요. 깔끔하게 떨어져 나가 드릴게요."

이건의 짙은 눈썹이 꿈틀거렸다.

"어차피 하 여사님 뿌리치시려면 제 협조가 필요하실 텐데요. 사실, 마음 터놓고 술 한잔할 사람이 없어요."

"제가 거절하면 어쩌실 겁니까."

"글쎄요. 길 가는 사람 붙잡고 추파나 던지든지, 그냥 한강에 뛰어들든지. 그래야겠죠."

지은은 서글픈 미소를 머금고 그를 바라보았다. 이건은 여자의 눈에 어떤 다른 감정이 있는지, 미련이 남은 건 아닌지 날카롭게 파헤쳤다.

"사랑하는 사람이랑 얼마 전에 헤어졌어요. 그 사람, 잘 아는 분이실 거예요."

이건은 손목시계를 들여다보았다.

"일어나시죠."

딱딱하게 굳은 이건의 얼굴에 냉기가 흘렀다.

민아는 비가 내리는 밖을 내다보며 술잔을 기울였다.

"이 대리님, 무슨 고민 있으세요?"

평소와 달리 분위기를 잔뜩 잡고 술을 마시는 민아를 향해 김 주임이 물었다.

"그래, 좀 이상하네?"

정혜가 민아를 보며 고기쌈을 내밀었다.

"자. 아, 해."

입을 벌려 정혜가 주는 것을 받아먹은 민아가 혼잣말로 중얼거렸다.

"그래, 먹고 죽은 귀신이 때깔도 좋다잖아. 먹자. 먹어."

고깃집은 오늘도 문전성시를 이루고 있었다. 테이블마다 고기를 굽는 사람들로 넘쳐났다.

"날 잘 잡은 것 같아. 비도 내려 주고. 딱 적당하잖아. 안 그래?"

"그럼요. 뭐니 뭐니 해도 소주는 비를 보면서 마셔야 제맛이죠."

김 주임이 뭘 아는 것처럼 거들자 정혜가 그의 잔에 술을 따르곤 안주도 살뜰히 챙겨 줬다.

"김 주임, 정혜 어디가 좋아?"

민아가 뜬금없이 묻자 김 주임이 얼굴을 벌겋게 물들이며 머리를 쓱쓱 긁어 댔다. 그런 모습이 꼭 우직한 곰처럼 보였다.

"좋은데 이유가 있나요?"

"나이 차가 몇 살이나 나는 거야?"

"한 살. 한 살이라고. 됐어?"

"아, 그럼 딱히 반대당할 이유도 없겠네."

민아의 말에 눈치 빠른 선우가 뭔가를 캐치한 듯 눈을 가늘게 뜨고 그녀를 쳐다봤다.

"너, 설마 반대하는 거야? 그쪽 집에서?"

"어머어머, 이거 웬일이니?"

"오뎅 혹시 다른 여자 만나고 다니는 거야?"

민아는 고개를 저으며 힘없이 술을 마셨다.

"야, 세상에 차고 넘치는 게 남자야. 뭘 걱정하니? 아니라고 하면 툴툴 털어 버려."

"넌 좀 가만히 있어 봐. 민아 얘기 좀 들어 보자."

선우가 정혜에게 경고를 날렸다.

"오늘 사모님, 어떤 젊은 여자분하고 차에서 내리시더라고요. 주차장에서 뵀어요."

정혜에게서 미리 민아와 본부장의 사이를 전해 들은 김 주임이 도화선에 불을 지폈다. 분기탱천한 선우와 정혜가 이성을 잃고 이건을 씹어 대기 시작했다.

"야, 김 주임. 어디 가서 오뎅 좀 사 와 봐."

"네?"

"오뎅 좀 씹어 먹게. 아주 잘근잘근 씹어 먹어 버려야 속이 시원할 것 같아."

"그래서? 그래서 어떻게 됐는데?"

그나마 이성의 끈을 붙잡고 있던 선우가 김 주임을 재촉하며 물었다.

"세 분이서 같이 나가셨다나 봐요. 서 비서님이 근사한 레스토랑도 예약하고."

"확실해?"

"네. 다른 부서 사람한테 들었어요."

앙칼지게 눈을 치켜 뜬 민아가 술잔을 소리 나게 내려놓았다.

탁!

남자가 어디 저뿐이야? 흥. 그래 두고 봐.

"야, 김 주임. 너도 남자라고 이 여자, 저 여자 만나고 다니는 거 아니야?"

민아의 화살이 난데없이 김 주임에게로 향했다.

"네? 저, 저는 아닙니다."

당황한 김 주임이 아니라고 항변했지만 민아의 귀에는 들리지 않았다. 이미 남자는 흉측한 무기를 달고 다니는 발정난 놈으로 보일 뿐이었다.

"아니긴 뭐가 아니야, 남자들 뭔가 착각하나 본데 우리가 니들 없으면 못 살 줄 알아?"

"잘한다, 이민아."

"요즘 세상에 부실한 니들 물건보다 좋은 게 얼마나 많은데. 니들 착각하지 마."

"하긴, 요즘 같은 세상에 혼자서도 얼마든지 만족할 수 있지."

정혜가 맞장구치자 선우가 더 힘차게 고개를 끄덕였다.

"뭡니까. 지금."

"너 왜 눈에 힘주고 그래? 누님들이 자유롭게 얘기 좀 하겠다는데?"

정혜의 타박에 꼬리를 내리긴 했지만 김 주임의 얼굴엔 불만의 기색이 역력했다. 낯 뜨거운 이야기를 끊임없이 해 대는 그녀들 때문에 그는 잠깐 자리를 벗어나려 엉덩이를 들썩였다.

"뭐야? 물 빼러 가게?"

"네."

어금니를 지그시 깨물고 대답하는 김 주임의 표정은 누가 봐도 단단히 화가 난 것 같았다. 그렇지만 술에 취한 정혜의 눈에는 그저 귀여운 곰 한 마리가 투정을 부리는 것처럼 보일 뿐이었다.

"누님이 화장실 데리고 가 줘?"

"혼자 다녀올 수 있습니다."

"그래, 그럼 어서 다녀와. 우린 토킹 어바웃 하고 있을 테니까."

"내가 진동기를 써 봤는데 일제가 최고더라고. 중국산은 너무 고장이 잘 나는 거 있지?"

"일본 애들은 그쪽으로 물건 만드는 거 하난 확실해."

세 사람의 대화에 그는 고개를 절레절레 저으며 주차장 쪽 화장실로 향했다.

"젠장, 비는 왜 이렇게 내리는 거야."

조금 전 비가 와서 술 마시기 딱이라던 그는 어딜 간 것인지 입이 댓 발은 나와서 투덜거렸다.

주차장을 가로질러 화장실에서 볼일을 본 김 주임은 나온 김에 한 대 피우고 들어가자 싶어 담배를 꺼내 물었다.

젠장, 불이 없네.

주변을 둘러보자 저만치 서 있는 남자가 담배를 피우고 있었다. 그는 불이나 빌리자 싶어 남자에게로 다가갔다.

"저, 불 좀 빌립시다. 불을 놔두고 와······. 어? 본부장님 아니십니까."

"경영기획팀 김 주임?"

"하하, 네. 불, 감사합니다."

그는 이건이 내미는 은색 스틸의 라이터를 양손으로 받아 담배에 불을 붙였다.

"저, 여기 있습니다."

이건은 그가 내민 라이터를 호주머니에 넣고 담배의 불티를 날렸다.

"술 마시러 온 모양이지?"

"네."

"회식?"

"공식적인 건 아니고, 대리님들과 같이 왔습니다."

"그러니까 누구."

"네? 아, 이 대리님과 한 대리……."

"됐고. 어디에 있어?"

"저기 바로 아래 고깃집입니다."

손에 들고 있던 담배를 바닥에 던지고 발로 지그시 밟은 이건은 빠른 걸음으로 주차장을 가로질러 김 주임이 말한 고깃집으로 향했다.

"이게 무슨 일이야. 갑자기."

무슨 일이 크게 벌어질 것 같은 예감에 등골이 짜릿해 김 주임은 손에 들고 있던 담배를 바닥에 던져 버리고 본부장의 뒤를 따랐다.

지금 세 사람의 상황은 한마디로 개차반이었다. 그녀들을 구할 수 있는 사람은 자신밖에 없다는 사명감에 가득 찬 채로 김 주임은 곰 같은 몸을 날렸다.

고깃집으로 들어선 이건은 제일 먼저 민아를 눈에 담았다. 양 뺨은 물오른 복숭아처럼 발갛게 물들어 있었고, 커다란 눈망울은 흐트러진 채 촉촉이 젖어 남자의 음심을 자극하고도 남을 만큼 관능적이었다.

자신이 없는 곳에선 술 마시지 말라고 분명히 말했는데 저렇게 또 마시고 있다니.

이건은 한참을 팔짱을 낀 채 민아를 바라보았다. 이렇게 멀리서 지켜보는 것도 좋았다. 그의 가시권 안에만 있다면 무엇을 하든 괜찮을 것 같았다.

"오뎅 사러 간 김 주임은 어딜 간 거야?"

"오뎅 사러 간 게 아니라 물 빼러 갔다니까."

민아의 말을 정혜가 제대로 짚으며 정정했다.

"그런데 너무 늦네. 설마 도망간 거 아니야?"

"넌 줄 아니?"

선우를 향해 톡 쏘아붙이는 정혜를 보며 민아가 혀를 찼다.

"우리 김 주임, 김 주임. 아예 좋아 죽는구나?"

"싫을 건 또 뭐야?"

"아직 바이브레이터 좋아하긴 너무 이르지. 암. 조금 더 있어 봐, 너도 우리처럼 될 테니까."

선우가 소주잔을 들고 민아한테 건배를 외쳤다.

"건배!"

"마시고 죽자!"

민아는 신나게 잔을 치며 술을 쭉 들이켰다. 한껏 풀어진 채 잔을 내려놓으며 안주를 집어 먹으려는 순간, 그녀가 고기를 툭 떨어뜨렸다.

"지금 내가 헛것이 보이는가 봐."

"젓가락질이나 똑바로 해."

"그게 아니라, 진짜 오뎅이 저기 있는데?"

"쯧쯧, 불쌍한 것. 오뎅한테 차이더니 헛것이 보이니?"

"저런 유리 멘탈로 어떻게 살아가려고."

오늘따라 척척 죽이 맞는지 선우와 정혜가 한마디씩 보탰다.

"대리님! 본부장님께서 오셨습니다."

사색이 된 김 주임이 그녀들 사이로 뛰어와 소리쳤다.

"이민아, 일어나."

고깃집 분위기가 서늘해졌다. 한참을 떠들어 대던 세 여자는 입을 다물고 소리의 정체를 향해 고개를 돌렸다. 모두 얼이 빠진 여자처럼 이건을 멍하니 쳐다보고 있었다.

"많이 마신 것 같은데, 이 대리는 내가 데리고 갑니다."

"그, 그러셔야죠. 네. 저희는 상관없어요."

이건이 자신의 가방을 챙겨 들고 고깃집을 빠져나가는 모습을 보며 민아는 주먹을 움켜쥐었다.

"누구 맘대로!"

민아는 벌떡 자리에서 일어나 이건의 뒤를 따라갔다.

"어휴, 살벌해. 민아 쟤도 정말 강심장이야. 난 본부장 눈빛 만으로도 오줌 쌀 것 같은데. 유리 멘탈은 쟤가 아니라 난 거 같 아."

"싸긴 뭘 싸요! 진짜! 말 좀 가려서 하세요!"

김 주임이 정혜를 향해 버럭 소릴 질렀다.

"애 떨어지겠어. 왜 소릴 지르고 그래!"

"애, 애요?"

"너랑 무슨 말을 하겠니. 넌 언제 사람 되니? 언제까지 곰 에서 머무를 거야. 응?"

"내가 볼 땐, 어렵지 싶어. 사람 되기는."

선우가 술잔을 기울이며 고개를 저었다.

"널 어쩌면 좋니?"

정혜는 선우의 말에 김 주임을 바라보며 혀를 찼다.

"타."

민아는 차 문을 열고 기다리는 이건을 향해 다가갔다. 비 는 세차게 내렸기에 둘 다 피할 순 없었다.

민아가 차에 오르자 따라 탄 그가 시동을 걸고 차를 출발 시켰다.

"어딜 가는 거예요?"

"오피스텔."

"싫어요. 집에 갈래요."

"피곤해? 그럼 집으로 바로 갈게."

이건은 민아가 왜 이렇게 엉망으로 취했는지, 무슨 이유 때문에 술을 마셨는지 묻고 싶은 것투성이였지만 그녀가 입을 열 때까지 꾹 참기로 했다.

그는 그저 가슴이 터질 것 같은 답답함에 짙은 한숨을 내쉬었다.

"이민아, 할 말 없어?"

"없어요."

민아는 그가 먼저 오늘 있었던 일을 말하기 전까진 죽어도 입을 열지 않을 생각이었다. 그의 차에 올라탄 것도 자존심이 상해 죽을 것 같았다.

"왜 그렇게 취한 거야? 응?"

잠시 빨간 신호에 차가 멈춰 서자 이건은 손을 뻗어 민아의 뺨을 쓰다듬었다.

탁!

"치워요."

그녀가 매몰차게 그의 손을 치워 냈다.

당황한 이건은 내쳐진 손에 주먹을 살짝 움켜쥐며 핸들 위에 올렸다.

"말하지 않으면 몰라. 서로 왜 화가 났는지, 무슨 일인지 말을 해야 아는 거야. 그렇게 있으면 내가 독심술이 있는 것도 아니고 어떻게 알아!"

"왜 소릴 지르고 그래요? 뭘 잘했다고?"

민아가 울먹이며 고함을 질러 댔다.

그는 아무 말 없이 비상등을 켜고 차를 갓길에 세웠다. 그리고 몸을 돌려 민아를 바라보았다.

"이민아, 날 봐."

"보면 뭐해요. 다른 여자나 만나고 다니는 남잔데. 본부장님이 그랬잖아요. 누가 물으면 내 애인은 본부장님이라 말하라고. 그런데 왜 다른 여자 만나고 다녀요? 그 여자랑 결혼할 거예요?"

이렇게 예쁜 너를 놔두고 내가 왜 다른 여자랑 결혼하겠어. 미치지 않은 다음에야.

이건의 눈동자가 짙게 물들었다.

"나한테 여자는 너 하나뿐이야. 너밖에 없어."

비에 젖은 민아의 머리카락을 쓸어내린 이건은 그녀의 얼굴을 쓰다듬으며 눈가에 흘러내린 눈물을 닦아 냈다. 그리고 그녀를 품으로 꽉 끌어당겼다. 그녀의 입에서 억눌린 신음이 새어 나왔다.

"하아!"

"민아야, 울지 마."

"운 좋은 줄 알아요. 오빠가 부대를 끌고 내려올 뻔했으니까."

"뭐?"

그가 낮게 웃었다.

그 울림이 고스란히 전해져 왔다. 민아는 입술을 깨물며 이건의 품에서 빠져나왔다.

"오늘 누굴 만났는지 말 안 할 거면 앞으로 나 볼 생각하지 마요. 그리고 다시는 본부장님과 섹스 안 할 거예요. 바이브 레이터가 그렇게 좋다더라고요. 좌로 우로 아주 제대로 찔러 주고 자지러지게 만들어 준다던데요?"

민아는 턱을 쳐들고 그를 향해 엄청난 말을 쏟아 냈다. 술 에 취한 나머지 용기백배한 그녀는 거칠 것이 없었다.

"누가 그런 말 했어? 정 대리? 한 대리?"

"왜요? 뭐가 궁금한 건데요? 누구랑 달라서 멀티 오르가 슴도 가능하다던데요?"

"머, 멀티?"

"네."

"가자."

"어딜요?"

"어디긴, 멀티 오르가슴 느끼게 해 줘야지. 우리 민아."

이건의 두 눈은 말과 달리 무시무시한 안광을 뿜어 댔다.

아주 저질들이야. 정 대리, 한 대리. 사람 그렇게 안 봤는데 순진한 민아를 물들이다니.

남몰래 이를 갈던 이건은 민아를 뭐로 죽여 줄까에 생각이 미쳤다. 벌써 잔뜩 부풀어 오른 남성은 손만 대도 사정할 것 같았다.

이러면 멀티 오르가슴은 힘들겠는데.

학창시절 친구들한테서 들어 왔던 온갖 방법들이 머릿속에 떠올랐다.

발기 지속 시간을 늘리기 위해 치약을 바르거나 괄약근 조이는 연습을 한다고 했는데 이제부터 그도 관리에 들어가야 할지도 모른다는 생각이 들었다.

"민아야, 화 풀린 거지? 그럼 오피스텔로 간다? 응?"

왜 대답이 없지?

힐끔 고개를 돌려 옆을 보자 민아는 그새 세상모르고 쿨쿨 자고 있었다.

잔뜩 흥분시켜 놓고는.

"하아, 민아야."

허탈한 시선으로 아래를 내려다보던 이건은 민아의 원룸 쪽으로 차를 몰았다. 나름 속이 많이 상했던 모양이었다. 그녀의 자는 모습은 영락없는 아이 같았다.

저처럼 음흉한 놈을 만나 이토록 순수한 민아가 힘들어하고 속상해하는 것 같아 이건은 미안했다.

많이 좋아한다. 민아야.

가만히 그녀의 이름을 되뇌자 가슴에 뜨거운 덩어리가 울컥 치솟았다. 그녀를 향한 애정은 식을 줄 모르고 더욱 끓어올랐다.

오늘도 그랬다.

서지은이란 여자와 잠깐 있는 동안에도 민아 생각에 금단 증상처럼 초조해하며 담배를 피워 물었었다. 우현의 예전 약혼녀 이름이 지은이라는 것만 알았지, 얼굴은 알지 못했었다.

그런데 제 입으로 우현의 약혼녀였다고 말하니 그제야 모든 것이 이해되었다. 그래서 더 생각할 것도 없이 우현을 불렀다. 우현이 미친 듯이 달려오지 않았다면 아마 그녀 혼자 내버려 두고 나왔을지도 모른다.

재킷 주머니에 넣어 둔 휴대폰이 울렸다.

우현으로부터 걸려 온 전화였다. 블루투스를 귀에 꽂으며 그는 전화를 받았다.

"여보세요."

—이건, 지금 어디야?

"집으로 가는 중이야."

—미안하다. 연락해 줘서 고마워.

"너, 내 동생 갖고 놀면 죽여 버린다."

—그럴 리가. 지은이랑 제대로 마무리 지을 거야.

"알아서 해. 난 상관없으니까."

—그래. 다음에 보자.

세상이 좁다지만 우현의 전 약혼녀라니.

알고 보면 여자란 동물은 정말 독했다.

사랑하지도 않는 남자랑 어떻게 결혼할 생각을 할 수 있을까.

이건은 옆에서 곤히 자고 있는 민아를 쳐다봤다.

이민아, 너도 그럴 거야? 응?

절대 그럴 리가 없지. 나만 보고, 나만 사랑해. 이민아.

내가 죽도록 사랑하니까.

#10

래프팅에
사랑을 신고

바이브레이터를 앞에 놓고 멀티 오르가슴에 이르는 비법을 연구하던 이건은 비아그라를 먹지 않고서는 불가능할 것 같단 생각에 심각한 고민에 빠졌다. 그는 테이블 위에 올려놓은 손을 까딱이며 한참을 그렇게 있었다.

"이건 아무래도 연수회 다녀와서 연구해야겠다."

이건은 바이브레이터를 서랍 속에 넣으며 자리에서 일어났다.

오늘은 경영기획팀과 영업전략팀이 조인해서 직원 연수회를 가기로 한 날이었다.

똑. 똑.

서 비서가 노크를 하고 들어왔다. 평소와 달리 화사한 점 퍼를 입은 모습으로.

"본부장님, 출발하실 시간입니다."

"다 모였습니까."

"네."

"이민아 대리는?"

"당연히 왔죠. 본부장님, 너무 티 내시면 곤란한데요."

"서 비서만 입조심하면 될 것 같은데요?"

"어머, 오늘 제 도움이 꼭 필요하실 듯한데. 정 그러시면 전 가만히 있겠습니다."

"전과가 있잖습니까."

이건이 비딱하게 눈을 치켜뜨고 그녀를 쳐다봤다. 그는 민 아에게 어머니와 지은이 찾아왔었던 이야기를 전했다는 이유 만으로 며칠을 쥐 잡듯 잡았었다. 그에 서 비서는 정말 심각하 게 사직을 고민했고, 책상 서랍에 넣어둔 사직서를 꺼냈다 넣기를 수십 번도 더 반복했었다.

다행히 지금은 그의 화가 누그러졌지만 저렇게 불량스럽게 눈을 치켜뜰 때면 오금이 저렸다. 그는 절대로 크게 소리치는 법도, 화를 내는 법도 없었다. 그저 일로 사람을 괴롭혔다.

이건이 무서운 사람이란 것을 새삼 느낀 서 비서는 그 이 후로 알아서 조심하기 시작했다.

"가시죠."

"네."

싱글벙글 웃고 있는 이건의 뒤통수를 노려보며 서 비서는 진심으로 민아의 명복을 빌었다.

"젠장, 저런 남자는 열 트럭을 줘도 싫어."

혼잣말로 고개를 젓던 서 비서는 얌전히 이건의 곁에 가서 섰다.

이건과 서 비서를 태운 엘리베이터는 내려가다 바로 아래층에서 멈췄다. 문이 열리자 왁자지껄한 소리가 들려왔다. 민아와 다른 직원들이 우르르 엘리베이터에 올랐다.

"안녕하세요. 본부장님."

이건을 발견하곤 다들 씩씩하게 인사를 건넸다.

"서 비서님도 안녕하세요?"

서 비서는 제 곁으로 다가온 민아가 인사를 해 오자 그런 그녀를 떨떠름한 표정으로 쳐다봤다.

저런 본부장을 들었다 놨다 하는 걸 보니 이 대리가 더 사람 같지 않았다.

"서 비서님, 어디 안 좋으세요? 안색이 별로예요."

"아니야. 괜찮아."

호텔 별관 주차장엔 뉴월드 호텔의 리무진 버스가 준비되어 있었다.

"본부장님이 힘쓰셨나 봅니다."

류 과장이 아부의 극치를 달리는 소릴 해 대자 이건이 픽 웃었다.

"그래도 사주 아들인데 리무진 정도는 준비해야 하지 않겠습니까."

"하하하, 맞는 말씀이십니다."

서 비서는 입술을 삐죽이며 속으로 혀를 찼다. 리무진 아이디어는 그녀에게서 나온 것이었다.

그래, 네 여자 앞에서 무게 잡고 싶다 이거지?

"안녕하십니까, 서 비서님."

그때, 최영민 실장이 다가와 서 비서에게 인사를 건넸다. 그의 다음 타깃은 서 비서인 모양이었다.

"최 실장님 오늘 멋지십니다."

"그래요? 하하."

오늘은 날씨도 화창해 놀러 가기 딱 좋은 날이었다.

민아는 들뜬 마음을 애써 누르며 저만치 서 있는 이건을 바라보았다. 짙은 색 청바지와 티셔츠를 입은 모습이 가슴 떨리도록 멋졌다. 바람이 불자 그의 머리카락이 바람결에 흩날렸다.

이건은 민아를 향해 슬쩍 미소를 흘리며 눈웃음을 지었다.

"야, 침 닦고 타기나 해. 영업팀에서 명당 자리 다 차지하겠어."

정혜가 넋을 놓은 민아를 툭 치며 리무진 버스로 끌고 갔다.

차는 달리고 달려 산 좋고 물 좋은 곳에 그들을 내려놓았다. 차 안에서부터 떠들고 놀던 사람들은 거의 도착했을 때쯤 잠이 들었다. 그건 민아도 마찬가지였다.

버스가 멈춰 서자 눈이 번쩍 뜨일 만큼 아름다운 별장이 그들의 눈앞에 펼쳐져 있었다.

"이번에 새로 직원들을 위한 연수 장소로 뉴월드 호텔에서 지은 곳입니다."

류 과장이 설명하자 영민이 앞으로 나와 설명을 덧붙였다.

"이 장소를 물색한 것이 바로 저희 영업팀 아니겠습니까. 앞으로 경영기획팀과 영업팀 서로 잘해 봅시다."

"박수!"

영민의 모습을 보며 이건이 속으로 피식 비웃었다.

선산으로 대대로 내려오던 곳을 놀리기가 아까워 지은 곳이었다. 그런데 무슨 영업팀이 물색을.

하지만 아무래도 상관없었다. 민아가 저렇게 좋아하니 그로서는 만족스러웠다.

새로 지은 숙소는 전 직원들이 와서 숙박해도 될 만큼 규

모가 컸고, 주변엔 서바이벌 게임을 할 수 있는 곳과 실외 체력장도 있었다. 게다가 조금만 나가면 래프팅을 할 수 있는 곳도 위치했다.

이번에 새로 준비한 래프팅 프로그램은 뉴월드 호텔에서 개발한 것으로 이것과 연관된 호텔 프로젝트가 앞으로 추진될 예정이었다.

단체로 움직이는 만큼 개인행동은 특별히 삼가라는 말과 함께 숙소가 배정되었다.

"점심 먹고 나면 래프팅해야 되는 거 알지?"

정혜가 옷을 갈아입으며 말하자 선우가 환호성을 질러 댔다.

"정말? 래프팅이 얼마나 재미있는데. 생각만으로 신나."

"누가 군인 여편네 아니랄까 봐 저러는 것 좀 봐. 난 지금 멀미가 날 지경인데."

"민아 넌 물 싫어하지?"

"응."

"도저히 안 되겠어?"

"일단 점심 먹고 생각해 보게."

"그래, 가자."

다들 옷을 갈아입고 식당으로 모였다.

그곳에는 이미 영업팀이 와서 최 실장을 선두에 세우고 식사를 하고 있었다.

"와, 저쪽 사람들 대단하네. 체격이 우리랑 비교도 안 되게 튼튼해 보인다."

"그러게."

"안 되겠어. 민아 네가 빠지면 곤란하지 않겠니? 노는 누가 저어? 너 팔뚝 힘세잖아."

"그래, 내 팔뚝 굵다. 됐니?"

민아가 팔에 알통을 만들어 눈앞에서 흔들어 대자 뒤에서 류 과장이 나직이 말했다.

"본부장님, 우린 이겨 놓은 당상입니다."

"하하, 글쎄요."

사람 좋게 웃는 그였지만 저만치 떨어져 있는 영민을 바라보는 이건의 얼굴에는 독기가 잔뜩 올라 있었다. 지난번 민아한테 수작질을 걸던 걸 생각하면 머리꼭지가 돌아 버릴 것만 같았다.

게다가 저런 녀석이 그녀의 짝사랑 상대였다니. 속이 부글부글 끓었다.

"경영기획팀 전부 다 참석해서 꼭 이기도록 합시다."

자리에 앉은 이건이 기획팀 직원들을 쭉 둘러보며 필살의 의지를 담아 말했다.

"넵! 당연하신 말씀이십니다."

"김 주임만 믿습니다."

민아는 속으로 마음을 굳게 먹었다. 이 상황에 혼자 빠질 순 없는 노릇이었다. 그리고 영민이 이끄는 팀이 이기는 꼴은 죽어도 볼 수 없었다. 이건이 반드시 이겨야 한다고 하질 않았는가.

민아는 눈을 초롱초롱하게 빛내며 마음을 다잡았다.

그까짓 물쯤이야.

점심 식사를 마친 직원들은 차를 타고 래프팅 장소로 이동했다.

모두들 흐르는 물살을 보며 환호성을 질러 댔지만 민아는 등에 식은땀이 축축해질 만큼 긴장하고 있었다. 허옇게 질린 그녀를 보며 선우가 물었다.

"괜찮겠어?"

"응. 괜찮아."

민아가 억지로 입꼬리를 올리며 웃어 보였다.

"야, 빨리 가자. 가서 설명 잘 듣고 그대로 하면 돼."

직원들은 배를 띄우는 곳으로 가서 열심히 준비운동을 하고 래프팅 강습을 들었다.

구명조끼를 입고 있긴 했지만 민아는 좀처럼 얼굴을 펼 수 없었다. 그런 그녀에게 이건이 다가왔다.

"노란 병아리 같아. 귀여워. 노 저을 때, 내 뒤에 바짝 붙어 있어. 혹시나 위험할지도 모르니까."

"네."

이런 남정네를 봤나. 슬그머니 다가와 챙겨 주고 가는 그의 센스에 순간 민아는 두려움마저 날려 버렸다.

래프팅 강사는 사흘 전에 비가 와서 물의 높이가 적당하다고 했지만 그녀 눈에는 물살이 제법 세차 보였다.

배에 올라탄 민아는 다행히 둘의 사이를 아는 몇몇의 도움을 받아 이건의 뒤에 앉을 수 있었다.

남자들이 배 앞머리에 앉았고 여자들은 뒤에서 노를 저을 준비를 했다.

출발 신호가 떨어지자 두 팀이 동시에 출발했다. 영업팀은 환호성을 지르며 열심히 노를 저었고, 그건 기획팀도 마찬가지였다.

노를 저을 때마다 이건의 탄탄하고 자잘한 근육들이 팽팽하게 부풀어 올랐다. 뒤에서 그것을 바라보던 민아는 숨이 막힐 지경이었다.

그러나 이건의 몸을 보며 감탄하던 것도 잠시, 절경이 펼쳐진 주변을 둘러볼 틈도 없이 급류 코스에 닿자 민아는 점점 더 하얗게 질려 갔다.

"까악!"

다들 비명을 질러 대며 급류에 빨려 들어갔다. 힘껏 노를 저으며 앞으로 나가는데 그 물살이 너무 빨라 민아는 정신을 차릴 수가 없었다.

하지만 배는 무사히 급류를 빠져나가고 물살이 약한 곳으로 내려갔다.

"어, 민아야. 민아야, 괜찮아? 이 대리!"

민아는 귀가 먹먹해져 주위의 소리가 제대로 들리지 않았다. 어질어질 주위가 빙글빙글 돈다고 느낀 순간 그녀는 물속으로 스르륵 빠져 버렸다.

이건은 곤히 잠이 든 민아를 보며 속으로 자신을 욕하고 나무랐다. 어릴 적, 강에 빠져 죽을 뻔했던 이야기를 들어 놓고서도 그것을 배려하지 못하고 그대로 래프팅을 진행했던 자신을 끝도 없이 원망했다.

물에 대한 공포심은 겪어 보지 않은 사람은 모른다.

어릴 적 바다에 빠진 사람은 두 번 다시 바닷물에 발을 담그지 못할 만큼 그 공포심이 크고 오래 간다고 한다. 그걸 알면서도 민아를 사지로 몰아넣은 자신이었다.

그깟 승부가 뭐라고.

민아를 안고 숙소로 오는 동안 이건은 제정신이 아니었다. 구급 요원과 함께 강을 빠져나와 육로로 이곳에 도착할 동안 그녀는 잠시 정신을 차렸다가 다시 깊은 잠에 빠져들었다.

다행히 몸에 큰 이상이 없다는 의사의 소견을 듣고 난 뒤에야 한시름 놓을 수 있었다.

노심초사 깨기만을 기다리던 그와 달리 그녀는 한숨 푹 자고 일어나 개운한 표정으로 눈을 떴다.

"어, 제가 왜 여기 있어요?"

"괜찮아?"

"본부장님, 얼굴이 왜 그래요?"

"응?"

그는 마른세수를 하며 그녀를 향해 어설픈 미소를 지었다. 얼마나 속을 끓였는지 마음고생 한 흔적이 역력했다.

승부욕에 눈이 멀어 제 여자를 사지로 몰아넣다니. 흥!

그제야 모든 것이 떠오른 민아는 일부러 고생 좀 해 봐라 싶었다.

"다들 어디 갔어요? 전 왜 여기 있는 건데요?"

"기억 안 나?"

"무슨 기억요?"

그의 검은 두 눈이 깊은 수렁처럼 짙어졌다.

"너 물에 빠졌었어. 기억 안 나? 머리 아프진 않고?"

"머린 안 아파요. 그리고 여기가 어디라고요?"

"연수회 온 건 기억나니?"

"아니요."

금방이라도 울 것 같은 표정으로 민아를 힘껏 끌어안고 어깨에 얼굴을 묻던 그가 그녀를 안아 들었다.

"가자. 서울로. 병원 가서 진찰 받아 보자. 민아야, 내가 죽일 놈이야."

그의 두 눈이 시뻘겋게 충혈되어 있었다. 우는 남자를 처음 본 민아는 그의 두 눈에 글썽이는 눈물을 보자 가슴이 찢어지는 것만 같았다.

"사랑해. 민아야. 사랑해. 아파도 조금만 참아. 가자."

그는 그녀의 얼굴과 정수리에 사정없이 키스를 퍼부으며 젖은 뺨을 비벼 댔다. 온몸을 더듬는 손길에 그의 뜨거운 마음이 절절히 흘러넘쳤다.

이건은 안타까워 죽을 것 같은 얼굴로 민아를 바라보며 품 안에 끌어안았다.

뭐야, 골려 주려고 했는데 왜 이렇게 감동을 주는 거야.

민아는 저도 모르게 눈물을 흘렸다. 가슴이 아프고 찢어지는 것만 같아서 아무 말도 할 수가 없었다.

"울면 머리 아파서 안 돼. 뚝."

"흐흑."

"울지 마. 응? 내 목 단단히 잡아."

그가 애타게 사랑을 말하고 있었다. 자신을 얼마나 사랑하는지 절절히 온몸으로 호소하고 있었다. 자신을 향한 눈빛, 행여나 아플까 걱정하는 저 얼굴은 거짓일 수가 없었다.

가슴 가득 끓어오르는 이건의 사랑으로 민아의 두 눈에선 눈물이 하염없이 흘렀다.

"사랑한다, 민아야. 이렇게라도 곁에 있어 줘서 고마워. 병원에 가면 다 괜찮아질 거야. 다 기억날 거고. 아픈 것도 나을 수 있을 거야. 가자."

"흑, 이건 씨."

가던 걸음을 멈춘 그가 일렁이는 눈빛으로 그녀를 바라보았다.

"다시 불러 봐. 내 이름."

"……이건 씨."

"그래, 지금은 그것만 기억해. 내가 너를 얼마나 사랑하는지. 그리고 사랑했는지. 나머지는 병원 가서 제대로 검사해 보자. 응?"

그는 젖은 뺨을 닦아 내고 밖으로 향했다. 민아는 자신의 손을 꼭 붙잡은 그를 바라보며 울먹였다.

"저, 사실은 다 기억해요. 하나도 안 아파요."

걸음을 우뚝 멈춘 그가 그녀를 쳐다봤다.

"래프팅하다가 갑자기 현기증 때문에 물에 빠졌고 잠깐 정신을 잃었던 것뿐이에요. 미안해요."

민아는 그가 혼낼까 봐 목을 꽉 끌어안고 목덜미에 얼굴을 비벼 댔다.

"그럼, 날 속인 거야?"

그녀는 그저 고개를 끄덕였다.

"나 죽어 보라고?"

"그, 그건 아니에요."

"하아, 이민아. 널 어쩌면 좋니."

민아는 그제야 제 장난이 심했다는 것을 눈치채고 그의 안색을 살폈다.

"사랑해요. 좋아해요. 안아 줘요."

그가 다시 얼굴을 굳혔다.

"지금 그게 말이 돼?"

"어서요. 본부장님 방으로는 아무도 안 올 거 아니에요."

"그러니까 내 방으로 가자고?"

"네."

민아는 일부러 그의 귓가에 뜨거운 숨결을 뿜어 대며 귓불을 혀로 할짝거렸다.

"하아, 이민아. 각오 단단히 해야 할 거야."

"원하던 바예요."

금방이라도 누군가가 들이닥칠지도 모른다는 긴장감이 묘

356

하게 긴장감을 불러일으키며 두 사람을 흥분하게 만들었다. 이건은 민아의 옷을 모두 벗겨 버리고 그녀의 다리 사이로 손을 내렸다.

바닥엔 그녀의 옷가지들이 흩어져 있었다. 그는 그녀의 입술을 부드럽게 삼키며 혀를 깊숙이 묻었다. 그리곤 입안 구석구석을 핥고 타액을 삼키며 타는 듯한 갈증을 달래려 끊임없이 빨아들였다.

"아응."

그녀의 입에서 새어 나오는 신음만으로도 그의 남성은 단단하게 부풀어 올랐고, 금방이라도 안으로 파고들 준비를 마친 상태였다.

"급하니까 먼저 들어갈게."

이건은 바지 지퍼를 내린 채 민아의 다리 한쪽을 들어 올리고 그 사이로 남성을 묻었다.

"으윽."

지나치게 좁고 **빡빡**했다. 내밀한 속살이 그를 사정없이 조여 왔다. 척추를 타고 흐르는 짜릿한 쾌감에 앓는 소리가 저절로 새어 나왔다.

"하아, 이건 씨."

민아의 입에서 나오는 신음에 이건은 그녀의 입술을 틀어막으며 다시 힘껏 빨아들였다.

"좋아. 돌아 버릴 것 같아. 하아."

어깨를 양손으로 짚은 채 힘겹게 따라오는 민아의 움직임에 이건은 참을 수 없는 격정을 느꼈다.

더, 더, 더 깊이 들어가고 싶다는 욕망이 끊임없이 그를 자극했다.

이건의 움직임이 시작되자 민아는 가쁜 호흡을 내쉬었다. 서로 맞물린 곳의 열기가 서서히 피어오르고 움직임이 점차 빨라졌다. 이건의 새까만 눈동자는 그녀의 얼굴을 삼켜 버릴 듯 집요하게 더듬고 있었다.

그는 손을 뻗어 그녀의 가슴을 어루만지다 고개를 숙여 입안 가득 삼켰다. 혀로 돋아난 유두를 비벼 대고 이로 잘근거리자 그녀의 깊은 곳이 더욱 조여 왔다.

그는 참을 수 없는 아찔함에 힘껏 허리를 쳐 올렸다. 그러자 그녀의 입에서 교성이 터져 나왔다.

"아아……."

"하아……. 민아야."

이건은 민아를 부르며 지금 그녀를 안고 있는 사람이 누구인지 보라고 일깨웠다.

강렬한 쾌감에 그는 미간을 찌푸리며 그녀의 가슴을 더욱 힘껏 움켜쥐었다. 하지만 미흡했다. 부족했다.

이건은 민아의 안에서 쑥 빠져나왔다.

놀란 그녀는 내리뜬 눈을 동그랗게 뜨며 그를 바라보았다.

그는 그녀를 안아 들고 소파로 향했다. 그리고 제 허벅지 위에 그녀를 앉혔다. 미끈하고 따뜻한 그녀의 깊은 곳에 들어가기 위해 그의 남성이 껄떡이며 들이대고 있었다.

민아는 용기를 내어 그의 것을 손으로 잡고 제 안으로 이끌었다. 남성은 단번에 받아들이기에 버거울 만큼 컸지만 그것이 주는 쾌감을 알기에 그녀는 스스로 그를 제 안에 품었다.

하지만 익숙지 않아 쉽지 않았다. 땀을 흘리며 힘들어하는 민아를 보며 낮게 웃음을 터트린 그가 제 것을 잡고 그녀의 허리를 천천히 낮추었다.

그를 품은 민아의 얼굴은 아름다워 미칠 만큼 섹시했다. 작게 떨리는 미세한 진동마저도 고스란히 전해져 왔다. 이건은 짙은 한숨을 토해 내며 힘껏 조여 오는 그녀에게 익숙해지려 이를 악물었다.

어느 정도 적응한 그녀는 서서히 엉덩이를 움직이며 그를 희롱했다. 그는 그런 그녀를 저지하듯 가슴을 양손으로 움켜쥔 채 입안 가득 삼키며 힘껏 빨아 당겼다.

"아흑. 아아."

그녀의 신음이 그를 미치게 했다.

자신의 승부욕 때문에 그녀를 다치게 했다는 생각에 정신이 아득했었다. 이렇게 사랑을 나눌 수 없었을지도 모른다 생각하자 울컥 뜨거운 것이 받쳐 올라왔다.

이건은 민아의 가슴에 얼굴을 묻고 눈물을 숨기려 가슴을 빨아들였다.

"하아, 이건 씨. 하아, 날 봐요. 제발."

민아는 뭔가 이상한 낌새를 눈치채고 이건의 얼굴을 들었다. 벌겋게 충혈된 그의 눈이 그녀를 꿰뚫을 것만 같았다.

"사랑해요."

"사랑한다. 민아야."

자신을 힘껏 물어 오는 그녀 때문에 이건은 이미 이성이 바닥이었다. 그저 사랑한다는 말만 머릿속에 맴돌 뿐 금방이라도 폭발해 버릴 것 같았다.

"같이 가자."

손을 내린 그는 그녀와 맞물린 곳을 문지르고 비벼 대기 시작했다. 수풀을 어루만지고 아랫배를 만져 대다 음핵을 검지로 비볐다.

민아의 허리가 뒤로 휘어지며 그를 힘껏 물어 왔다. 이건은 다시 그곳에 힘을 주어 그녀가 절정에 이르는 것을 지켜보았다.

"하흑!"

민아가 허리를 비틀며 다시 한 번 그를 조여 왔다.

퍽. 퍽.

그는 허리를 튕겨 올리며 그녀를 공격하듯 밀어붙였다. 그녀는 더 큰 절정을 찾아가듯 허리를 저절로 움직였다. 절정의 문턱에서 그는 최대한 인내하며 참아 냈다.

그가 입으로 그녀의 가슴을 삼키며 핥아 댔다.

"아, 이건 씨…… 갈 것 같아. 그, 그만."

민아는 눈을 치켜뜨며 입꼬리를 위로 올렸다. 이건은 파르르 떨리는 그녀의 속눈썹 하나까지도 놓치지 않고 지켜보았다. 검은 눈동자로 그녀를 더듬듯 살폈다.

그녀의 허리가 휘며 그를 힘껏 조여 오는 순간, 눈앞이 새하얗게 변해 버렸다.

아찔한 쾌감이 척추를 따라 머리끝까지 치솟았다. 이건은 그 순간 격렬하게 허리를 움직이며 힘껏 안으로 밀어붙였다. 마침내 모든 것을 쏟아 내자 억눌린 신음이 터져 나왔다. 민아는 사정과 동시에 한차례 몰려오는 쾌감에 비명을 지르며 그의 가슴에 무너져 내렸다.

민아를 단단히 받쳐 올린 이건은 터질 것처럼 두근거리는 가슴을 진정시키며 그녀의 젖은 등을 손으로 쓸어내렸다.

얼마나 안고 있었을까. 심장박동이 정상을 찾아갈 무렵 그는 서서히 부피를 키워 나갔다. 그가 몽롱한 듯 짙은 눈을 가늘게 뜨고 그녀를 쳐다봤다.

상기된 얼굴과 요염한 몸은 다시 그를 세우기에 충분했다. 여전히 그녀의 안에 머무른 그가 민아를 힘껏 끌어안았다.

"하아…… 사랑해."

젖은 시선으로 자신을 바라보는 민아는 세상의 어떤 여자보다 아름다웠다.

래프팅을 마친 사람들이 숙소로 돌아오기 전에 둘은 마치 아무 일도 없었던 것처럼 각자의 방으로 돌아갔다.

제 방에 들어온 민아는 가슴이 터질 듯 두근거리고 뛰는 것을 느꼈다.

똑. 똑.

"네."

문을 열고 들어온 사람은 이건이었다.

부드러운 미소를 머금은 그는 손에 머그잔을 들고 있었다.

"마셔. 머리 아프진 않고?"

"네. 괜찮아요."

"이제 사람들이 올 거야."

"알고 있어요. 밤에 몰래 안아 줄 거죠?"

"자꾸 날 자극하지 마. 이민아."

발그레 뺨을 붉히며 그를 향한 애정을 가감 없이 드러내는 그녀는 세상 누구보다 아름답고 순수했다. 이 지구상에 단 하나밖에 없는 소중한 제 여자였다.

이건이 방에서 나간 후 얼마 지나지 않아 정혜와 선우가 물에 빠진 생쥐 꼴로 들이닥쳤다.

"아니, 이건 뭐야. 그림이 수상하잖아. 이 대리, 너 아픈 거 아니었어?"

"얘 얼굴 봐, 어디 아픈 사람 얼굴인가. 활짝 폈네. 폈어."

"뭐야, 했구나. 했어. 내 이럴 줄 알았어."

"그러니까 김 주임 보내야 한다고 했잖아."

"아, 배 아파."

정혜와 선우는 세 시간 동안 래프팅을 하고 온 탓에 녹초가 되어 있었다.

"내가 연수회 다시 오면 성을 간다. 성을 갈아."

❂   ❂   ❂

정혜는 이건의 자리를 대신해서 미친 듯이 노를 저어야만 했었다. 그다음 날 양쪽 팔을 쓸 수 없을 만큼 근육통에 시달린 그녀는 김 주임이 떠 주는 밥을 먹었다.

"그러게, 뭐한다고 그렇게 힘껏 노를 저어요."

김 주임이 밥을 떠먹여 주며 한 소리 하자 정혜가 입을 아, 벌리며 받아먹고서는 침을 튀겨 가며 설명했다.

"사람은 말이야, 승부 근성이 있어야 하는 거야. 알아? 우리가 곧 죽어도 지고는 못 살잖아. 너 모르지? 이 대리가 학교 다닐 때 어땠는지."

"전 한 대리님이 궁금합니다."

"이런, 귀여운 녀석."

김 주임의 볼을 꼬집으려고 손을 들던 정혜는 아아, 앓는 소리를 냈고, 그는 그런 그녀를 안쓰러운 눈으로 바라보며 눈물을 머금었다.

그래, 사랑하면 다 그렇게 되나 보다.

"민아야, 오라버니 휴가 언제래?"

그 꼴을 본 선우가 도저히 참을 수 없는 모양인지 민철을 찾았다.

"글쎄. 안 나오면 좋겠지만 너 때문에 나오긴 해야겠고. 잘 모르겠네."

"나 사라지면 군대 말뚝 박으러 간 줄 알아."

"그러고 싶니?"

민아는 선우를 보며 고개를 절레절레 저었다.

#11
그런 물건이
어디서 났을꼬

회장실에서 자신을 부른다는 소리에 놀란 민아는 어떻게 해야 할지 몰라 머뭇거리다 일단 이건에게 그 사실을 알려야겠다는 생각에 그에게 전화를 걸었다.

"왜 이리 안 받는 거야."

민아는 초조한 나머지 입술을 잘근거리며 몇 번이고 통화 버튼을 눌렀지만 계속해서 음성 사서함으로 넘어갔다.

"이럴 게 아니라 직접 올라가 보자."

결국 민아는 본부장실로 달려갔다. 숨을 헐떡이며 들어가자 서 비서가 자리에서 일어나 놀란 눈으로 쳐다봤다.

"무슨 일이야, 이 대리?"

"보, 본부장님은 계세요?"

"안 계셔. 아마 퇴근 때쯤 들어오실 것 같은데."

"회장님은 어떤 분이세요?"

다짜고짜 민아가 서 비서를 향해 SOS를 요청하는 눈길로 물었다.

"흠, 호탕하시지만 완벽한 사업가시지. 나도 잘은 모르는데. 왜 그래?"

"보자고 하셔서요."

"회장님이?"

"네."

"어머, 어머, 이 대리 드디어 로열 패밀리로 입성하는 모양이네. 대박. 이제 사모님 소리 듣는 거야?"

"하아, 지금 그런 이야기 할 때가 아니에요. 그럼 저 가 볼게요."

"그래. 그럼, 수고해."

서 비서는 민아가 나가고 난 뒤 허탈한 표정으로 털썩 자리에 앉았다.

"금테를 두른 것도 아닐 테고. 뭐야. 도대체 뭐냐고!"

"금테라니? 무슨 소립니까, 서 비서?"

발걸음 소리도 없이 갑자기 들이닥친 영민을 보며 그녀는 속으로 비명을 삼켰다.

"오셨습니까. 실장님."

"누구 말하는 거예요? 금테라니? 설마 이 대리 말하는 거예요?"

"그, 그게."

"금테라. 구미가 당기는데. 목숨 부지하려면 그딴 마음은 접어야겠죠. 안 그래요? 형님은 안에 계세요?"

"안 계십니다."

"서 비서, 애인 있어요?"

"없습니다."

"그럼 나랑 연애 한번 해 볼래요?"

"저는 금테가 아니라서요. 죄송합니다."

서 비서는 딱 잘라 거절한 뒤 탕비실로 들어가 버렸다.

"금테를 어디서 찾는다?"

혼잣말을 하고 사라지는 영민의 목소리를 들은 서 비서가 헛구역질을 하며 진저리를 쳤다.

"그나저나 내가 한 말이 소문나면 큰일인데."

최 실장 입이 보통 싸야 말이지.

남자가 저렇게 입이 싸서 어디다 써먹을 거야. 어린놈이 까불긴.

탕비실에서 나온 서 비서는 재빨리 비서실 라인을 통해 인터폰을 연속으로 해 대기 시작했다.

민아는 회장실 입구에 서서 한참을 문만 바라보다 심호흡을 하고 안으로 들어갔다. 데스크에 있던 비서실장이 자리에서 일어나 그녀를 보며 물었다.

　　"이민아 대리?"

　　"네."

　　"들어와요. 기다리고 계십니다."

　　민아는 후들후들 떨리는 다리에 간신히 힘을 주고 안으로 들어갔다.

　　"어서 와요."

　　"안녕하십니까. 이민아입니다."

　　양손을 앞에 모은 그녀는 90도로 허리를 숙여 인사했다.

　　"허허, 인사성 하난 바르군."

　　최 회장이 너털웃음을 터트리며 말했다. 그 목소리가 이건과 닮아 있어서 민아는 흠칫했다.

　　"이리 와서 앉아요."

　　"네. 회장님."

　　민아는 그가 가리키는 곳으로 가서 조심스럽게 앉았다.

　　회장은 살아온 연륜이 묻어나는 눈으로 그녀를 하나하나 살폈다. 어디 하나 죽은 곳 없이 반듯하고 환한 여식이라 조금 안심이 되긴 했지만 그래도 일단 심성이 어떤지 알아봐야 했다.

"우리 이건이랑 사귄다고?"

"네. 회장님."

대답을 하자 한참 침묵이 흘렀다. 감히 최 회장의 얼굴을 바라볼 수 없어 민아는 그저 애꿎은 손만 괴롭혔다.

"왜 그렇게 떠는 거지?"

그가 민아에게 물었다.

"저, 사실은 이렇게 높으신 분하고 마주 앉아 있는 것이 처음입니다. 그저 무섭고 떨려 행여나 실수라도 할까 봐 걱정됩니다."

민아는 무섭다는 사람을 앞에 놓고 제 할 말을 차분하게 다 하고 있었다. 그런 그녀를 보며 최 회장은 다시 한 번 웃음을 터트렸다.

"허허. 제 어미와는 완전히 다른 여자를 골랐나 보네."

평범한 집안에서 자란 여식이라고 해서 큰 기대를 하지 않았는데 지금 보니 아들이 반할 만한 구석이 제법 많아 보였다.

"회장님, 저는 부모님께서 반대하시는 결혼은 하지 않을 생각입니다."

뜬금없는 민아의 말에 최 회장은 이것 봐라 싶었다.

"그게 무슨 소린지 자세하게 말해 줄 수 있겠나?"

"본부장님을 사랑해서 만나고 있지만, 과연 그분과 결혼할 수 있을지 저로서도 장담할 수가 없습니다. 사람 마음은 아무도 모르는 것이니까요. 양가 부모님의 축복 속에 결혼해도 살다가 헤어지는 경우가 다반사인데, 반대까지 하신다면 결혼 생활 내내 얼마나 힘이 들지 상상이 안 갑니다."

민아는 비서가 가져다 놓은 녹차를 한 모금 마셨다.

"결혼은 자신 없습니다."

"그럼, 연애만 하다가 치울 생각인가?"

"그것도 잘 모르겠습니다."

"나랑 장난하는 건 아닐 테고. 이제 속마음을 제대로 털어 놓아 봐."

"전 회장님도 무섭고, 사모님도 무서워서 본부장님과 결혼은 못 할 것 같습니다. 며느리 사랑은 시아버님이라고 하는데 회장님께서 저를 사랑해 주실 리 만무하고, 사모님도 마찬가지일 테고. 그냥 제가 감당할 수 없는 것은 욕심내지 않으려고 합니다."

최 회장은 지금까지 제 사업 수완이 탁월하다고 생각했는데 요 쥐방울만 한 여직원 앞에서는 도무지 무슨 말을 해야 할지 떠오르지 않았다.

멀쩡한 아들 반병신 만들겠단 소리 같기도 하고. 아무튼 요상했다.

"그리고 솔직히 말씀드리면 저희 집안이 너무 기울어서 부담스러운 것도 사실이에요. 연애라면 모를까, 감당할 수 있을

지 자신할 수가 없습니다. 죄송합니다."

"허, 하하하."

이렇게 황당한 경우는 처음이었다. 그래서 그는 그저 실실 웃음이 새어 나왔다.

"그래, 잘 알았으니. 이만 나가 봐요."

"네, 회장님. 그럼 안녕히 계십시오."

민아는 90도로 인사를 하고 그곳을 벗어났다.

그녀가 나가고 난 뒤 최 회장은 비서실장에게 이건을 잡아 들이라고 명령을 내렸다.

한편 외근 중이던 이건은 민아와 회장님의 직속 비서실장 에게서 온 부재중 통화를 보며 미간을 찌푸렸다. 둘의 연관 관계가 눈에 들어왔다.

제길! 아버지가 민아를 부른 게 틀림없었다. 무슨 소리를 했을지 눈에 선했다. 행여나 민아가 상처를 받았으면 어쩌나 싶어 눈에 보이는 게 없었다.

차를 몰고 호텔로 가는 내내 민아에게 전화를 했지만 그녀 가 받질 않아 입안이 바싹 말랐다.

차분하고 냉정하게 생각하자고 마음을 먹은 이건은 호텔 에 도착하자마자 곧장 회장실로 향했다.

"무슨 일로 민아를 부르셨습니까."

"나 목 아파. 앉아."

이건은 소파에 털썩 앉으며 최 회장을 사납게 쳐다봤다. 그에게 부모님이란 존재는 다 똑같았다. 남과 다를 바 없는 존재. 딱 그랬다. 그런데 무슨 권리로 민아를 불렀단 말인가.

"네가 만나는 여식이 있다고 해서 한번 보려고 불렀다."

"어떻게 아셨습니까."

이건이 얼굴을 딱딱하게 굳히며 물었다.

"영민이가 말해 줘서 비서실장을 통해 알아보니 사실이더구나."

"그러니까 왜 아버지가 궁금해하십니까."

"아비가 궁금해하는 게 당연하지. 너는 어디 하늘에서 떨어졌어?"

"네. 차라리 그편이 나았을지도 모릅니다."

"크흠. 어디서 꼭 저 같은 걸."

"저는 모욕해도 되지만 민아는 안 됩니다."

이건이 이를 악물고 말하자 최 회장이 실소를 터트렸다.

"그런 물건이 어디서 났을꼬. 허허. 아주 사람 여럿 잡겠더구나."

"아버지!"

"빨리 식 올려. 최씨 며느리로 호적에 올리려면."

자신의 예상과 달리 너무 쉽게 승낙하는 아버지를 보며 믿기지 않는다는 듯 이건이 되물었다.

"진심이십니까."

"난 한입 갖고 두말하지 않아. 너 같은 골통 때려잡는 데
는 딱이겠더구나."

"감사합니다. 아버지."

"걔가 그러더구나. 자기는 회장님도 무섭고, 사모님도 무서
워서 결혼 못 하겠다고. 그러니까 자기 예뻐할 생각 아니면 아
예 시부모 노릇일랑 생각 말라고. 어서 가 봐. 귀염 받을 짓 많
이 하라고 해. 떡두꺼비 같은 아들도 낳고. 그럼 듬뿍 예뻐할
지 누가 알아."

최 회장의 말에 머쓱해진 이건은 서둘러 방을 나왔다.

가슴속에 따스한 온기와 웃음이 번져 나는 것은 왜일까.

어서 민아가 보고 싶었다.

모두 퇴근한 사무실에는 민아와 선우 둘만이 남아 있었다.

민아가 회장님에게 불려 갔단 소리에 선우는 그냥 갈 수가
없어 그녀가 오기를 기다렸다. 그리곤 돌아온 민아의 곁에서
이야기 상대가 되어 주었다.

"하아, 평생 연애만 하고 살 수는 없는 거니?"

선우가 민아의 머리를 쓰다듬으며 고개를 끄덕였다.

"회장님을 보는 순간 정말 놀랐어. 이건 씨 미래의 모습을
보는 것 같더라고. 닮았어. 많이. 그래서 친근감이 드는 건지

생각보다 막 무섭고 그렇지는 않더라고. 그런데 그러면 안 되는 거잖아. 회장님은 나를 마음에 안 들어 하실 게 분명한데."

"널 싫어할 사람은 없을 거야."

"그럴까?"

"그럼. 본부장님을 믿어 봐."

"그런데 가만 보면 그 사람도 집착이 심해서 겁이 나."

"남자들은 다 그래. 네 오빠는 안 그런 줄 아니?"

"그런가?"

"그래. 배고프지 않아?"

"아니. 집에 가서 그냥 잘래. 피곤하네."

"그래, 집에나 가자. 피곤하다."

두 사람은 엘리베이터를 타고 별관을 나왔다. 그때 주차장을 지나 본관 쪽으로 걸어가는 민아의 눈에 제 이름을 부르며 뛰어오는 남자가 들어왔다.

"이민아!"

"본부장님이네."

선우가 먼저 알아보고 민아의 어깨를 툭 쳤다.

"나 먼저 갈게. 둘이서 이야기 잘해. 파이팅!"

선우를 보내고 점점 가까워지는 이건과의 거리를 느끼던 그녀는 그를 향해 천천히 뛰기 시작했다. 그러다 자신을 향해 전속력으로 달려오는 남자를 맞이하기 위해 그녀도 전속력을 다

해 달렸다.

속으로 그의 이름을 외치며.

넓은 그의 가슴팍에 얼굴을 묻으며 그녀가 품에 꼭 안기었다. 자신이 안착해야 할 곳은 바로 그의 가슴, 이곳이었다.

"결혼하자, 이민아. 사랑해. 죽도록 사랑해."

"……이건 씨."

"아버지가 허락하셨어."

"……정말요?"

"그래, 너한테 반하지 않을 사람이 어디 있겠어."

민아의 두 눈에 눈물이 글썽였다. 어떻게 해야 하나 속을 끓이던 것들이 순식간에 날아가 버리고 그 자리에 기쁨과 환희가 가득 차올랐다.

이건은 민아의 얼굴을 감싸며 입술을 맞추었다. 지나다니는 손님과 직원들이 그들을 보며 뭐라 한마디씩 내뱉었지만 상관없었다. 그는 그녀의 손을 잡고 당당히 뉴월드 호텔의 스위트룸으로 향했다. 직원들의 놀란 눈을 보고서도 두 사람은 미소로 답하며 룸으로 들어가기 전까지 맞잡은 손을 놓지 않았다.

탁. 룸으로 들어선 두 사람은 누가 먼저랄 것도 없이 입술을 맞추고 옷을 벗어 던지며 하나가 되었다. 밤새도록 이어지는 사랑에 둘은 완전한 하나가 되어 충만해졌다.

"나, 사실은 래프팅하고 기절한 그날, 어릴 적 물에 빠졌던 기억이랑 지금까지 잊고 있었던 추억들이 다 생각났어요."

"정말?"

"네. 내가 왜 그렇게 물을 겁냈는지도, 그리고 물가에서 소꿉놀이를 같이했던 그 왕자님이 누구였는지도."

"그걸 왜 이제야 말해."

"청혼해 올 때 말해 줄 생각이었어요. 당신이 내가 어릴 적에 봐 온 그 왕자님이었다고."

둘은 서로를 바라보며 한참을 말없이 있었다. 깊고도 검은 그의 눈동자가 살짝 흐려졌다.

"사랑해요."

그제야 그가 숨을 토해 내곤 살며시 이마에 입술을 누르며 그녀를 끌어안았다.

"왕자님을 못 알아봐서 미안해요."

"사랑해, 민아야."

에필로그

인천국제공항에서 이건을 기다리던 민아는 설레는 마음을 누르며 눈을 빛냈다. 조금 있으면 그가 올 것이다. 출장에서 돌아오는 그가 자신을 보고 깜짝 놀랄지도 모른다.

오랜 출장에서 돌아오는 그를 위해 평소보다 예쁘게 단장했다. 화장도 곱게 하고, 화려한 옷도 골라 입었다. 그녀의 모습은 지나가는 사람들이 돌아볼 만큼 아름다워져 있었다.

전광판에 비행기 도착을 알리는 불이 들어오고 얼마 지나지 않아 사람들이 쏟아져 나오기 시작했다.

민아는 저 멀리서 걸어오는 남자를 보며 당장 달려가서 품에 안기고 싶은 마음을 눌렀다. 그리곤 그가 그녀를 먼저 알아보기만을 기다렸다. 그런데 저 남자, 그녀가 공항에 나와 있으리라고는 생각지도 못한 모양인지 곧장 게이트를 빠져나와 로비를 향해 걸어갔다.

이건은 멀리서도 단연 주목받는 외모였다. 누가 보더라도 감탄이 나올 만큼 당당하고 매력적인 모습에 민아는 숨을 삼켰다. 180cm를 넘는 훤칠한 키에 세련된 차림새의 그는 남자답고 당당했다. 거침없는 걸음걸이로 걷는 그에게 여자들의 시선이 꽂혔다. 민아는 환한 미소를 머금고 다가가려다가 발걸음을 멈추었다.

웬 여자가 그에게 다가가서 뭐라 말을 걸고 있었다.

감히 내 남자에게.

짙은 눈썹 아래 새카만 눈동자가 향한 곳은 앞에 있는 여자의 얼굴이었다. 그 모습에 질투가 화르르 타올랐다. 민아는 그와 대화를 나누는 여자를 유심히 살폈다.

스튜어디스처럼 단정한 외모의 여자는 젊고 예뻤다. 게다가 완벽한 S 라인의 몸매를 가지고 있었다. 열 여자 마다하는 남자 없다던 정혜의 말이 떠올랐다.

이건은 서둘러 민아에게 가고 싶은 마음에 공항 로비를 가로지르다 웬 여자가 다가오는 것을 발견했다. 그가 무심한 시선으로 여자를 쳐다봤다.

"저, 혹시 최이건 본부장님 아니세요?"

이건의 짙은 눈썹이 치켜 올라갔다.

"누구십니까."

"아, 안녕하세요. 저는 예전에 뉴월드 호텔에서 근무했던 직원이에요. 여기서 이렇게 우연히 본부장님을 뵙다니 정말 반갑네요."

호텔 직원일 경우 대부분 기억을 하는데 처음 보는 얼굴인 걸 보니 아마 오래 근무하진 않았던 모양이었다. 퇴사한 직원과 이렇게 시간을 보내기엔 그의 마음은 너무 급했다.

"네, 그러시군요. 그럼 이만."

이건은 재빨리 자리를 벗어나려 했다.

"저, 본부장님. 이렇게 만난 것도 인연인데 연락처라도 주시면."

이건의 눈초리가 대번에 사납게 치켜 올라갔다. 목소리도 싸늘하기 그지없었다.

"그걸 왜 당신한테 알려 줍니까."

"네? 아, 혹시 차라도."

이건은 앞길을 막는 이 여자를 당장 걷어 치웠으면 좋겠다고 생각하며 따라오던 류 과장을 불렀다.

"과장님, 알아서 처리하십시오."

이건은 싸늘하게 돌아서며 곧장 앞으로 향했다. 그런 그를 가슴 졸이며 쳐다보던 민아는 얼른 휴대폰을 들어 전화를 걸었다. 신호가 몇 번 가지 않아 그가 바로 전화를 받았다.

"여보세요?"

─민아야. 나 인천공항에 막 도착했어. 어떻게 알고 딱 전화했네. 조금만 기다려. 금방 갈 테니까. 지금 어디야?

그는 멀리서 보기에도 기분 좋은 웃음을 터트리며 눈을 휘고 있었다.

"지금 뒤돌아봐요."

─응? 설마…….

그가 발걸음을 멈추고 서서히 뒤를 돌았다.

"잘 다녀왔어요?"

민아는 손을 살짝 흔들며 통화를 이어 갔다. 그가 귀에 대고 있던 전화를 천천히 내려놓으며 짙은 두 눈으로 그녀를 말없이 바라보았다.

그 어떤 말도 필요 없었다. 그저 이렇게 바라보는 것만으로도 가슴이 뜨겁게 차올랐다. 그가 그녀를 향해 양팔을 벌리며 환한 미소를 보내자 민아는 망설임 없이 달려가 그의 품에 안겼다.

숨이 막히도록 힘을 주어 끌어안고 정수리에 얼굴을 비벼 대던 그는 양손으로 그녀의 뺨을 붙잡아 두 눈을 맞추며 입술을 내렸다. 그녀가 세상에서 가장 사랑하는 남자, 이건의 입맞춤에 뺨을 붉히면서도 그가 이끄는 대로 이끌려 가고 말았다.

그가 쪽 소리 나도록 입술을 떼어 낸 뒤 그녀의 허리를 끌어안으며 품 안에 가두었다.

"잘 있었어?"

"아니요. 보고 싶어서 힘들었어요."

"나만큼?"

"몰라요."

"오늘 왜 이렇게 예쁘게 하고 나온 거야? 나 없이 혼자 다닐 때 이러면 곤란해."

오직 단 한 사람에게만 잘 보이고 싶은데. 그녀는 그 마음을 다 알면서도 일부러 짓궂게 묻는 그를 향해 살짝 눈을 흘겨 주었다.

"나보다도 이건 씨가 더 걱정인데요? 누구예요, 그 여자?"

"모르는 여자."

아직 자리를 뜨지 않고 서 있던 여자는 입을 딱 벌린 채 둘을 지켜보다 얼굴을 구기며 사라져 갔다.

민아는 멀어져 가는 여자의 뒷모습 바라보며 이건에게 속삭였다.

"우리도 가요."

"그래."

"그나저나 큰일이네. 임자 있다고 써 붙이고 다닐 수도 없고. 왜 그렇게 여자가 찝쩍대는 거야."

"나한테 여자는 당신밖에 없어. 몰라?"

그 말이 더 듣고 싶어 민아는 일부러 입술을 삐죽이 내밀며 토라진 척을 했다.

"거짓말. 조금 전, 저 여자가 말을 거니까 좋아 죽으려고 했으면서."

"내가?"

"아니에요?"

"어떻게 보여 줄까. 내 속마음을."

그가 짙은 눈썹을 꿈틀대며 눈을 짓궂게 빛냈다. 순간 민아는 재빨리 품에서 벗어나려 했지만, 한발 늦고 말았다. 그는 민아의 뒷덜미를 단단히 붙들고 고개를 옆으로 돌리며 입을 깊숙이 맞추었다. 입안을 파고드는 뜨거운 혀를 받아들이며 민아는 그의 옷깃을 잡고 매달렸다. 입술을 빨아들이다 겨우 놓아준 그는 살그머니 그녀의 입술에 묻은 타액을 닦아 냈다.

그러자 지나가던 사람들이 멈춰 서서 구경하며 박수를 쳐 댔다. 웅성거리는 사람들 속에서 민아는 얼굴을 들지 못한 채 간신히 그곳을 빠져나왔다. 그녀를 단단히 붙잡은 그는 차에 오를 때까지 그 손을 놓지 않았다.

"이보다 더 확실하게 나는 이민아의 남자라고 공포할 테니까 기대해도 좋아."

"날이 갈수록 뻔뻔해지는 것 같아."

"하, 뻔뻔?"

"네."

상기된 얼굴의 민아는 그를 제대로 쳐다보지도 못하고 손끝만 바라보며 꼼지락거렸다.

"좋아서 미칠 것 같아. 이민아."

낮게 가라앉은 목소리에 담긴 열기가 민아에게도 전해져 왔다. 그녀는 고개를 들어 그를 바라보며 수줍은 미소를 보냈다.

"좋아해요."

"사랑해."

"사랑해요."

"가자."

"네."

섹시한 눈빛으로 그녀를 훑어보던 그는 차의 속도를 올렸다. 점점 속도가 올라갈수록 그녀의 심장박동도 빨라졌다.

아마 이 남자가 옆에 있는 동안에는 평생 이렇게 늘 심장이 벅차도록 뛰어 댈 것만 같았다.

❀   ❀   ❀

그가 그녀의 백을 들고 다니는 것도 예사로 생각할 만큼 두 사람의 모습은 많이 달라져 있었다. 이건은 성격상 절대로 여자의 가방 따위는 들어 주지 않으리라고 생각했는데, 제 여자가 무거운 걸 들고 있는 것을 보면 저절로 손이 뻗어 나갔다.

"이리 줘."

"내가 들어도 되는데."

"줘."

"아니에요."

그는 매번 막무가내로 가방을 뺏어 들었다. 그런 모습을 본 사람들은 웃지 않을 수가 없었다. 뒤를 따르던 정혜와 선우도 이건을 보며 키득거렸다.

짙은 색의 슈트를 입은 그는 어디 나무랄 데 없이 완벽했는데, 그의 손에 들린 빨간색 백이 유난히 튀었다.

"그런데 묘하게 어울리긴 해. 그치?"

"그럼, 저 정도는 닭살도 아니야. 민철 씨는 군복에 내 백을 들고 다닌다니까."

"그래? 그게 더 웃기겠다."

"응, 부끄러워."

정혜와 선우가 뒤에서 이야기를 나누는 소리가 민아의 귀에 들려왔다.

"이리 줘요."

"괜찮아. 이리 와. 내 손 꼭 잡고."

"이렇게 호텔 주위를 돌면 더 소문나겠는데요?"

"괜찮아. 일부러 소문내려고 그러는 거니까."

"어떡해. 정말."

"그래야 자재과랑 총무과 총각들이 넘보질 않지."

은연중에 민아를 데리고 다니던 그는 얼마 있지 않아 호텔에 사장으로 취임했고, 둘의 결혼을 발표했다. 약속대로 확실하게 자신이 이민아의 남자임을 세상에 공포한 것이다.

그의 신부가 직원인 이민아란 사실에 직원들은 한바탕 난리가 났었다. 뉴월드 호텔의 사내 연애 금지 방침을 깔끔하게 무시하고 보란듯이 경영기획팀의 이 대리와 결혼을 한다고 하니 여기저기서 말들이 많았던 것이다.

사장이 사내 연애를 해서 결혼을 했는데 밑에 사람들이 못할 이유가 없어졌다. 자연스럽게 가장 큰 혜택을 본 사람은 정혜와 김 주임이었다.

❈   ❈   ❈

결혼식을 앞둔 두 사람은 그 어느 때보다 행복했지만 가끔 사소한 마찰로 다투었다. 그건 다름 아닌 시도 때도 없이 밝히는 이건 때문이었다.

"이 대리, 세상에. 피골이 상접했네."

서 비서가 그녀를 보며 의미심장한 말을 던졌다.

"일부러 다이어트하는 거예요."

민아는 얼굴을 붉히며 둘러댔다. 다이어트 근처에 가질 않아도 저절로 살이 쭉쭉 빠지고 있었다. 섹스가 그렇게 격렬한 운동인 줄 미처 몰랐던 그녀는 최근 들어 더욱 밝히는 이건 때문에 죽을 지경이었다.

"어서 들어가 봐. 난 점심시간 끝나고 올게."

"네."

서 비서와 인사를 나눈 민아는 얼른 그의 집무실로 들어갔다.

"어서 와."

이건은 하던 일을 멈추고 민아를 향해 환한 미소를 보내왔다.

"점심은 사내 식당으로 갈 거예요?"

"아니. 여기서 너랑 먹을 거야."

그가 자리에서 일어나 테이블을 가리켰다. 그곳에는 민아가 좋아하는 샌드위치가 놓여 있었다. 이건은 집무실 문을 잠그며 그녀가 앉아 있는 곳으로 다가왔다.

"자, 어서 먹어."

그는 그녀가 먹기 좋도록 샌드위치 껍질을 벗기고 커피도 마시기 편하게 앞에 놓아 주었다.

"왜 이렇게 친절한 거예요?"

민아가 눈을 흘기며 묻자 이건이 씩 미소를 보냈다. 넋이 나갈 만큼 섹시한 미소였지만 그녀는 애써 마음을 가다듬었다.

"응?"

"음흉해. 샌드위치 먹이고 뭐하려고요?"

"우리 민아는 눈치도 빠르네."

"정말, 서 비서 보기 부끄럽단 말이에요."

"부끄럽긴. 내일모레 결혼인데 이러는 게 당연한 거지."

이건은 음흉한 눈으로 민아를 바라보며 입맛을 다셨다.

"생각 같아선 지금 당장 덮치고 싶지만 그래도 먹여 가면서 해야지. 안 그래도 요즘 마른 것 같아."

"나 안 먹을래요."

"왜? 바로 하게?"

"정말. 짐승이야? 사람이야?"

"이민아한테만 짐승이야. 늘 못 잡아먹어서 안달하는."

그가 민아의 손에 들린 샌드위치와 커피 잔을 뺏어 들고서는 한쪽으로 치워 버렸다. 그리곤 그녀의 옆으로 다가가서 앉았다.

새하얀 셔츠를 입은 이건은 짙은 페로몬을 흘리며 그녀를 유혹했고, 민아는 매번 그런 그에게 넘어갔다. 하지만 이번엔 정말 단단히 마음을 먹고 왔기에 어림도 없다는 듯 그를 향해 콧방귀를 꼈다. 이건은 그러거나 말거나 입술을 들이밀며 민아의 뿌루퉁하게 튀어나온 아랫입술을 삼켰다.

"으응, 하지 말란 말이에요."

"이렇게 예쁜 걸 어떻게 보고만 있어. 그건 너무 잔인한 고문이야."

이건은 쪽 소리 나도록 키스를 퍼부으며 고개를 비스듬히 돌려 그녀의 입속을 파고들었다. 그리고 그녀의 가장 예민한 성감대를 찾아 손을 움직였다. 손가락은 블라우스 사이를 파고들어 브래지어를 밀어내고 핑크빛 유두를 만지작대고 있었다.

"으응."

"하아, 민아야. 예뻐. 삼키게 해 줄 거지?"

그는 고혹적인 표정의 민아를 보며 참을 수 없다는 듯 목덜미와 쇄골에 키스를 퍼부었다. 그리고 어느새 풀려 버린 블라우스 사이로 고개를 파묻었다. 작고 아담하지만 탱글거리는 젖가슴이 이건의 입속으로 빨려 들어갔다.

"아흑."

민아의 입에서 신음이 새어 나오자 그는 더욱 정성껏 젖가슴을 애무했다. 그녀의 손이 이건의 머리카락 속으로 파고들며 그를 더욱 힘껏 끌어안았다. 그리곤 그가 주는 달콤한 쾌감에 허리를 틀었다. 그가 혀로 유두를 비벼 대고 이로 자근자근 깨물자 아랫배에 저절로 힘이 들어가며 팬티가 젖어 들었다. 이렇게 혼자 당할 수만은 없다 생각한 그녀가 그의 어깨를 밀어내며 눈을 맞추었다.

"자, 잠깐만요."

그는 못마땅한 표정을 지으며 그녀를 바라보았다. 마음껏 빨고 싶은 걸 못 하게 하니 어린아이처럼 툴툴댔다.

"나 미치게 하려고 그러는 거지? 민아야, 제발."

"있어 봐요. 오늘은 내가 즐기게 해 줄 테니까."

민아는 요부처럼 은근한 미소를 짓더니 그의 바지 버클 쪽으로 손을 옮겼다. 이건의 두 눈이 기대로 흔들렸다.

민아는 바지 지퍼를 열고 손을 밀어 넣어 이미 팽팽하게 부풀어 오른 그의 것을 손에 움켜쥐었다.

"윽."

그의 입에서 짧은 단말마의 신음이 흘러나왔다. 지독히도 관능적인 남자의 눈빛에 민아는 저절로 빨려 들어갈 것 같았다. 그래도 오늘은 작정하고 온 만큼 그를 정신 못 차리게 해 놓고 달아날 생각이었다. 남성을 쥔 손에 힘을 주자 그가 미간을 찌푸리며 열기가 감도는 눈동자를 촉촉이 했다. 매번 저 눈빛에 넘어가곤 했지만 선우나 정혜가 놀려 대는 통에 오늘은 짧게 끝내고 갈 생각이었다.

"나도 만지고 싶어. 이리 와."

"으응, 싫어요. 오늘은 혼자 가는 거 볼 거예요."

393

그녀는 그의 바지를 내려 손을 움직이기 쉽도록 했다. 그리곤 그의 다리 사이로 내려가 자리를 잡고 얼굴을 내렸다.

"하아, 민아야. 그, 그건."

민아는 혀로 입술을 적신 뒤 그의 것을 혀끝으로 핥아 댔다. 남성이 점점 부피를 늘려 가 단번에 삼키기 어려웠다. 이미 그의 눈은 잔뜩 흐려져 있었고 숨결은 거칠었다. 짓궂은 미소를 보내며 다시 혀를 내밀어 그의 것을 핥자, 이건의 고개가 뒤로 젖혀졌다.

그가 자신을 혼자 가게 만들었을 때, 이런 느낌이었을까 싶었다. 그가 흥분하는 것만 봐도 애무하는 것 이상의 쾌감이 밀려왔다. 손으로 그의 것을 붙잡고 입안으로 삼킨 채 민아는 고개를 움직였다.

"윽. 그, 그만. 하아, 하아……."

거친 숨을 토해 낸 그가 탄탄한 복근을 조이며 상체를 일으켰다. 그리고 그녀를 들어 올려 품으로 끌어당긴 후 살짝 부풀어 오른 입술을 빨아들이며 그녀의 머리를 잡아 뒤로 젖혔다. 그녀는 그의 목에 팔을 휘감고 매달리다시피 키스를 나누었다.

"오늘 무슨 작정으로 이러는 거야?"

"하아, 매번 나만 당하니까. 약 올라서요."

"하하."

그가 낮게 웃었다.

"내 기쁨을 빼앗지 말아 줘. 난 이렇게 너를 만지는 게 좋아. 키스하는 것도."

잔뜩 짙어진 눈으로 내려다보던 그는 그녀를 들어 소파 위에 눕혔다. 그리고 스커트 아래로 손을 집어넣어 스타킹과 팬티를 단번에 벗겨 냈다. 이건의 뜨거운 눈길 아래 민아는 입술을 깨물며 신음을 삼켰다.

"사랑해."

"아훗!"

"그러니까 내 기쁨을 빼앗지 말아 줘."

그는 그녀의 다리를 들어 올린 뒤 그 사이로 고개를 내려 음핵을 입술로 누르고 혀로 비벼 댔다. 듣기에도 민망한 소리가 새어 나왔다. 그는 색색거리는 그녀를 더없이 사랑스럽다는 눈길로 바라보았다. 그리곤 그녀를 절정으로 이끌었다. 민아는 처음 먹었던 마음은 온데간데없이 그가 주는 쾌락에 흠뻑 젖어 들고 말았다.

한편 문밖에선 서 비서가 결재 서류를 들고 온 직원을 되돌려 보내고 있었다.

"오늘따라 왜 이리 긴 거야. 이것도 정말 할 짓이 아니네."

연신 시계를 보며 투덜대던 서 비서는 인상을 굳히며 집무실 문을 노려보더니 베토벤의 '운명'을 틀어 놓았다. 오늘은 무슨 수를 써서라도 업자를 불러 방음 공사를 해야겠다고 마음먹으며.

※　　　　※　　　　※

　5년 뒤.

　결혼 후 민아는 그를 똑 닮은 아들을 낳고, 1년 뒤 그녀를 똑 닮은 딸을 낳았다. 그녀는 연년생으로 아이들을 낳은 덕에 하루하루 눈코 뜰 새 없이 바쁘게 지내다 보니 어느덧 두 아이의 훌륭한 엄마가 되어 있었다. 육아에 있어서는 누구보다 노련했다.

　오늘은 두 아이를 시댁에 맡기고 모처럼 육아에서 벗어나 친정 식구들 모임에 가기로 한 날이었다.

　이건과 함께 친정집에 들어서자 오빠 내외가 먼저 와 있는 게 보였다. 선우는 생각보다 아이가 늦게 들어서는 바람에 지금에서야 임신 막달이었다. 그런 그녀를 신줏단지 모시듯 떠받드는 민철은 예전과 전혀 다른 사람처럼 보였다.

　"오빠, 선우 화장실까지 따라다니는 거 아니야?"

　"왜, 당연히 그래야지. 잘못하다가 아기가 쑥 빠지기라도 해 봐."

　"아기가 그렇게 쉽게 나오는 줄 알아?"

　민아가 빽 소릴 지르자 민철이 머리를 긁적였다. 그러자 선우가 제 남편이라고 편을 들며 나섰다.

"너 그거 못 들었니? 정혜가 화장실에서 애 낳을 뻔했단 얘기."

"정말이니?"

"그래, 그 말 듣고 저러는 거잖아."

"못 말려."

"둘은 지금 깨가 쏟아지나 보더라."

"넌 아니고?"

"나야 깨가 쏟아지다 못해 넘쳐흐르거든?"

"어련하겠니."

가족들과 모처럼 화기애애한 시간을 가지고 집으로 돌아온 민아는 이건의 뜨거운 눈길에 얼굴을 붉히고 있었다.

"아이 셋은 어때?"

"또 그 고생을 하라고? 난 싫어. 오늘부터 각방 써요."

민아가 기겁하고 도망치자 그런 그녀를 뒤에서 붙잡은 이건이 목덜미에 뜨거운 숨을 내쉬며 자잘한 키스를 퍼부었다. 그러자 금방 달아오른 그녀가 머리를 끌어안고 그의 몸에 제 몸을 비볐다.

"정말 못됐어."

"응?"

"이러면 내가 거절을 못 하잖아요."

"그래, 셋째는 천천히 생각하자. 네가 힘들면 다음에 생각해."

"역시 당신밖에 없어."

민아는 그의 품에 달랑 안긴 채 침실로 향했다.

"그나저나 우리 귀염둥이들은 잘 있겠죠?"

"그럼."

그렇게 두 사람은 밤새도록 사랑을 나누었다.

✿   ✿   ✿

3개월 뒤.

"몰라! 나 임신했나 봐."

임신 테스트기에 선명하게 그어진 핑크색 두 줄을 보며 민아는 넋을 놓아 버렸다.

"우리 민아, 장하다!"

이건은 카메라를 들고 사진을 찍어 대며 임신 테스트기를 기념으로 남겨야 한다고 난리를 떨어 댔다.

—*fin*

작가 후기

  '그와 그녀의 S'는 1년 전 '오뎅과 절편의 S'란 제목으로
연재했던 작품입니다. 오리궁뎅이 본부장과 절벽처럼 편편
한 가슴의 이 대리가 사내에서 아웅다웅하는 이야기였습니
다. 어릴 때 인연으로 두 사람이 맺어져 한참 뒤에 다시 만나
사랑을 이룬다는 설정으로 조금 동화 같기도 하지만, 언제나
사랑하고 사랑받는 이야기가 절 행복하게 해 주었습니다.

  보시면서 웃고 가볍게 즐길 수 있는 글이 되도록 큰 갈등
없이 이야기를 풀어 나갔습니다. 부디 재밌게 봐 주셨으면
합니다.

이렇게 봄 미디어와 인연이 닿아 끝까지 집필하고 종이책으로 나올 수 있게 되어 더없이 기쁩니다.

부디 부족하지만 즐겁게 봐 주시길 바라며 이후에 더 나은 작품으로 찾아뵙겠습니다.

—2015. 12.
조민정 올림.